光人社NF文庫
ノンフィクション

闘魂 硫黄島

小笠原兵団参謀の回想

堀江芳孝

まえがき

私は硫黄島の参謀であった。戦後二十年、いたるところで戦争への反感と罵詈を耳にし、なるほどと同調したり反省したり、逆に不快感に襲われたり万感こもごもであるが、話がいったん硫黄島のことになると誰もが讃美と尊敬の声を発するのみで批判を投ずる余地がない。一方、米国海兵隊と海軍は世界戦史始まって以来の激戦地であったと絶叫してやまず、私に質問書を送ってきたものが少なくとも二十名に達する。

米軍が硫黄島に来攻したとき、同島への輸送補給のため派遣参謀として父島にあったため、生還した私としては、散華した尊い先輩、同僚とその遺族のため何か書いたものを残しておきたいと日ごろから心がけていた。このたび恒文社の池田社長と草野、清水両氏より「二十周年を記念して一筆書いてはどうか」という話があり、ここに勇を鼓して本書を世に出すことにした。

硫黄島を語るには、まずどうして本土の玄関先であのような孤立無援の死闘が発生したのか、当時、未発表の太平洋の真相、つまり海軍と海運の実態を解剖する必要がある。硫黄島に赴任する前、連絡参謀として海軍の中にいたので、その体験から当時をふりかえることにしたい。

私は史実は史実としてそのものずばりを書くべきであるという信念を持っている。そこで一語の修飾も情実も諂《へつ》らいも挟まないことにした。一部関係者に失礼の点があることを怖れるが、真意を了とされたい。

正確は期したものの当時何分にも倥偬《こうそう》の間にあり、しかも二十年の歳月が流れているため、日時、数字などにおいて疑わしい点がないとはいえない。ご叱正をいただければ幸甚である。また本書中の登場人物の発言中で、日時や数字に食い違いのあるのを発見されるであろうが、筆者としては各登場人物の言を尊重してそのままとし、修正を加えていない。この点もご了承を願いたい。

本書のため積極的に貴重な資料を提供して下さった栗林、市丸両司令官のご遺族各位、西戦車隊長夫人、厚生省引揚援護局有志、元副官小元少佐、生還者の有志、それに硫黄島産業株式会社常務桜井直作氏に深甚の謝意を表する。

一方、米国陸軍戦史部がルイ・モルトン博士著『公刊戦史第二次大戦の戦略と指揮』の翻訳、出版の権を私に贈られたため、日米戦略のあらゆる分野に要点を引用することができた。日米両軍の兵力編組などの数字の多くもこの偉大なる著作に基づいている。長らく太平洋の戦場に従軍し、戦後十五年を費やしてこの大著を編纂された元戦史部次長モルトン博士（ダートマウス大学歴史学教授）とこの版権を贈与された戦史部職員各位、特に仲介の労を賜った畏友マッケンゼイ陸軍大佐に感謝する。

戦後父島に進駐してきたマリアナ艦隊集成海兵第一大隊長テインズレイ中佐は指揮官レキシー大佐、副大隊長シェーファー少佐とともに私の乗馬の友となった（父島には乗馬が十四頭いた）。武装解除とともに全部米軍に引き渡したが、当分管理を日本軍にまかせていた）。やがてテインズレイ中佐は第六艦隊参謀に転じ、地中海に飛んで大佐に進級した。一九四九年、彼は海兵学校幹事に栄転した。彼は私に手紙を送り、かつて乗馬の友として私が語った硫黄島の作戦について何か書いてほしいといってきた。私の書き送った拙文は海兵学校の月刊誌に大々的に登載され、やがて軍事評論家の称号を頂戴するに至った。

その後、今日まで十五年間、海兵学校と私の仲は兄弟もただならない互助連環の間柄となっている。今回私が二十周年記念に小冊子を出版したいことを伝えると、ただちに多数の写真を空輸し、米国内での英文出版を期待するといってきた。私は日本文と英文とを同時に書いているので、海兵学校のスポンサーシップの下に本書が米国内で読まれる日の近いことを夢みながら、旧乗馬の友テインズレイ海兵大佐と、今度の電撃的写真空輸の労をとってくれた誌友トレイナー海兵中佐に満腔の謝意を表する。

最後に恒文社各位のご助力がなければ本書が世に出なかったことを述べて筆を措く。

一九六五年三月

堀江芳孝

著者(大尉時代)。大正３年８月15日、茨城県に生まれる。昭和11年、陸士卒。歩兵第２連隊第７中隊付、連隊旗手となる。13年、日華事変に出征し、重傷を負う。17年、陸大卒。船舶参謀、陸海軍連絡参謀、第31軍参謀、小笠原兵団参謀を勤める。米軍来攻時父島にあって生還

太平洋戦争中、南方にて撮影（小笠原かは不明）。向かって左側が著者

闘魂 硫黄島——目次

写真提供／遺族・雑誌「丸」編集部

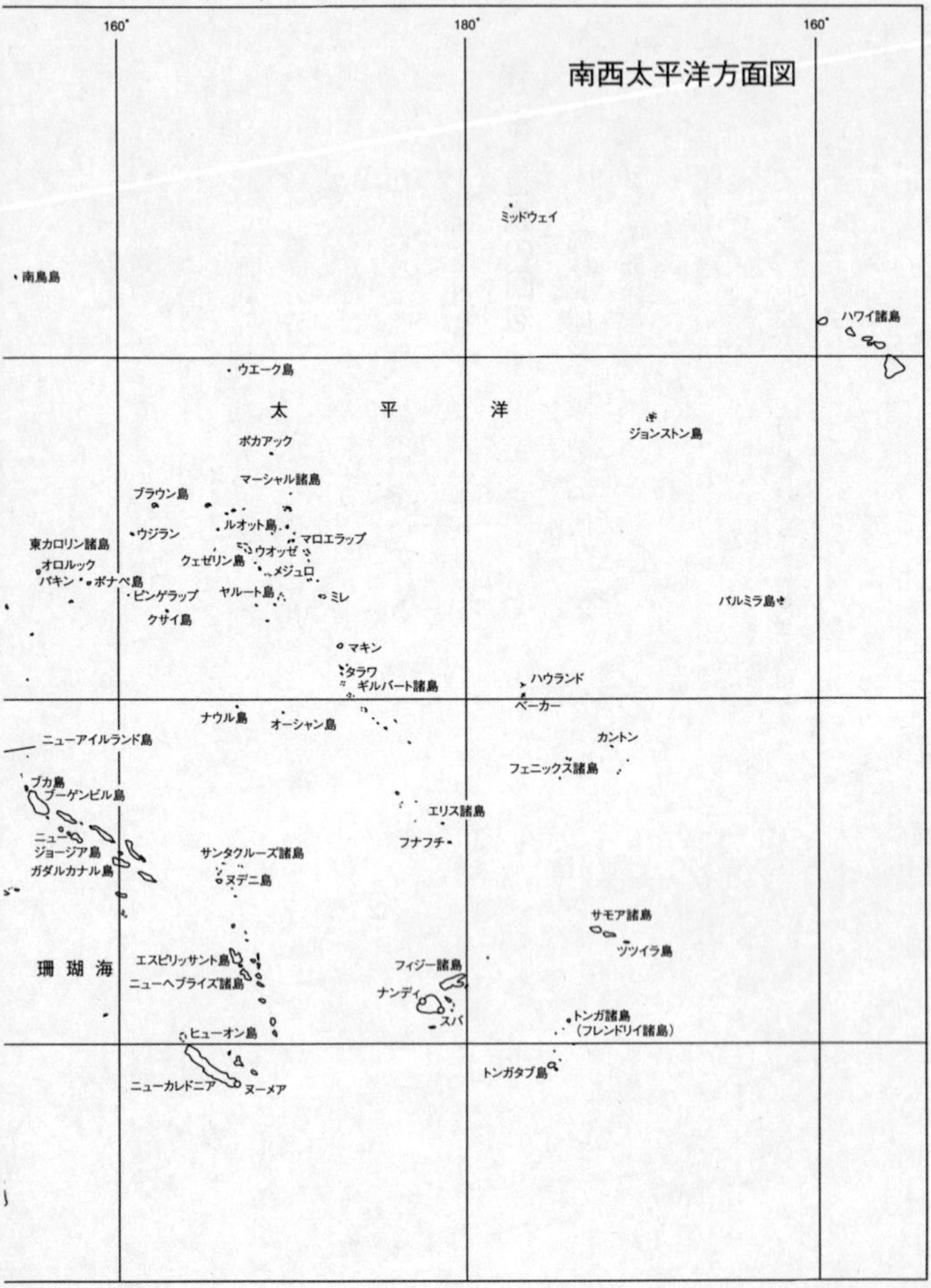
南西太平洋方面図
160°
180°
160°
ミッドウェイ
南鳥島
ハワイ諸島
ウエーク島
太　平　洋
ジョンストン島
ボカアック
マーシャル諸島
ブラウン島
ウジラン
ルオット島
マロエラップ
東カロリン諸島
ウオッゼ
クェゼリン島
オロルック
メジュロ
パキン
ボナペ島
ピンゲラップ
ヤルート島
ミレ
パルミラ島
クサイ島
マキン
タラワ
ハウランド
ギルバート諸島
ベーカー
ナウル島
オーシャン島
カントン
ニューアイルランド島
フェニックス諸島
ブカ島
ブーゲンビル島
エリス諸島
ニュー
ジョージア島
フナフチ
サンタクルーズ諸島
ガダルカナル島
ヌデニ島
サモア諸島
ツツイラ島
エスピリッサント島
珊瑚海
フィジー諸島
ニューヘブライズ諸島
ナンディ
トンガ諸島
スバ
ヒューオン島
（フレンドリイ諸島）
トンガタブ島
ニューカレドニア
ヌーメア

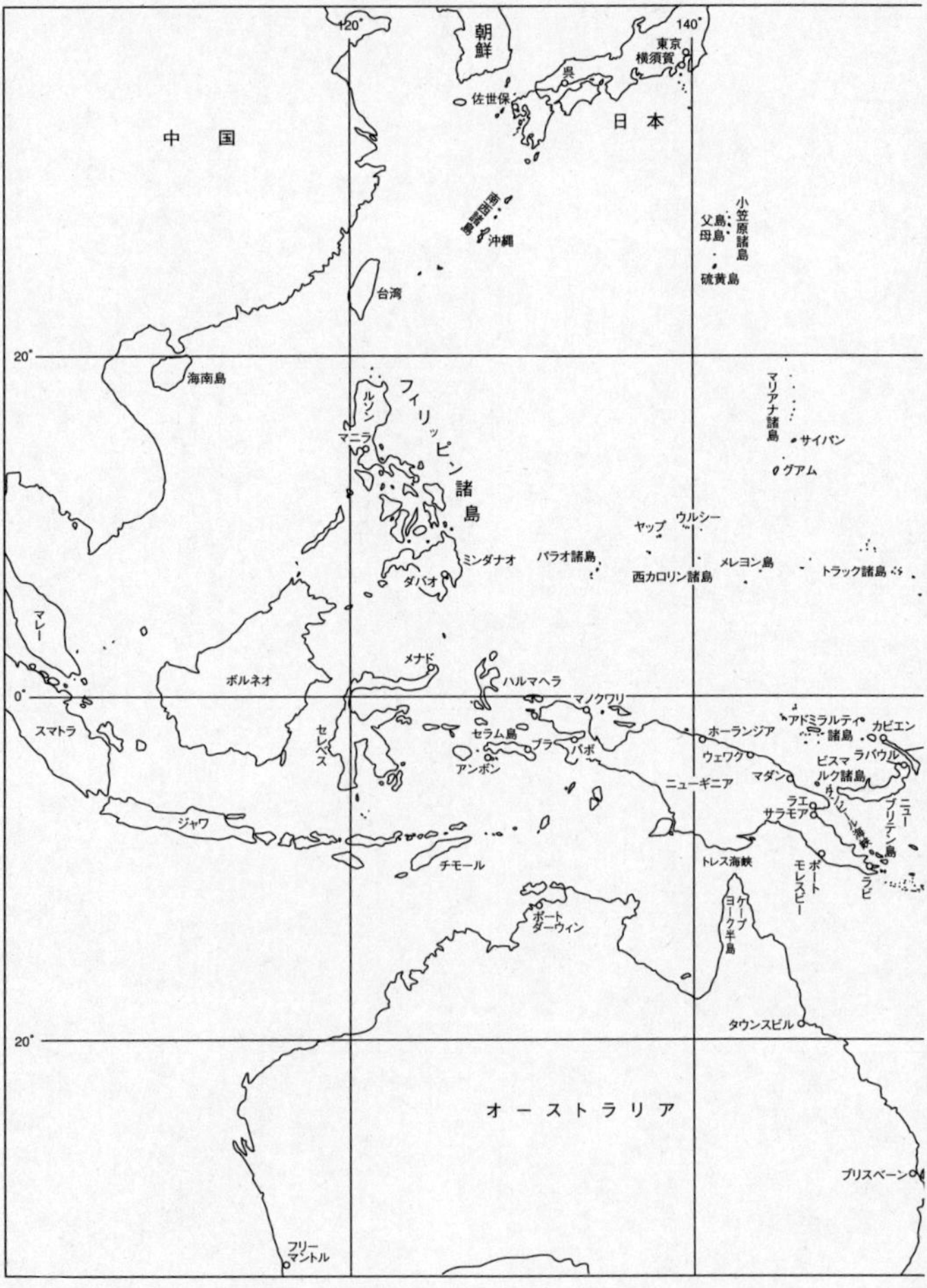
120°
140°
朝鮮
東京
横須賀
呉
佐世保
中国
日本
南西諸島
沖縄
小笠原諸島
父島
母島
硫黄島
台湾
20°
海南島
ルソン
フィリッピン諸島
マニラ
マリアナ諸島
サイパン
グアム
ヤップ
ウルシー
パラオ諸島
ミンダナオ
ダバオ
西カロリン諸島
メレヨン島
トラック諸島
マレー
メナド
ボルネオ
ハルマヘラ
マノクワリ
0°
スマトラ
セレベス
セラム島
アンボン
ブラ
バボ
ホーランジア
ウェワク
アドミラルティ諸島
カビエン
ラバウル
ビスマルク諸島
ニューギニア
マダン
ラエ
サラモア
ニューブリテン島
ジャワ
チモール
トレス海峡
ポートモレスビー
ラビ
ケープヨーク半島
ポートダーウィン
タウンスビル
オーストラリア
ブリスベーン
フリーマントル

闘魂 硫黄島

小笠原兵団参謀の回想

この原稿を今は亡き英霊に捧げる

第一部　一参謀の回想

1　世界最大の激戦地

死の硫黄島、最後の日

壕の入口付近で手榴弾の破裂音がする。

「水をくれ、殺してくれ！」

うめき声があちこちからもれてくる。兵隊がかわいそうだ。降伏すれば生命の保障をするという米軍の拡声器の声が硝煙と爆音の中に入ってくる。

中根参謀から渡された電報はまだ三通ある。暗号書はすでに焼いた。通信器も破壊の準備をしている。

私がこの電報を打ち終わるまで、果たして壕の入口の防備がもつだろうか。手がやたらと震える。壕内にまで死の熱気が拡がっていく。電報を打ち終わったら自分は突撃しなければならない。ああ、打ち終わった。汗がびっしょりと頬を伝う。

上空より眺めた硫黄島。手前に見えるのは摺鉢山

「父島の皆さん、さようなら」

最後にこう生文でキイを打った。すぐ十字鍬で通信器を破壊して、壕をとびだし万歳突撃に移っていった。

昭和二十年三月二十三日、こうして硫黄島最後の通信兵は死んでいった。それから三日後の二十六日にはもう組織的抵抗はなくなった。

三月二十日の朝日新聞は次のように報道している。

「最高指揮官陣頭に、壮烈、全員総攻撃。

硫黄島のわが部隊は、敵上陸以来約一ヵ月にわたり、敢闘を継続し、ことに三月十三日ごろ以降、北部落及び東山付近の複廓陣地に拠り凄絶なる奮戦を続行中なりしが、戦局ついに最後の関頭に直面し、『十七日夜半を期し、最高指揮官を陣頭に皇国の必勝と安泰を祈念しつつ全員壮烈なる総攻撃を敢行す』との打電あり、以後通信絶ゆ。……硫黄島はついに敵手に委《ゆだ》ぬ。

敵は上陸以来、常時二十隻乃至三十隻内外の輸送船などをもって同島を包囲し、一日四千乃至八千発にのぼる艦砲射撃を加え、さらに機動部隊より放つ二百乃至七、八百機にのぼる艦載機が上空をおおって爆撃をくり返し、物量をたのみとする敵が同島に注入した砲爆弾量は、敵側発表によれば最初の二日間にすでに八千トンにのぼったといわれる」

今からちょうど二十年前、太平洋戦争でこの世界的に有名な、もっとも激しい、もっとも悲劇的な戦争が、こうして島全体を死の匂いに包んで終わりをつげたのである。米海兵隊の死傷者二万三千人と日本軍の戦死者一万九千人を出して……。

硫黄島を世界的にさせたもの

硫黄島が世界的に有名になった理由には色いろあるが、その主なものをあげれば次のとおりである。

まず第一に日本の伝統。絶海の離島で孤立無援、死闘を続けた二万の陸海将兵の姿は悲劇とはいえ、あまりにも凄惨であった。いわば、か弱い仔羊が百獣の猛攻に最後まで死の抵抗を続けたのであった。

コレヒドール島で白旗を掲げたウェインライト将軍は英雄となった。途中で脱出したマッカーサーも英雄となり、バターンのキング将軍もシンガポールのパーシバル将軍も英雄のカテゴリーに加えられた。しかし硫黄島の将兵には降伏という裏口が開かれていなかった。つまり勝利か死か二者択一のどたん場に追いつめられた日本人が、息が絶えるまで頑張ったのである。日本の伝統がそうさせたのであった。

第二に指揮官。私たちに空海の力がすでになく、独力で戦う以外に道のないことを確認した上で、在米在加六年の経歴を持った近代戦術家である最高指揮官栗林忠道将軍が米軍にのまれることなく、必要に迫られた原始的戦術を強固な意志をもって断行したのと同時に、温厚沈着の市丸利之助提督が渾然《こんぜん》一体の協力をした。つまり将を得たのであった。

第三に先輩英霊の教訓。ガダルカナル、アッツ、マキン、タラワ、サイパン、テニアン、グアム、ペリリュウなどの玉砕の戦訓が、硫黄島守備隊に猛虎に対する仔羊の抵抗の方法を教えた。十万の英霊が抵抗の秘策を残したといえよう。

第四に米軍の無理、損害の過大、報道。キング提督の熱烈な掛声で、対日重点正面をになったニミッツ提督の指揮する太平洋艦隊が、これまでの戦法をもって、沖縄攻略の日程とにらみ合わせて短時日に硫黄島を攻略しようとした作戦が裏をかかれたのであった。米軍の判断と計画に無理があったのである。いわば常套戦術で非常套戦術に遭遇したのである。猫が窮鼠にかまれたわけである。損害が余りにも大きかっただけに報道陣の取り上げ方も格別であった。

第五に地形。第一飛行場地区、特に南海岸以外に主力の上陸を許さない硫黄島の地形が攻略軍の進路をはばみ、守備軍に死の抵抗をする道を開いた。つまり地形があのすさまじい戦闘をひき起こすもとを作ったのである。

第六に守備軍の兵器。大本営が機関銃、速射砲、機関砲、迫撃砲、臼砲、噴進砲など洞穴陣地を使って死の抵抗をするのに適する中小火器を充当したことが栗林戦術を助けた。つまり兵器が適当であったといえる。

第七に大本営の不干渉。多くの過去の玉砕から大本営は米軍の実態を知り、海上撃滅をやれとか、反撃に出よとか、夜暗を利用して攻勢移転を実施せよとかいうはでな干渉をせず、むしろ感謝の念をもって最高指揮官以下に神聖な抵抗を継続させた。つまり死の道を進む者が他の知恵にさまたげられることなく、自らの手で自らの抵抗の線をうち出したのであった。

硫黄島の詩人、栗林兵団長

最後に筆の力がある。激戦地といえば他にもあった。タラワもその一つで、鬼神をも哭かせるものであり、ガダルカナルにせよ、ビアクにせよ、インパールにせよ、ミトキーナにせよ、ラエ・サラモアにせよ、衡陽にせよ、どれをとっても敵も味方も涙なくしては語ることも聞くこともできない。

沖縄のひめゆりの塔の話を聞いても、マニラ玉砕部隊の姿を見ても凄惨そのものであった。戦術の点では、歩兵第二連隊を基幹とする中川大佐以下がペリリュウ島においてほぼ同じような戦術を使い、戦果も大きかった。

しかし世界の評価は硫黄島を第一にあげている。米英ソ独の戦史、回想録などから判断すると欧州戦争の転機はスターリングラードで、太平洋戦争のそれはミッドウェイというのがまず定説となっている。そして激戦地としては、北アフリカのエル・アラメインと硫黄島とスターリングラードがあげられている。どうしてであろうか。

タラワ、ガダルカナル、インパール、ペリリュウなどの作戦は当時、日米ともに秘密にしなければならず、公然と発表されなかったことが一つ、日本ではまだ連合艦隊がにらみをきかせ、陸軍も兵力運用の余地を残していたのが一つの理由であろう。硫黄島は東京都の一部であり、本土の玄関先で戦われたということも確かに一つの理由になる。また三月十七日夜の万歳攻撃に際しては、NHKが硫黄島の歌をラジオで放送し、死んで行く人びとの冥福を祈ったことも手伝っているであろう。

しかし硫黄島には詩人がいた。歌人がいた。作家がいた。その筆の力も見落としてはならない。誰であろうか。その作家、詩人兼歌人はほかならぬ栗林兵団長その人であった。彼が大本営に打電(父島を経由して)した一字一句は、それも刻一刻死期迫る洞穴の中で、ローソクの火を頼りに独特の細いこまかい字で綴った報告は、世界一流の文学でなくて何であろう。かつて彼が陸軍省在勤当時主催して作った「暁に祈る」「愛馬行進曲」のメロディが思い出されてならない。

2　翼をもぎとられた孤立の島

それでは硫黄島戦が孤立無援になった本当の理由はどこにあるか。本土の玄関先でどうしてそんな馬鹿げたことが起こったのか。不思議に思うのが当然であろう。サイパンが天王山だとか、レイテが決戦だとか戦争中企図をかくし、国民の厭戦思想の擡頭《たいとう》を避けるためお茶をにごした世間話でなくて、当時未発表の太平洋の真相を解剖しなければならない。

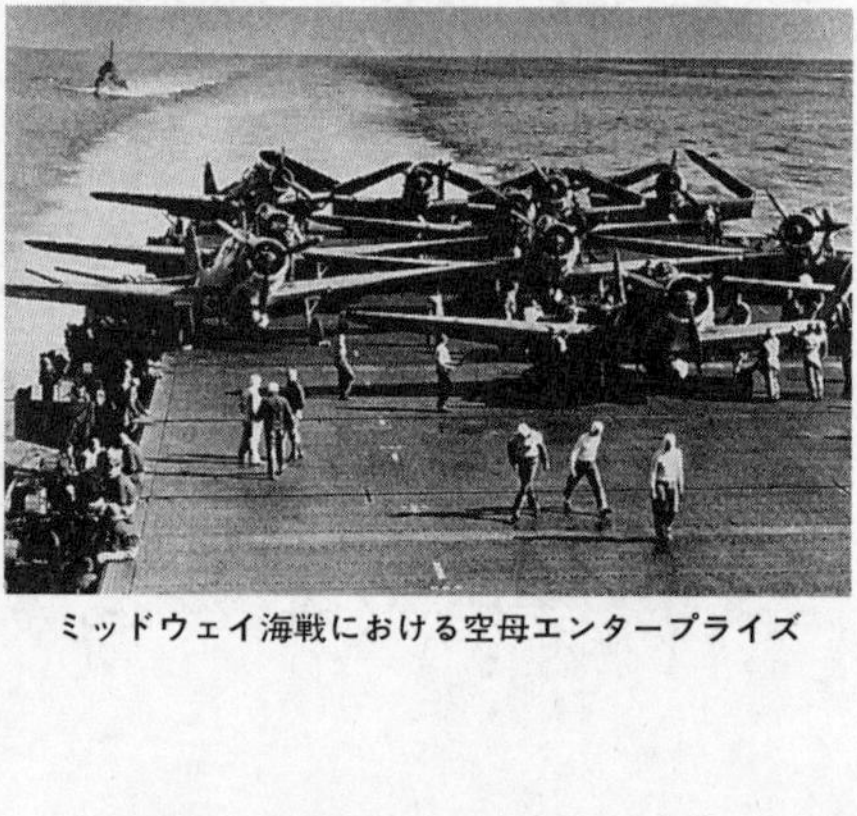

ミッドウェイ海戦における空母エンタープライズ

ミッドウェイ海戦でハワイ空襲部隊を失う

開戦後ちょうど六ヵ月、一九四二年六月四日と五日のミッドウェイ海戦において、世界に誇るわが連合艦隊はハワイを奇襲した虎の子の第一航空艦隊（司令長官・南雲忠一中将）の大半（「加賀」「蒼龍」「赤城」「飛龍」の空母四隻、飛行機約四百機とその老練なパイロット）を失った。提督山本五十六の一年や一年半はあばれてみせるといった名句は、ここに潰《つい》えさった。

ルイ・モルトンの公刊戦史は「戦勢の転換」の部でこう書いている。

「ミッドウェイにおいて日本が失った老練のパイロットと空母の喪失は大きかった。この損害が補充されないかぎり、ミッドウェイ前の海軍力の優越を取りもどすことはできない。生産で米国と競争しても勝てるはずがないのであるから、今や日本は戦略的守勢に立つ以外に方法はない。勝利の潮流はここで逆転したのであった」

また後の国務長官ステチニアスの「武器貸与法」によれば、一九三九年以来の大造艦計画に基づき米艦船はこのころから続々戦場に進出し、攻守そのところを変えたばかりでなく、米国側の上り坂との差が激しくなってきたと述べている。

一九四二年八月より一九四三年二月にわたる例のガダルカナルの消耗戦において、日本は海軍艦艇、飛行機、パイロットばかりでなく、多くの優速商船（四十万トン）を失った。公刊戦史はこう述べている。

「ガダルカナルの作戦の主役は航空機であった。初めのうちは日米間の差が少なかったが、しだいに開いていった。日本はこの六ヵ月の戦闘において海軍機だけで約九〇〇機（内約三分の一が艦載機）を失った」

一九四三年三月より年末にわたる間のラバウル・ソロモン諸島方面と一部ニューギニア方面の作戦において、その海軍航空兵力を大半失ったばかりでなく、今村均陸軍大将麾下《きか》の第四航空軍の二百機以上を失った。公刊戦史は「山本の後任古賀がこの南東方面に牽制され、トラックにあった第三艦隊（空母艦隊）の艦載機一七三機をラバウルの陸上基地に転用したとき、米国太平洋艦隊によってギルバート諸島を攻略されたのは皮肉であった。古賀は艦隊決戦の必要を認めて、このギルバート作戦の前に二度ほど米国機動部隊を捕捉しようとして出動したが見つからず、トラックに帰投したのであるが、今となっては彼の夢は永遠に去った」と述べている。

さらに日米の戦力比については「一九四三年十二月三十一日現在の米国艦隊の太平洋における稼動戦力は後述のとおりであり、日本艦隊は重巡洋艦の数において米側よりも若干優勢を示したが、他はおよそ半数以下となっていた」としている。

太平洋における米国海軍兵力（一九四三年十二月三十一日）

戦艦（新型）	六隻	軽巡	十三隻
戦艦（旧型）	七〃	駆逐艦（新）	百七十五〃
空母（大型）	七〃	駆逐艦（旧）	十三〃
空母（一万トン）	七〃	潜水艦（新）	百五〃

空母（護衛空母）　十四〃　潜水艦（旧）　十八〃
重巡　十二〃
艦載機
爆撃機（中、小型、急降下、雷撃）　三百八十六　写真偵察機　三十六
哨戒用爆撃機（重、中、小型）　六百六十　偵察機　三十六
戦闘機　三百八十四　部隊輸送機　七十二
陸上基地海軍機
雷撃機　五百十九　戦闘機　八百八十四
偵察爆撃機　四百三十二　その他　百六
このほか協力する陸軍機
爆撃機　七百四十五　偵察機　百十八
戦闘機　九百七十三　部隊輸送機　三百十二

こうして一九四三年末、わが大本営はやむを得ず離島を不沈空母として、連合艦隊の再建をはかることになり、陸兵をもってこの離島守備に当てるという不吉な戦略を取らざるを得なくなった。そして取りあえず陸軍の第五十二師団をトラックに急送した。

開戦に反対であり、ハワイで成功を収めた提督山本は日本で名声と信頼を一身に受けた。しかし山本提督が、ミッドウェイ作戦にせよ、ガダルカナル作戦にせよ陸海軍中央の反対を押しきって（もちろん最後には承認を受けた）強行した作戦だけあって、その失敗に関し米

国史家の提督に対する目の冷たいのはまことに気の毒である。さらに私は戦後、開戦前から日本の暗号が米国の退役陸軍中佐の手で解読されており、ミッドウェイの敗北も、一九四三年四月十八日ブイン訪問中、敵のP38の待ち伏せによる彼の非業の死もこのためであることを知るにいたって、実に痛恨に堪えない。

＊ハワイ空襲について米国公刊戦史は次のように述べている。「日本のハワイ空襲は奇襲に成功し、確かに米側の艦船に大損害を与えたが、三つの欠陥をもっていた。その一つはたまたま米空母が港外にあって無傷であったため、米国に機動部隊を編成してただちに行動することを許した。その二つは貯油施設が無傷であったため、米側の給油に不便をきたさなかった。その三つは修理施設が無傷であったため、米側の損傷艦船の修復を容易にした。そして米側に復讐心を起こさせ、日本側は勝利感に酔った」

米国潜水艦の猛威による被害

私は一九四二年十一月陸大卒業後、船舶にまわされ、一九四三年六月より一年間、第一海上護衛隊と海上護衛総司令部に連絡参謀として勤務したため、悲惨目をおおう実体にぶつかったのでここに紹介しよう。一九四三年春、わが所有船舶は次のとおりであった。

A船（陸軍徴用船）	二百二十万トン
B船（海軍徴用船）	百十万トン
C船（民需用船）	二百四十万トン
合　計	五百七十万トン

＊開戦時、日本は分捕り船も合わせて約六百二十万トンの船舶を所有し、軍令部の被害と造船の見通しから見て、五百八十万トンぐらいあれば長期戦争に堪えるであろうというのが、企画院や参謀本部の考えであったらしいから、この数字はまあまあというところであろう。

当時第一海上護衛隊司令部は高雄にあり、中島寅彦海軍中将が司令官で堀江儀一郎海軍少将が参謀長と人物がそろっており、私にとって居心地はよかった。しかし私が初めて海軍の中に身を投じてど肝《ぎも》を抜かれたのは海上護衛面の弱体であった。「呉竹」クラスの旧式駆逐艦十隻前後に若干の駆潜艇と出始めた海防艦がわずかという状況で、これが南西太平洋の海上護衛兵力であるばかりでなく、日本の海上護衛の主体であった。何丸沈没、何丸大破という電報は朝な夕なに到着し、いたるところから滞船をどうしてくれるのかという悲報の連続であった。だから当時無防備に近かったといえよう。

チャーチルの第一次大戦回顧録を読んでいた私は「潜水艦の脅威」という部分を三百部ほど印刷して陸海軍の首脳に分配し、彼らがああそうだったのかとびっくりした事実からしても想像できると思う。第一次大戦後、日本は何も海上護衛に関してしていなかったと中島中将と堀江少将が認めていた。両提督は海軍だけを責めないでくれ、国民性が防御を嫌うのだからわれわれ善人だけがこの仕事を押しつけられたのだと冗談をいったが、実にひどいものであった。

一九四三年秋から年末にかけて亀作戦と称する第二方面軍（方面軍司令官・阿南惟幾大将）

を壕北方面に配備する緊急海上輸送に、私はマニラに進出してその輸送と護衛の渦中人物となったが、方面軍司令官の前で行なわれた毎朝の幕僚会議において「はなはだ遺憾ながら目的地への軍隊と物資の到着見通しは申し上げられません。しいてパーセンテージで示せといわれましても、日を重ねるたびに沈没度がひどくなるので、それすら申し上げられません」と報告する有様であった。

一九四三年十一月、日本海軍は連合艦隊と海上護衛総隊の二つに分け、海上護衛総隊は第一、第二海上護衛隊（東京―ラバウル間の船団護衛に当たっていて、第一海上護衛隊の半分弱の兵力しか持っていなかった）、各鎮守府、各警備府を指揮し、おおむねトラック、パラオ、シンガポールより内線を受け持つことにし、連合艦隊はその外線を担当することになった。私はスラバヤの出張先から参謀次長の「すぐ東京に帰れ」の電報で急遽、帰京し、一九四四年一月二日からこの海上護衛総司令部に勤務するようになった。

素晴らしいメンバーであった。長官が及川古志郎大将、参謀長が島本久五郎少将（後に参謀副長となり、参謀長には岸福治中将がきた）、先任参謀が後藤大佐、作戦主任が大井中佐で一流どころがそろっていた。この司令部も第一海上護衛隊と同じく陸軍参謀にまったく差別待遇をしなかった。この点、私は今でも敬服している。旧海軍の優れたところである。私は朝電報を読み、昨夜の船舶被害を参謀本部に報告し、さらに電報を読み、会議に出席し、午後、参謀本部に行って所要の連絡をし、陸軍の電報を読み、夜は海軍省の一室で島本少将と大井中佐の二人と寝た。

ところが私はここでまた驚いた。海軍では連合艦隊が主人公で、軍令部はその事務をやる機関のようなものであった。しかもこの軍令部の作戦課は海軍省の軍務第一課から押され、海上交通担任の軍令部第十二課の如きはまったくの影武者であった。連合艦隊は古賀長官の下にトラックにあったが、海上護衛どころの騒ぎでなかった。自分の背中のハエを追うのに手一杯というところ。しかも米国のマハン提督の流れを組んだ艦隊決戦第一主義を楯に国民性とからんで、護衛勤務を嫌う傾向が強かった。

そこで軍令部の威令は行なわれず、連合艦隊の協力を得られない海上護衛総司令部は旧式駆逐艦、海防艦、駆潜艇などを集めて五十隻弱という状態で、岸参謀長が私に「横鎮（横須賀鎮守府の略称）管下だけで将官が五十七名いるのだから、護衛艦もせめてこの数までぐらいほしい」といっていたが皮肉にしては余りにも名句であった。それに基地航空部隊の第一〇一航空隊が入ったり、「海鷹」クラスの小型空母四隻が編入されたり、一部陸軍機が接岸航路の護衛に出動したりしたが、チャーチル海相が創造力のない特殊専門家ほど恐ろしいものはないと断じて連合艦隊長官を罷免し、ヘンダーソン海軍中佐を起用して樹立した第一次大戦の海上護衛体系および第二次大戦の米英のそれと比較すると、まさに大名と乞食の差であった。

一九四四年春の陸海軍中央部の対潜対策

当時、海軍中央部で目についた人々では軍令部総長嶋田繁太郎大将、海軍次官岡敬純中将、軍務第一課長山本大佐、第一部長（作戦）富岡定俊少将、一般作戦鈴木中佐、航空作戦源田中佐がいた。軍令部第十二課の十川中佐は温厚篤実できわめて親切であったが、前述したような環境で他から押しまくられるという気の毒な状況にあった。

参謀本部の中央集権に比較すると、海軍のそれは大変な開きがあった。当時、参謀本部は総長が東条英機大将、次長が秦彦三郎中将、第一部長が真田穣一郎少将、第二課長（作戦）が服部大佐、作戦主任が瀬島少佐、船舶課長が荒尾大佐で、陸軍省では軍事課長西浦大佐が光っていた。

船は遠慮なく沈んだ。

一月	八十七隻	三十四万トン
二月	百十五隻	五十二万トン
三月	六十隻	二十三万トン
四月	三十七隻	十三万トン
五月	七十隻	二十八万トン

＊右の数字は潜水艦以外からの被害も含んでいる。なお一九五六年十月号の米海軍誌に出した拙著「日本海上護衛の失敗」にあげておいた一九四四年の船舶被害の総計は次のとおりである。

日本船舶の被害

潜水艦によるもの	五百六十五隻	二四八万トン
航空機によるもの	二百三十四隻	一二三万トン

誰かが日本の財産から見て、毎晩四国の島ぐらいが沈んで行くことになるねといっていた

のを記憶している。

保有船舶が五百八十万トンあれば長期戦に堪えるなどという昔物語はすでにどこへやら、軍隊船に対するよりも石油船団、ボーキサイト船団および鉄鉱石船団に護衛の重点を国策上おかなければならないという、人道上まことに歎かわしい状況に立ちいたった。陸軍はやっきとなって海上護衛問題を御前会議に持ち込むという非常手段に出たり、陸軍機の海上護衛を強化して鈴木宗作中将を団長とする大本営海上護衛視察団（三吉、嬉野両中佐が船舶課より、航空関係として神少佐が第二課より、江口海軍中佐と私が海上護衛総司令部より加わった）を沖縄―台湾―フィリッピン―ボルネオ方面に派遣したり、鐘紡に潜水油送船の試作（私は淀川工場から和歌の浦のテストに参加した）を命ずるといったてんやわんやの騒ぎとなった。九時に私の報告を聞くや荒尾大佐はすぐ東条総長に報告し、東条大将は電話で嶋田軍令部総長を呼び出し、前夜の沈没船舶に対する護衛問答が始まるのであった。

東条大将は、海上護衛は全般戦争の鍵であるとして実に身体をすり減らして働いた。また海軍内には東条の鞄持ちなどと悪口をいう者が多数いたが、嶋田大将の協力ぶりもみごとであった。陸海軍中央部の不安と苦悩ははなはだしく、私から見ると、貧乏家の親爺（東条）がねじり鉢まきで親戚の重患者（現地軍）の所にかわいい娘（船）を看病に送ろうとするが、女房（嶋田）の懐はからっぽで汽車賃も出ない。そこで狼の群がる夜の魔道に泣きながら娘を出す。途中までドラ息子の長男（連合艦隊）について行けといっても自分の用事で手が離せない。そこで孝心深い病身の二男（海上護衛総隊）が病床をたって玄関先まで見送るが、娘も二男もともに狼の餌食となるという風に見えて仕方がなかった。

密の保持を必要としたからである。

米国側からみた日本艦船の被害

マトロフの公刊戦史「潜水艦」の部にはこう書かれている。

「米国潜水艦はたいして人気が出なかった。というのは故国の基地に無事帰投するため機密の保持を必要としたからである。

戦争の前半は通常個艦ごとに作戦し、太平洋で十七隻の海軍艦艇と百四十二隻の商船その他四隻を撃沈し、一九四二年末までに合計六六万六五六一トンの戦果をあげた。一九四三年の初め六ヵ月には撃沈速度が早まり、九隻の海軍艦艇と百二十五隻の商船が海底に沈み、日本は五七万五四一六トンを失った。一九四三年半ば、個艦を使うと同時に少数をもって狼の罠がけ作戦（数隻の集団攻撃）に出た。七月から十二月にかけて十二隻の海軍艦艇と百六十六隻の商船を撃沈し、合計七九万三七六三トンの喪失を与えた。

日本の方は同様に行かなかった。造船所は充分補充ができなかった。日本の船舶喪失の増加は攻勢作戦を不能にし、かつ船舶の維持と修理を困難にした」

鶴作戦といわれる中部太平洋の強化

一九四四年二月、トラックが奇襲され、パラオに走った連合艦隊は三月、ふたたびここで叩かれ、古賀峯一長官行方不明という状態で残存艦隊はタウイタウイ泊地に逃避した。大本営は南雲海軍中将（ハワイとミッドウェイの第一航空艦隊司令長官）の下に中部太平洋方面艦隊を新設し、その下に角田覚治中将の第十一航空艦隊（陸上基地海軍航空隊）と第三十一軍を編成した。軍司令官は小畑英良中将、参謀長は井桁敬治少将。連合艦隊にはすでに島村陸軍大佐が入っており、中部太平洋方面艦隊には田村義冨陸軍少将が入って陸戦に関する各長官の顧問の役に当たっていた。

三月から五月にかけ鶴作戦といわれる緊急海上輸送で、第十四師団（パラオ）、第四十三師団（サイパン）、第二十九師団（グアム）その他独立旅団、連隊などを合わせ約五万の陸兵を離島に送りこんだ。この鶴作戦では埼戸丸の沈没で、歩兵第二十九連隊が大被害を受けたほかは比較的損害が少なかった。

＊戦後の調査によると米国潜水艦群の交代時期であった。

ある土曜日、私は岸参謀長の自動車に便乗して自宅に帰ったが、途中「堀江君、東条さんが軍令部第一部長に海軍が護衛をしっかりやってくれて、サイパンにも所定の兵力を注ぎこむことができました、これでサイパンは難攻不落ですといわれたそうだが、君はどう思うか」という質問を受けた。返答に困った私は「連合艦隊が健全ならば」という枕言葉をはずしていわれたのではないですか、ととぼけておいたが、後日サイパンに敵がきたときの参謀本部の空気からすると、どうもこの東条さんの話というのが本気であったらしい。

当時、私は戦争指導に当たる者は商船か護衛艦に乗って、地獄を通ってみなければ（私自身は高雄からマニラまで悪天の中を護衛艦に乗ってその凄さを体験した）ピントが狂っていて問題にならないといっていたが、これが的中したらしい。

そのころ、海軍ではよく海上護衛の研究会を開き、永野修身大将、嶋田総長、高松宮総長付、及川大将ら二、三十名の高官が集まって検討していたが、陸軍服は私一人であった。永野大将だったか「陸軍が戦争を始め、海軍が戦争に敗れたと国民が思っているから、何とか面目を挽回しなければならない」と発言して会議は真剣そのものであった。私もハンカチで頬をふいたことがたびたびあった。しかしこのころは敵の潜水艦はレーダーで、わが方は親からもらった肉眼で戦っていたのだから全然問題にならなかった。私の隣りに座っていた友人の岡海軍大佐は、二十年も技術のおくれた軍艦では戦さにならんですよ、と日本の科学技術水準の低さを歎いていた。

＊ここで述べた「陸軍が戦さを始めて……」はよく話に出たものである。三国同盟問題、二・二六事件、米内光政内閣打倒問題などがからんでくるのでこの問題は別の機会に譲るとして、聖将といわれた鈴木宗作中将は次のように私に語っていた。ボルネオでもマニラでも宇品でも一貫していた。
「海軍では陸軍が米英撃つべしととなえて開戦に導いたといい、陸軍では海軍軍令部総長が一九四一年九月八日の御前会議で、今やれば成算があるが先に行くにしたがって分が悪くなると発言したので戦争に踏みきったのである、と互いに戦況が悪くなると自己の立場を弁明しようとする。確かにどちらの言い分ももっともに聞こえる。しかし自分は開戦の法的責任者は両総長と大臣全部にあり、道徳的責任は国民一般にあると思う。というのは私たちの一挙一動は大詔に基づくものであり、明治憲法は元首を無責任とし輔弼《ほひつ》の者に責任を負わしている以上、輔弼者たる両総長と全大臣は主戦論者たると非戦論者たるとを問わず責任を負うべきものである。

日清日露の戦争以来、国家の発展を喜んだ国民一般が積極進取の言動をするようになり、外敵はこれを撃つべしという空気を作ったことは『知る』『知らない』を問わず道徳的責任があると思う。悪意がないとか、平和を愛するとか、敗北より勝利を祈るとかいう精神要素は、国民の一人々々が全部同じである。では自分はどうするか。私は大詔に従うというのが信念である」と。

及川大将もこの点につき次のように語っていた。

「洋の東西を問わず、人間は自分をも含めて九十九パーセントまでが無主義無節操なものである。われわれの進むべき道はと問われれば、一たんお決めになったらそれに従うというのが信念である。つまり大詔に従うのが国民の踏むべき道であると思う」

しかしこの及川大将には一つのエピソードがある。終戦後、鈴木中将のなくなった後は、旧上官として私は及川大将を最も尊敬していた。勤め先の友人が誰か「昔の大物に話を聞いてみたい」というので、さっそく及川大将の都合をきいた。当時、大将は野毛の五島慶太氏の離れ家に住んでいた。大将は快諾の返事をくれた。ある日、その友人と一緒に大将を訪問した。話を聞くと、大将は徹頭徹尾、旧陸軍を攻撃した。元来陸軍に政治家がいなかったのが開戦と敗戦のもととなった。海軍には岡田大将始め政治家がいたが……。約二時間にわたり三国同盟から終戦にいたる間の陸軍を非難した。友人は「ああいう軍部の話が聞きたかったんです。何しろ耳をふさがれていましたからね」といったものである。

対潜警戒に関する講演

この悲惨な日夜の勤務に神経をすりへらした私は、ちょうど教育総監部からの懇請があったので、渡りに舟とばかりに東部軍、中部軍、西部軍、陸士、予科士官学校、豊橋陸軍教導学校などに教育総監部のスケジュールにのって講演に出かけた。阿修羅の戦況から少しでも逃げ出したいのと、次々と乗船して海外に出て行く部隊のため対潜警戒の教育が必要だと考えたからであった。どこでも将校全員が集まって熱心に聴講してくれた。今でも当時の予科士官学校長牧野四郎中将（のち第十六師団長としてレイテにおいて戦死）、陸士校長牛島満中将（のち沖縄において軍司令官として戦死）などの熱心な顔を思い出す。

陸士の大講堂で私の講演が終わろうとしたら、教育総監部から私と同行した黒岩少佐がかけ寄って「話の内容が余りにも悲惨で必勝の信念を失うといけないから、皇軍はこれでも攻撃精神旺盛であるということをつけ加えてくれ」といわれ、私がそのとおり実行したことが印象に残っている。

3　サイパンは難攻不落といわれたが

「堀江参謀、第三十一軍参謀へ」

一九四四年六月十日の陸軍運輸部第五十周年記念式典参列のため、私は宇品に出かけ、九日夜、慈父のような船舶司令官の鈴木宗作中将に最近の報告をした。

同中将はいつも太平洋の作戦は連合艦隊が主体であるから、その艦艇と航空勢力の情報をくれといっていた。またよく宇垣一成大将、永田鉄山少将、今村均大将らに関し、教育総監部勤務当時の話をして、永田少将が生きておれば日本はこんなことにならなくてすんだはずだといっていた。陸軍の癌は山下奉文大将、石原莞爾中将、辻政信大佐などを誤って崇拝する徒輩が出てきたことであるといって、マレイの第二十五軍参謀長時代の山下、辻の中間にあって二日も三日も口をきかなかったことのある苦心談をしていた。

日本軍砲下の下、サイパン島に上陸した米海兵隊

六月十日晴天。私は午前の厳粛な式典に出席して、正午近く食堂へ移って行った。暗雲漂う戦況下とはいえ、召集されていた芸能関係の佐々木中尉の尽力により、三浦環、原節子、轟夕起子などの一流スターを招待してかなりにぎやかな催し物がくりひろげられた。

食事がすんで私が原節子と話を始めたところ（前年参謀本部企画の「輸送船」という映画の脚本を書き、私が東宝を訪れて彼女に会ったときの回顧談をしていた）、血相を変えた松尾大佐副官が「電報です」といっていきなり私の袖を引き、鈴木中将のもとに連れて行った。「堀江参謀第三十一軍参謀へ、六月五日付」と彼は電報を読み上げた。時に六月十日午後一時三十分ごろであった。私はただちに係に頼んで汽車の切符と寝台券を手に入れ、夜行で帰京することにした。

その夕、鈴木中将、参謀長磯矢伍郎少将、その他幕僚十名ほどで私のため送別会を催してくれた。私はこれがここの先輩同僚との一生の別れと思い、今までの友情に深く感謝するという挨拶をして車中の人となった。

六月十一日午後、参謀本部に着くと、焦点は中部太平洋に移ってきたから、よく海軍と協力して後方補給の業務をやってほしいということであった。翌十二日朝、海上護衛総司令部に行き、島本少将と大井大佐（三月に大佐に進級）に挨拶して軍令部第十二課の十川中佐のもとに行き、木更津からサイパンまで飛行便を取ってほしいと頼んだ。十川中佐が連絡してくれた結果、四日ごとに大艇が出ており、今日はもう遅いから十六日だといわれた。「やむを得ません、十六日で結構です」といって飛行便申し込みの処置を終わり、海上護衛総司令部にもどり、数日間の電報を読んだ。すると「ウルシー沖を出た敵の大船団が西北進中である」という電報を発見した。

陸海両統帥部はともにパラオにくるだろうかとか、グアムかも知れないとか、サイパンかなとか十人十色の判断をしていた。私はさっそく陸軍省医務局の高月軍医中佐を訪れ、来意をつげると快諾して一袋の青酸カリをくれた。どんなことがあっても敵手に落ちまいという考えからであった。参謀本部にもどると、「おい始まったぞ、空襲が。早く行かないと間に合わないぞ」という者があった。さっそく船舶課へ飛びこんで電報を見ると、機動部隊が空襲中で、その後ろに大船団があるということであった。

十三日、私は郷里茨城に墓参に帰省し、母に毎月三十円宛て家内から送金させるからそれをそっくり貯金しておいて、万一の場合は母からのこった家内と子供に援助の手を伸ばしてほしい。ただし本人が実家へ帰るといい出した場合には本人の意志にまかせてほしいと頼んだ。母は「北支においても万死に一生を得た（一九三七年、中尉のころ、開封城の攻撃で敵の機関銃弾五弾を受けた。一弾は頭蓋骨貫通、二弾が肋骨二本を折って財布でくい止められ、他の二弾はそれぞれ両股に擦過銃創を与えた。頭蓋骨の貫通で足の運動神経をやられ、今でも跛行する傷夷軍人となった）のだから、必ず生きて帰れるよ。私が西側に作ったお宮様に朝夕武運の長久を祈るからきっと助かるよ」と励ましてくれた。

私が母や兄と墓参から実家に帰ると、どうして知ったのかサイパンからこの春引き揚げてきた従妹がきて待っていた。ついに私は行先を白状した。仏壇の前で母や兄と一時間ほど話をしていると、その従妹はゆで卵を十個ほど作り、走り書きの手紙を私に托し、サイパンに着いたら夫にそれを渡し、妻子ともに元気だといってくれとのことであった。その托されたものを持って夜行で帰京し、自宅で身のまわりの整理をやった。

十四日午前、参謀本部に、午後、海上護衛総司令部から軍令部に行き電報を読んだ。どこもかしこもそわそわして廊下の動きが活発である。「敵艦艇数百隻サイパンを包囲しつつあり」とか、「後続船団見ゆ」とか、「敵は艦砲射撃を開始せり」とかいった電報でいっぱいである。沈没船舶の電報も多数あったが、もはやその方には気持ちが向かなくなっていた。突然軍令部で堀江儀一郎少将に会った。しばらくですと挨拶すると、

「柄でもない私に補給部長をやれというので転勤してきました」という。

「今度、第三十一軍参謀を拝命したんですが」

「では海軍省と軍令部の主だった連中に挨拶しておくがいい。後で仕事がやり易くなるから。私が片っぱしから案内してやろう」

こういうわけで、二つ三つの部屋に入って挨拶するが、する方も受ける方も気持ちがただそわそわして、案内役の堀江少将もちょっとためらう状況であった。

そのとたん廊下で十川中佐にぶつかった。

「堀江参謀、十六日はだめですよ、欠航になったそうです」という。「それはどうも」といったときには彼はもういなかった。私は堀江少将にとにかく海上護衛総司令部にもどって様子を見てみますと挨拶して別れた。司令部にもどると入口で及川長官がにっこり笑って「明日退庁されるそうですね」と声をかけてくれた。「はい」と答えると「記念品を差し上げたいから、式の十分ほど前に長官室までお出で願います」ということであった。ついで幕僚室

で電報を見ながら、連合艦隊をこの作戦に投入するかどうかの議論に耳を傾けた。

すでに軍令部はあ号作戦準備を命じ、連合艦隊長官豊田副武大将は宇垣纏中将の指揮する渾《こん》作戦（ビアク島救援）部隊にその作戦をうち切って北上するよう、タウイタウイ泊地の小沢治三郎中将（当時海軍の信望を一身にになっていた）の指揮する第一機動艦隊にはフィリッピンの東方に進んで宇垣部隊を掌握し、敵艦隊に対する決戦準備をするよう命じていた。連合艦隊の作戦命令と第一機動艦隊のそれは、それぞれＧＦ電令作第何号と一ＫＤＦ電令作第何号で次々と電文が流れて行った。

午後四時ごろ、私は明十五日午後一時の退庁を約し帰宅した。私はもう参謀本部へ立ち寄る気がしなかった。敵の出方が判明しないかぎりどうしようもないという気持ちになっていたからである。

六月十五日、サイパンに米軍の上陸開始

六月十五日朝、私はまず参謀本部に行った。敵が上陸を開始していた。この朝くらい、あわただしい参謀本部や陸軍省を見たことはない。怒号と罵声はいたるところに聞こえた。

「三十一軍の腰抜けが、井桁のぼんやりが、敵に上陸されるなんてなっちゃいない……」

どうしてこの「井桁のぼんやりが」という声が出たかというと、小畑軍司令官が田村少将と一緒にパラオの初度巡視に行っており、井桁参謀長が留守番をしていたからである。

「参謀長は当然罷免だ。だらしがない。満州から長少将を呼んで更迭だ……」と誰かがいっている。

船舶課の三吉中佐が私に「陸軍省整備課の塚本少佐が東条さんに意見を具申して怒りに触れ、サイパンに追い出されることになった。君は彼と話し合って行動するがよい」という。塚本少佐と私はどうしようかと相談したが、「とにかく飛行機で行こう。船では海没になるから陸軍の服が泣くよ」ということに同意はしたが、さてどうしよう。どうしてサイパンに行くか。私は井桁参謀長宛てに「私の行動に指針を与えられたし」と打電した。

いったい果たして第三十一軍が腰抜けなのであろうかと私は疑った。しかし参謀本部の空気はまったく第三十一軍不信の色に覆われていて、私のような下っぱはただ自分の行動をどうすべきか、いわば進退きわまるという心理に陥った。岸参謀長のいった「東条さんのサイパンは難攻不落です……」の句が頭の中をちらつき始めた。

＊井桁参謀長は第四十三師団長斎藤義次中将を補佐し、実によく作戦指導に当たった。特に最初の数日間の水際戦闘で大損害を出した後、後退持久の作戦にて、サイパンの地形と相まって米軍を大いに悩ました。米国公刊戦史はこの日本軍の持久作戦に手こずったことを記述し、グアム島に対する上陸準備砲撃を一ヵ月近くにも延ばした基礎理由としている。彼はアスリート飛行場が敵手に落ちれば東京が空襲されるようになることを大本営からの死守命令を受ける前から知っていた。七月七日、サイパン北端で万歳攻撃に出たときは、骨と皮ばかりになって、斎藤中将と同様に見る影もなかったといわれる。いかに苦戦したかがわかろう。
彼が逐一報告した戦訓はその後のペリリュウ島と硫黄島守備の虎の巻となった。

私は海上護衛総司令部に走って昼食に列し、午後の退庁の準備をした。この司令部の空気は参謀本部とはうって変わっていた。悲壮観がただよっていた。周囲の者すべてが私を屠所に行く仔羊のように見て同情と慰めの言葉を寄せ、なかには、ハンカチで頬をぬぐいながら「ご無事で」と挨拶にくる数名の女子学生もいた。同じ日本軍の中でこんなにまで違うものかと思った。

午後一時、長官室に入ると、海軍きっての大漢学者の及川大将は漢籍から手を離して立ち上がり、「戦況はご覧のとおりです。GF（当時海軍では連合艦隊をそう呼んでいた）も出ましたから」といって涙をぼろっと出した。そして震える手で「堀江参謀恵存」と毛筆で横につけ加えた本人の肖像画をくれた。昼食のテーブルで六ヵ月間、女性談ばかりしてわれわれ一同を笑わしていた及川長官の涙は私の心臓をゆさぶった。私も思わずハンカチを出して頬をふいた。

ただちに司令部全員が玄関に整列して私を見送ってくれたが、あちこちですすり泣く声が聞こえた。私は司令部を出るなり、運転手に十分ほど待ってくれといって軍令部第十二課に行き、十川中佐に別れの挨拶をした。軍令部では途中で会う者がみな「小沢さんに勝ち目があるかな、ここが勝負だ」といってサイパンの話をする者は一人もない。つまりあ号作戦の成否が鍵で、日米艦隊の決戦がいっさいを決するというのであった。私はこの軍令部職員の意見に同感であり、あ号作戦の成功を祈った。

サイパン奪回計画をつくれ

参謀本部にもどってまず服部大佐の部屋に行くと、同大佐は「明日、新しい参謀長予定の長勇少将が到着すると思う。君は同少将とサイパン奪回計画をやってくれ」と私につげた。そして、サイパンの地図が私の手に渡された。服部大佐の話では使用兵力は第百九師団と第九師団で、第五艦隊がわが逆上陸を掩護する。歩兵第百四十五連隊は鹿児島から横浜に向かっている。第九師団は釜山に向かい南下中である。第五艦隊は北方から横須賀に向かい急航中であるとのことであった。

翌十六日、早く私は参謀本部に行って服部大佐か瀬島少佐に会おうとするが、二人とも多忙のどん底で私のことなど構っておれないというのが実情であった。私が二階の作戦課から階下の船舶課におりてきて電報を見ると「敵機空を覆い、何百隻という敵艦の砲撃の下に敵は上陸を続行中」というサイパンの状況である。三吉中佐が井桁参謀長から「サイパンに来たれ」という返電を見せた。塚本少佐は身の整理で忙しい。

私は陸軍の電報では連合艦隊の状況が分からないので、昨日退庁した海上護衛総司令部に電報を見に行った。

電報はあ号作戦関係で山をなしている。海上護衛の電報など見る人は誰もいない。「皇国の興廃この一戦にあり」「Z旗一旒《りゅう》」といったすさまじい電報が、当時木更津《きさらづ》に司令部を持っていた連合艦隊司令部から出ており、第一機動艦隊長官小沢中将も麾下艦隊に発令し、各機各艦の動きが手に取るように分かる。一方、角田中将の指揮する第十一航空艦隊の基地航空部隊が敵機の空襲によってしだいに苦戦をしていると、グアム、テニアン、ロタ、パラオなどから伝わってくる。たまたま連合艦隊の某参謀がきていて「敵の方が母艦機は多いが、わが方はいったん母艦から攻撃に出てグアムに降りる。給油し爆弾を積んでまた攻撃がかけられるから、わが方に分がある」という話をしていた。

＊実際は、このグアムに降りてまた攻撃できるというのがまったく誤りであった。グアムの飛行場は敵の空襲で耕されて、降りた飛行機は全部破壊されてしまった。

私は十一時半ごろ参謀本部に引き返してきた。初めて会う長少将の身体の大きいのに驚く。二階に一室をもらって向かい合った。

「状況はどうなのか」というので、サイパンからの電報と海軍の電報の内容を説明した。すると彼は「あ号作戦の結果が判明するまでじたばたしたって仕様がないよ。しばらく落ち着きたまえ」という。参謀本部内は各課各班とも前日の状況が続いている。罵声と怒声はまだやまない。陸軍省の誰かが五号無線機を二台われわれの部屋に持ってきて、「逆上陸用に」という。私も長少将も間の抜けた「ああ、そう」という返事をした。

午後、もう一度海上護衛総司令部に電報を見に行くと、小沢艦隊と宇垣艦隊の動きがよく分かる一方、第十一航空艦隊の陸上機が「われ敵艦に突入す」といった電波を出して次々と消えて行き、その損耗のはげしさを伝えている。海上の距離からして日米の決戦は六月十九日と予想された。

十七日午前、参謀本部に歩兵第百四十五連隊長池田大佐がきて、私の指示を受けたいという。間もなく第九師団参謀中沢少佐がきて私の指示を受けたいという。中沢参謀には十九日午後まで待ってほしいといった。このとき私の手もとに「堀江参謀へ、パラオに至り軍司令官に合流せられたし、第三十一軍参謀長」という電報がもたらされた。

十七日午後、私は歩兵第百四十五連隊からサイドカーと運転手を借用して無線機をのせ、まず横浜沖にある能登丸（残存している最大最良の優速船。速度十四ノットであった）に行き、乗船中の将校を集めて航海中の対潜対空の講義をした。

ついで海上護衛総司令部に飛んで帰り、その後のあ号作戦の進行状況を電報を通じて見て横須賀鎮守府参謀に電話し、明十八日横須賀に来航している第五艦隊の旗艦「夕張」に連絡に行くことを伝えてほしいと頼んだ。

電報の方はサイパンの陸上戦闘は熾烈《しれつ》をきわめ、敵はどんどん奥地に迫ってくることを伝えていた。サイパンにあった第六艦隊（潜水艦隊で島本少将は前にこの参謀長であった）が脱出不能で、司令部要員は陸戦に参加するという悲痛な電報も入っていた。

十八日、サイドカーで横須賀沖の「夕張」に行った。カタパルトに二機の哨戒機がついていた。先任参謀の某中佐が迎えてくれ、さっそく士官室で逆上陸に関する陸海協定の話をした。先任参謀以下潑剌としているのに驚いた。そして、ここで一つの珍談を聞いた。

某海軍大尉が「今度ぐらい戦さをして甲斐のあることはない。実に偶然です。敵も第五、われも第五艦隊で決戦するのは本懐だ」という。

私が「艦隊の保有艦数は」と先任参謀にきくと、巡洋艦二隻、駆逐艦八隻で飛行機が二機だという。私はしばらく押し黙った。帝国海軍の機密の保持の徹底しているのと現場の若い士官が無邪気であるのにあっけに取られたからである。私は敵の第五艦隊が約百五十隻の艦艇と一千機の飛行機を持っているというニュースを彼らに伝える前にこの珍談を聞いて助かった。私は「ではまた、あ号作戦の結果を見て連絡しましょう」といって帰路についた。

参謀本部の豪勇と第五艦隊の大胆にうたれた私は「千万人といえどもわれ往かん」という勇壮な漢文の勉強を怠っていたことに気がつき、いっさいを諦めた。いざというときに生命さえ出せばよい。何も神経を悩ますことはないと考えてポケットの中の青酸カリの袋を確かめた。

サイドカーで横浜の能登丸にもどった。池田大佐が迎えてくれた。今晩は能登丸に泊めてほしいというと、池田大佐が自分の部屋を私に空けてくれた。遠慮したがきかない。さっそく池田大佐と副官とその部屋で夕食にした。ビールが一本出た。非常にうまかった。私はここでまた奇談にぶつかった。

ひげもじゃの色の黒い船舶工兵の隊長某中佐が訪れた。今度の逆上陸は必ず成功させてみせるという。ところで私に姓名を書いてくれと紙を出す。家内の名前も教えてくれという。何げなく私は彼の言に従った。すると彼はびっくりしたという顔で、この字画には「死」と書いてあるから改名せよという。かつて歩二（歩兵第二連隊の略称）の連隊旗手のとき、連隊長石黒大佐が「生命の実相」を将校全員に買って分けろといったのに対し、断乎反撃して苦い経験を持ったことのある私としては、「時間に余裕がないのとどうせ死ぬ身だから」といって断わったがどうしてもきかない。必ずあなたの生命を救ってやるから明日中に改名せよとぶら下がる。甲板に逃げても追ってくる。私を助けたい一念らしい。池田大佐の方に番がまわったのでほっとした私は各大隊長を集めて戦闘に関する話をした。

あ号作戦失敗に終わる

待ちに待った六月十九日、日本の運命の日はきた。ハワイ空襲の成功でキツネがつき、シンガポール陥落の提灯行列でうわ言までいうようになった高熱患者は、ミッドウェイで足腰を捻挫し、その後さらに海運で動脈硬化に苦しんでいたが、とにかくよく辛抱して応急手当てをしながら乾坤一擲《けんこんいってき》、起死回生のこの日を待っていたと私は見た。しかし天は私たちに味方しなかった。この患者はついに重篤の病床に叩きこまれたのであった。

あ号作戦はわが大敗北となり、日本の運命を双肩にになった再建途上の第一機動艦隊は潰《つい》え去ったのである。ミッドウェイでもそうであったが、空母も飛行機も新造できるが、一騎当千のパイロットは今や南冥の海底に沈んでもどってこない。六月十九日、事実上この日が日本の命日であったのだ。永久に帰らない尊いパイロットたちに合掌しながら、フイリップとクロウルの「米国公刊戦史フィリッピン海の海空戦」を眺めてみよう。

「六月十一日、豊田連合艦隊長官はミッチェル中将の第五十八機動部隊がサイパンに向かっている報告を耳にし、ビアクに向かう渾《こん》作戦を中止し、小沢の指揮する第一機動艦隊に合流するよう発令した。

小沢艦隊自体は二日後タウイタウイ島泊地を出撃した。十五日朝、あ号作戦は発動した。十五日夕、小沢艦隊はフィリッピン海にて、十六日午後、渾部隊と合流した。両艦隊とも米国潜水艦に発見され、北東方向マリアナの方に向かっていることが分かった。合計して小沢は正規空母五隻、小型空母四隻、戦艦五隻、重巡二隻、軽巡二隻、駆逐艦二十八隻、艦載機四百三十機を持っていた。

スプランス提督は正規空母七隻、小型空母八隻、重巡八隻、軽巡十三隻、駆逐艦六十九隻と艦載機八百九十一機を持っていた。米軍の巨大な艦隊は第五十八機動部隊として四群に分かれていた。ミッチェルは重要な決定は第五艦隊長官スプランス大将の承認を得なければならなかった。

六月十八日夕、この四群は合同して針路を南西に取り接敵していた。スプランスは『全力をあげて敵艦隊を撃滅せよ』という命令を下していた。しかしこの第五十八機動部隊はサイパン攻略軍をも掩護しなければならなかった。その夜、スプランスはこの機動部隊に針路を東京に変え、明朝まで東進するよう命じた。ミッチェルは抗議したが却下された。スプランスは小沢が夜暗を利用して急航し、明朝第五艦隊とサイパンの中間に進出するのを怖れたのであった。十九日の朝、米空母はみな針路を西に変えた。

軽量で武装が少なく長距離が飛べる小沢の飛行機が、まず第一撃群を離艦させた。日本艦隊は四回空襲をかけ五時間にわたって飛行したが、ミッチェルの強力な艦隊に対して効果をあげることができずに水平線に消えて行った。ただ一隻サウスダコタに命中弾があり、二十七名戦死、二十三名負傷という損害を出したが、艦艇そのものの損害は大したことはなかった。四百三十機のうち小沢は三百三十機を失った。あるものは米軍機により撃墜され、あるものはグアムとロタに降りて破壊された。さらに多くの故障機が出た。これに対し米側はたった二四機が撃墜され、六機が行方不明となっただけである。

同日、空母『翔鶴』と『大鳳』（小沢の旗艦）は米潜水艦のため撃沈された。その夜、小沢は針路を北西に取り、敵艦隊と離れて燃料補給をはかった。ミッチェルは薄暮攻撃をかけて小沢の残り百機のうち六五機を撃墜し、空母の『飛鷹』を撃沈し、もう一隻の空母と戦艦に命中弾を与えた。米側は飛行機の損害が百機に達したが、パイロットの死傷は四十九名であった。

こうしてサイパン、テニアン、グアムにある日本軍がどんなに勇敢に戦ったところで、死滅以外に道はなくなった」

サイパンの放棄やむなし

六月十九日以来、一機一艦の報告を待っていたがどれも不吉なニュースばかりが入ってきた。一方、宇品から大村大佐以下船舶部隊の将校が上京し、サイパン奪回の場合の準備を進めた。二十日の昼食時に、荒尾大佐主催の下に私のほか大村大佐以下に送別パーティを開いてくれた。その好意に対しては感謝にたえなかったが、私としてはあ号作戦の真相を早くつかみたいという一念で、せっかくのパーティであったが終わりしだい市ヶ谷台から霞ヶ関までハイヤーを飛ばし、小沢艦隊からの電報を見に行った。海軍の将校は大部分がお通夜のときのような顔をしていた。二十日、二十一日と様子を見たがついに吉報は入らなかった。

六月二十二日午後二時、東条、嶋田の両総長はサイパン放棄のやむを得ないことを上奏し、戦局は新しい段階に移って行った。

六月二十二日昼ごろ、私は塚本少佐からのメモを船舶課で受け取った。「堀江君、ずいぶん君を捜したが、時間の関係でお先に行く。失礼、すまない。塚本少佐」というものであった。この日午前、立川から重爆が台湾の方へ飛ぶということを聞いた塚本少佐は、前に約束していたとおり私と同行するつもりで私を捜したが見当たらないといって、メモを残して急いで立川に向かったとのことである。三吉中佐は「塚本さんはあんなに一緒に行くと約束していたのに、ひどい人だ」と鬱憤をぶちまけた私に、これから果たして飛行便が見つかるかしらといらだち始めた。

塚本少佐は台湾からマニラを経てパラオに飛び、小畑軍司令官に合流して海軍機でグアムに飛びこみ、後日そこで壮烈な戦死をとげた。数日ではあったが同じ部屋で「ともに死ぬんだ」と語っていた長少将と塚本少佐がこの世を去ってもう二十年になる。憎まれ者世にはばかるという諺は、まったく私のために作られたものであろうか。

4　次は硫黄島だ

小笠原兵団と第三十二軍の新設

あ号作戦の敗北を喫した大本営は急いだ。絶対国土防衛圏といっていたマリアナの要衝が侵された今日、小笠原諸島と沖縄を固めるという、新しい方針を樹立した。服部―瀬島ラインは、まだ毅然たる光を放っていた。というのは陸軍にはまだ何十個という無傷の師団があったからである。

しかし海軍がなくなってもこれを太平洋に使用できるか、またそれが適当か。ここに問題があったと思うが、もはや乗り出した船はどうすることもできないというのが実情であったろう。一九四四年七月一日付で小笠原兵団と第三十二軍を設立し、小笠原兵団は第三十一軍の隷下を脱して大本営直轄となり、第三十二軍は台湾の第十方面軍司令官安藤利吉中将（か

硫黄島の増援輸送に従事した日本軍の二等輸送艦

部隊名	内地出港地	出身地
歩兵第百四十五連隊	横浜	鹿児島
戦車第二十六連隊	釜山	全国
第百九師団司令部	芝浦	関東
第百九師団通信隊	芝浦	全国
第百九師団警戒隊	横浜	全国
第百九師団噴進砲中隊	横浜	全国
独混第十七連隊第三大隊	広島	広島
硫黄島臨時兵器廠	芝浦	東北
硫黄島臨時貨物廠	芝浦	東北、関東
混成第二旅団野戦病院	芝浦	関東
特設第二十機関砲隊	横浜	九州、中国
特設第二十一機関砲隊	横浜	九州、中国
要塞建築第五中隊	横浜	九州
独立速射砲第八大隊	横浜	関東
独立速射砲第九大隊	横浜	関東
独立速射砲第十大隊	大阪（巡洋艦）	近畿
独立速射砲第十一大隊	横浜	島根、広島
独立機関銃第一大隊	横浜	関東
独立機関銃第二大隊	横浜	東北
中迫撃砲第二大隊	横浜	九州
中迫撃砲第三大隊	横浜	関東
第百九師団突撃中隊	横浜	全国
独立臼砲第二十大隊	釜山	全国

以上兵力　約一万三千名

つて仏印進駐に関連、南支派遣軍司令官として当時の参謀総長閑院宮と一緒に罷免させられた人で、終戦後自決した）の指揮下に沖縄を固めることになった。

また第百九師団は小笠原兵団の中核兵力となり、第九師団は沖縄へ向かうことに定められた。

六月二十三日だったと思うが、服部大佐から、長少将は第三十二軍参謀長要員で沖縄へ行く、君は小笠原へ行ってくれといわれた。「世話になったね、堀江君」と長身の少将はにっこりと笑って出て行った。

船舶課の三吉中佐と富田少佐が「硫黄島には港がないから結局君の定位は父島になるだろう。ここで縁を切らずに連絡をくれよ。小笠原兵団は大本営直轄になるんだから」といつもの温かい言葉をかけてくれたのはこのときであった。

硫黄島へ一万三千の兵力投入

第二課の瀬島少佐（全般作戦主任）、晴気少佐（中部太平洋方面担任、終戦時に市ヶ谷台上の雄叫神社において自決）、板垣中佐（兵站担任）などは編成課や陸軍省の兵備課とともに緊急処置を取り、右頁表のような兵力を捻出した。これは一部の師団司令部と通信隊の要員を父島に残置するほか全部硫黄島行きであった。

このほか、父島行きとして広島出身、広島港発独混第十七連隊（第三大隊欠）約千七百名があった。

輸送と護衛

運輸通信長官部（参謀本部第三部―鉄道、船舶、通信各課の戦時編成体系）が右の輸送の全般を統轄し、海上護衛総司令部が護衛を担当した。運輸通信長官部の船舶輸送の実働人物は富田少佐で、海上護衛の計画担任は大井大佐であった。二人ともてんてこ舞いの努力をした。

右の部隊のうち硫黄島直通（ごく一部）を除き、主体は輸送船で船団を組み、父島二見港にいたる。そこで私がこれを夜間揚陸分散し、各隊を適当に機帆船、漁船に分割搭載し、一挙に建制部隊が海没して機能を失うことがないようにするという仕組みになっていた。

輸送船の対潜対空警戒

内地港湾を一歩でも出れば敵の潜水艦が待ち受けていた。またいつ敵の機動部隊のお見舞を蒙るかも知れなかった。

私はまず能登丸に行って、歩兵第百四十五連隊に多数の青竹を買わせた。甲板上は青竹が山をなした。撃沈されたとき兵員がこの青竹を頼りに浮遊している。そうすれば護衛艦または他の艦船から救出される公算があるというわけであった。

私は今日までの五十年にずいぶん教壇に立った。現在もほとんど毎晩日本人か米人学生を相手に教鞭をとっている。しかし出港を前にした当時の乗船部隊に対する対潜対空警戒の教師ほど恵まれた存在はないと確信している。というのは、聴講者が知識欲とか学位ほしさとか就職希望とかいう生ぬるい場合と全然異なった境地にあったからである。いわば自己の生命と引き換えであるからだ。真剣だとか熱心だなどというどころではない。生存への闘争なのである。

私は一九四四年三月、大本営派遣団の一員として大連で第十四師団の将校に、青島で第三十五師団の将校に海上輸送中における対潜対空の警戒に関する教師となったが、いつも同じことがいえた。国力がないために、海の守りがないために、科学の水準が低いために、陸上に住むこれらの罪のない個人々々を戦々兢々たる海原に追いこむ矢先の教師の存在をつくづくと考えた。どうしてこうまで個人の犠牲すれすれの、いや生死の境の話をしなければならない身となったかと淋しくなった。

井上貞衛中将（第十四師団長）、多田大佐（同参謀長）、中川大佐（歩二連隊長）、池田浚吉中将（第三十五師団長）、今田大佐（同参謀長）や池田大佐（歩百四十五連隊長）らが末輩のこの短才教師になんといったか。「せめて目的地に着けるようにして下さい。お願いします」と。

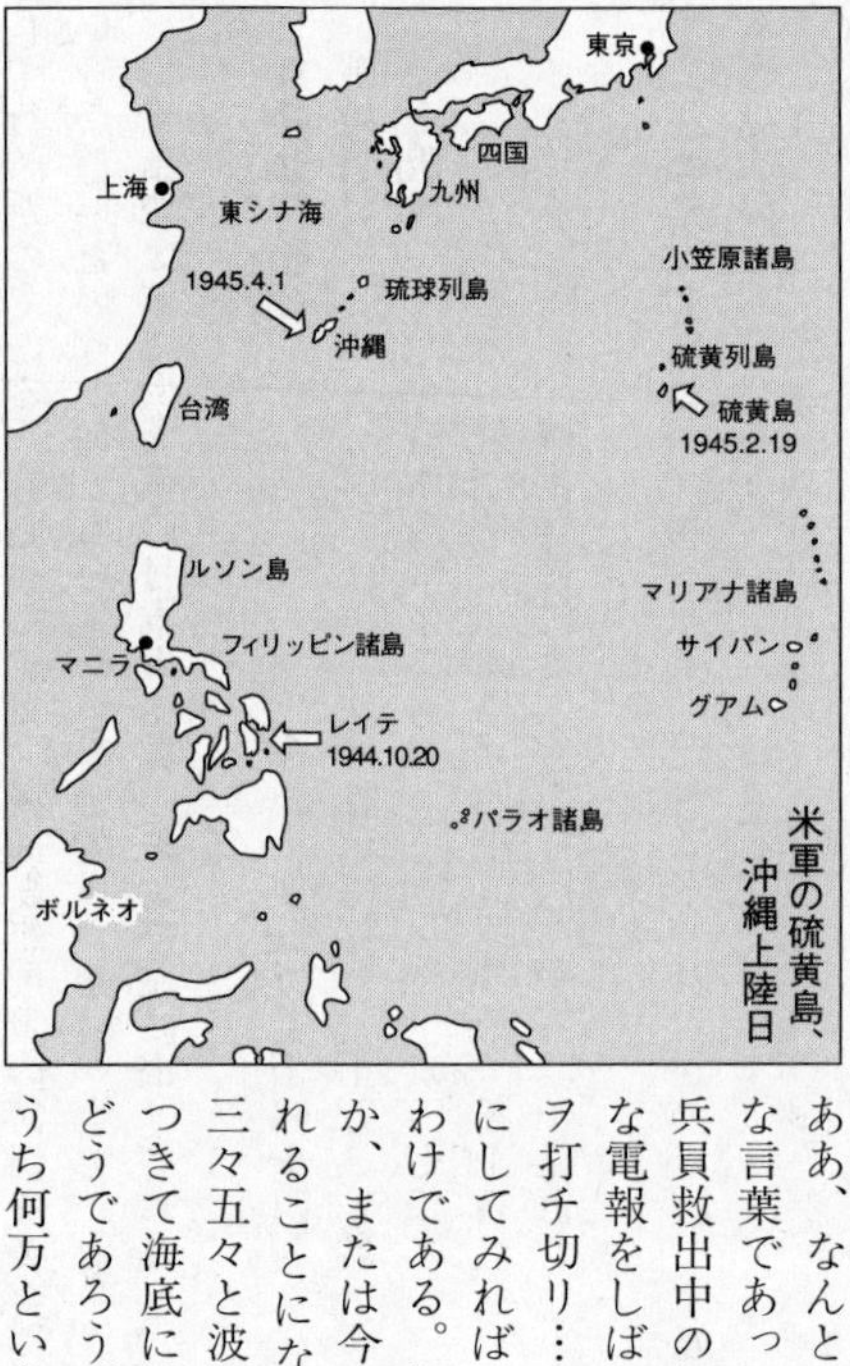

米軍の硫黄島、沖縄上陸日

ああ、なんという哀調をおびた気の毒な言葉であったろうか。私はまた海没兵員救出中の艦艇の打ち出す次のような電報をしばしば読んだ。「ワレ救出ヲ打チ切リ……」救出打ち切りの艦長にしてみれば、ぐずぐずしておれないわけである。任務上時間が許されないか、または今度は自分の艦艇が沈められることになるからである。しかし三々五々と波間に漂流して、ついに力つきて海底に沈んで行った勇士は一体どうであろう。第二次大戦の戦歿者のうち何万という勇士が海没のため散華して行ったのである。もちろん船員、護衛艦艇要員の凄惨な姿と、その最後は誠に気の毒というか尊いというか何ともいえないものであった。

参考までに第二次大戦の日本人船員の被害を左に掲げておこう。

乗船勤務船員　合計　十三万七千四十四名

戦歿者　計　十万三千名

内訳

潜水艦によるもの　六万七千名

航空機によるもの　二万一千七百名

機雷爆発によるもの　一万四千三百名

公刊戦史によると、一九四三年十二月三十一日現在の米国潜水艦の太平洋に就役していたものは次のとおりである。

新式潜水艦　百五隻

旧式潜水艦　十八隻

計　百二十三隻

ほぼ四十～五十パーセントの潜水艦が常時戦闘活動ができたと書いてあるから、五十隻ないし七十隻ぐらいがあばれまわっていたことになる。戦後グアム島において私と会食した米国の一海軍中佐（潜水艦乗組）は次のように私に語った。

「米国の潜水艦と日本の潜水艦の差で一番目立ったのは被発見の問題である。米国潜水艦は防音処置が行きとどいていたからなかなか見つからない。これに反し、日本の潜水艦は水中で音を発して動くからすぐに見つかって撃沈されてしまった。ただ日本潜水艦の発射する魚雷は、開戦当初は進んでいて、米国海軍は一時その脅威を受けた」

なお一九四三年ごろから米国潜水艦は三ないし四隻が組んで罠がけ作戦をやったが、日本の潜水艦は友軍相撃を怖れ、個艦ごとに行動する域を出ることができなかった。

しかし、このどさくさまぎれにもかかわらず、この時期における東京船舶支部の活動は実にみごとであった。支部長以下の不眠不休の活動と縁の下の力持ち的奉仕は、海上輸送を促進する面において大いに効果があったと信じている。

5 パイナップルとジャングルと硫黄島

島の内部ではいたる所で硫黄ガスが噴出していた

硫黄島の歴史

常夏の島、硫黄島は東京から南約七百マイルの北緯二十五度十分、東経百四十一度二十分の地点にあり、東西六キロ弱、南北三キロ強のしゃもじ形の島である。島には熱帯性植物が多い。バナナ、パパイヤ、パイナップルといった南洋の果実ができる。各所にジャングルがあり、なかには峡谷もある。

一八九〇年勅令第一九〇号で日本領を明示し、小笠原の所属となった。それ以前は帰属が不明で、スペイン領と書いた地図もあったということである。徳川鎖国政策の悲劇がこの辺にもある。一九〇三年ごろ小笠原母島から少数の者が移住し、農耕漁撈に従事した。

硫黄島といっても北硫黄島、中硫黄島、南硫黄島の三つが南北の一直線上に間隔をおいて点在しており、本書では特に示さないかぎり中硫黄島のことを「硫黄島」と呼ぶことにする。一九一三年、この硫黄島のほか北と南の硫黄島を通じて一つの役場がおかれ、一九四〇年四月一日府県町村制が施行された。

日本軍の進出と島民の引き揚げ

東京都大田区徳持町に住む硫黄島産業株式会社常務の桜井直作氏（七十一歳）一家はこう私に語った。

私（桜井氏）は元来群馬県出身ですが二十四年間硫黄島におりました。最初、硫黄島精糖株式会社の支配人として東京の本社から硫黄島に派遣され、砂糖の製造を主としていたのですが、業績思わしくなく、後に硫黄島産業株式会社と改名し、薬草採取の方を多くやるようになりました。当社が唯一の会社で、約七百町歩の私有農耕地の九十パーセント弱を買い上げておりましたので、当社のほか地主は十名前後でした。営林署が百町歩前後所有していました。

役場の吏員は四名で、父島の小笠原支庁の配下にありました。小学校は尋常科から高等小学校までのものが一つ、それに青年学校があり、先生は全部で七名でした。引き揚げの直前まで授業をやっていましたが、上級生は軍の方に手伝いに出かけていたと思います。太平館という官公吏相手の旅館があり、ほかに飲み屋が一軒あり、三名の島の女性が働いていました。映画館はなく、船便は年に六回程度でした。

一九四〇年、横須賀の馬淵組がきて海軍の指導の下に第一飛行場の建設にかかりました。一九四一年春に宝田海軍大尉が九十三名を率いて来島し、島の中央近くに砲台の構築にかかりました。これに前後して飛行場建設労務者が二千名前後来島したので、私は小笠原食品株式会社を作り、そこの常務としてしるこ、だんご、うどん、生パイン、コーヒー、紅茶、まんじゅうなどを売るようになりました。海軍の兵士たちは容器を持って買いにきたものです。一九四二年の暮れに和智海軍中佐が一千名以上の警備隊を連れて来島しました。この部隊には西瓜、なす、胡瓜などの野菜を納入しました。水は屋根に樋をかけると同時に岩にセメントを敷き、その下手にタンクをおいて雨水をとったのですが、初めのうちは色が抜けず、ご飯は茶飯のようでした。硫黄島にはパパイヤ、マンゴなどうまい果物ができました。三尺バナナ（台湾産に似ている）とキングバナナとあり、小さなやせたキングバナナの方がうまかったようです。目じろ、ひよ鳥、鳩、かつお鳥、ほうじろはいましたが烏と雀はおりませんでした。

一九四四年四月ごろ、陸軍の厚地大佐が一千名前後の陸軍部隊を連れて来島されましたが、私は主として和智海軍中佐と連絡を取っていまして、厚地さんとは四、五回お会いした程度でした。栗林閣下は六月十三日、突然来島されました。司令部がまだできていないので、しばらくご厄介になりますといって私の家に住まれることになりました。あっという間に私の家の応接間を中心として電話が引かれたときは、軍の行動がいかに素早いかと感心しました。

六月十五日、初めて艦載機の空襲を受けてびっくりしました。このころの島民は約千百五十名程度でした。島民の徴用と引き揚げ問題が役場を通じて伝えられ、次のように行なわれました。

第一陣引き揚げ　七月三日　約三百二十名
第二陣引き揚げ　七月七日　約五百名
第三陣引き揚げ　七月十三日　約三百名

私は残務整理のため、家内と子供は船で帰し、私自身は和智中佐の尽力で七月二十五日午後、単身海軍機で豪雨の直後島を立ち、木更津に引き揚げてきました。太平館の主人はしばらく残り、八月上旬東京に引き揚げてきました。

四十歳以下で陸軍に徴用された者は約二十五名、島の娘と結婚して徴用された者が五名、計約三十名で、うち五名が戦後生還しています。栗林閣下とは縁側でよく食事を一緒にしましたが、水の節約に率先されたのには敬服しました。ひげの生えた参謀長の方と藤田副官も一緒でした。

七月初旬サイパン玉砕の放送があったとき、私が「閣下、いよいよ硫黄島に敵を引きつけて叩くことになりますね」と申しましたら、いつも元気な閣下が「われわれの力がなくて皆さんに迷惑をかけてすまないが、もうこうなってはどうしようもありません」と答えられたときには本当にびっくりしました。

裸の島の日本軍

生還した混成第二旅団武蔵野工兵隊長は次のように語っている。

私（武蔵野氏）は一九四四年三月二十三日、工兵一個中隊を率いて上陸したが、硫黄島はまったくの無防備で裸の島であった。私の前に渡辺中佐の指揮する歩兵一個大隊が南海岸に到着していた。兵の中では生きて帰ろうと思うならば陣地を作れ、というのが合言葉になっていた。三月の末に陸海軍は七千名となり、第二、第三飛行場の拡張と全島の防衛陣地構築が行なわれた。六月十九日、米軍機の初空襲でわが海軍の百一機が南方海上五、六千メートル上空で空中戦をやり、十五分で帰らぬ翼となった。一機も帰らない空中戦を凝視していた将兵の心情は、肉親を失ったような悲運の焦慮で茫然とするばかりであった。その後内地から十機、二十機とやってきたが敵の空襲で全滅し、硫黄島決戦のときは一機も一艦もなかった。

栗林兵団長は六月十六日着任以来約一ヵ月間私と起居をともにしておられた。公務以外のときは同僚と同じように語ったり笑ったり、実に平和な学者肌の将軍であった。あるとき「ぼくは米国に五年ほどいたが平和産業が発達していて、戦争ともなれば一本の電報で数時間を要せず軍需産業に切り換えられる仕組みになっているのだ。こんな大切なことを日本の戦争計画者たちは一つも頭においていない。僕がいくらいっても一向お分かりにならない。この戦争はどんな慾目で見ても勝目は絶対にない。しかし、われわれは力のあるかぎり戦わなくてはならない。血の一滴まで戦わなくてはならない」といわれた。

硫黄島の地形と敵の上陸判断

東北部海岸は断崖絶壁で、まず大兵力をもってする上陸など考えられない。西南端に摺鉢山があり、この山と中心部の元山との間に砂原があり、ここに海軍の飛行場があった。第一飛行場といったり千鳥飛行場と呼んだりした。南海岸と西海岸だけが上陸を許すことになるが、西海岸の方は遠浅でしかも正面が狭い。

この島には港がない。南波止場という名があるとおり船はここに着くわけであるが、突堤がなく、波が荒く乗船も下船も危険である。中央部近くに硫黄島神社があったが、誰をまつったのか調べてみる余裕がなかった。

全島いたるところに硫黄ガスを噴出している。島一帯がどこを掘っても非常に熱気をおびており、一メートルぐらい掘り下げると熱くなる。摺鉢山の高さが標高百六十九メートルで、島の中央部の元山集落付近が標高百十メートル内外の高地をなしていた。

この島を一見すれば、素人でも敵は南海岸から上陸してくるだろうと考える。栗林兵団長もそう判断したのであった。

6 小笠原兵団とニミッツ提督

小笠原兵団と第二十七航空戦隊

大東亜戦争に入っても小笠原はまったくの平和郷で、陸軍は父島に要塞司令部をおき、海軍は特別根拠地隊を持っていたが、まあ身体の具合の悪い人々の保養所だったというのが適切であろう。ただ硫黄島は海軍航空隊の中継基地として、また父島の二見港は海軍船舶の寄港地として意義を持っていた程度で、陸海軍のほとんど誰も眼中におかなかったというのが実情であった。前章の桜井氏と武蔵野氏の話を見るとその辺の消息がよく分かる。

左より、ルーズベルト、マッカーサー、ニミッツ

父島要塞司令部の司令官は大須賀応少将で、一九四三年以来、小笠原一帯の陸軍を指揮しておったが、一九四四年三月に第三十一軍がサイパンに新設されるや、その隷下に入った。

海軍は当初横須賀海軍航空隊が、マリアナへの中継基地ないし海上護衛基地として硫黄島を使用しており、後に第二十七航空戦隊へと変わっていった。この第二十七航空戦隊は木更津の第三航空艦隊の指揮下にあった。

一九四四年六月に大本営が第百九師団を作るに際して、大須賀少将は混成第二旅団長を拝命し、要塞歩兵から編成された独立歩兵五個大隊に砲兵、工兵、通信隊その他でもって同旅団を編成し、硫黄島へ渡った。

立花芳夫少将が新たに父島に到着し、第二旅団とほぼ同質の混成第一旅団を指揮し、父島の守備に当たることになった。父島要塞の砲兵隊長であった街道大佐が一部砲兵を率いて硫黄島に進出し、高射砲部隊も合わせ指揮した。正木陸軍大佐の指揮する約三千名と一部の海軍部隊が母島の守備に当たった。

小笠原兵団なるものは現地のかき集めとか、全国から応急募集した寄せ集めの部隊で、本当にまとまった現役の建制部隊は、船腹の関係で前にスンダ列島守備に出て行った第四十六師団（師団長若松只一中将）の積み残りの歩兵第百四十五連隊約三千名と、戦車第二十六連隊約七百六十名といってよい状態であった。混成旅団の独立歩兵隊長は六十歳前後の応召の中佐が主であった。

時期的にいうと、一九四四年二月にトラックが敵の機動部隊に叩かれ、わが連合艦隊が追い出されて初めて、大本営はマリアナの守備にかかり（当時、陸海軍中央協定で国土防衛要綱として、千島―北海道―小笠原―マリアナ―パラオ―豪北の線を絶対国土防衛圏と呼んだ）、六月サイパンに敵がきたので硫黄島と父島の守備に本腰を入れるようになったのであって、現地部隊に守備ができていなかったのは当然である。

米軍の太平洋での動き

米国公刊戦史の要点を拾うと次のとおりである。

第二次大戦を通じ米英連合幕僚長会議――米側は大統領付参謀長リーヒー海軍大将、マーシャル陸軍参謀総長、キング海軍作戦部長とアーノルド陸軍航空軍総司令官の四名、英側は海軍軍令部長の海軍元帥パウンド卿（一九四四年以降海軍元帥カニンガム卿）、陸軍参謀総長の陸軍大将ブルーク卿、空軍参謀総長の空軍大将ポータル卿とワシントン派遣英国軍事代表の陸軍元帥ディル卿の四名からなっていた――は「まずドイツを打倒せよ」というスローガンの下に太平洋戦争は次等戦場としていたが、米国海軍の主力は太平洋にあり、作戦部長兼米国艦隊総司令長官キング海軍大将はニミッツの指揮する太平洋艦隊を対日作戦の主役であると断じ、南西太平洋方面軍司令官マッカーサーをもニミッツの統一指揮下に入れようとしたが、陸軍がついに譲らなかった。そしてニミッツとマッカーサーとは同格で平行して作戦を進めてきた（実質上はマッカーサーは統合幕僚長会議の下にあったが、ニミッツは艦隊総司令長官の下で独自の行動もでき、大きな空母機動部隊を有するためマッカーサーとは比較にならない大きな戦力を持っていた）。

米国が本格的に対日戦争の終結を急ぎ出したのは、一九四三年十一月のカイロ会談の時期からである。このころから重点をニミッツの正面に指向する傾向に転じ、一九四四年二月、ニミッツの艦隊によってトラックを奇襲したときから実質的に中部太平洋方面が重点正面になった。

このころ、海軍のみならず陸軍航空軍がマリアナを取ればB29を十二グループ、七百八十四機をおくことができるといい出した。この時期になると統合戦略調査委員会が中部太平洋からの対日作戦の方が距離が近いという理由でこの正面に全力を集中し、マッカーサーの正面と中・緬・印方面の作戦を非重点とするよう統合幕僚長会議に勧告し、マーシャル陸軍参謀総長までがこれに同意した。実際に統合幕僚長会議がニミッツ提督に次のような命令を発令したのは一九四四年三月十二日である（秘密電報命令第五一三七号）。

攻略目標	攻略開始年月日
サイパン	一九四四年六月十五日
パラオ	同年　九月十五日

ところがこの六月のサイパン攻略のときは、大統領をはじめ統合幕僚長会議のメンバーその他軍首脳がロンドンに行き、ノルマンジー侵攻作戦（一九四四年六月六日開始）の会議やら視察に出ていた。六月十二日、マーシャルとキングはアイゼンハウワー欧州派遣軍総司令官と一緒にノルマンジー半島の戦線視察に出ている。このため欧州戦争に気をとられ、せっかくのあ号作戦の勝利も戦果拡張のため利用できなかったと書いてある。

陸軍航空軍はマリアナ（サイパン、テニアンとグアム）を六月十五日に開始して攻略し、十月末までにB29を日本本土に向けて飛ばせることができるようにし、一九四五年二月までに

B29七百八十四機を配置する計画を樹立した。この計画に関連し、アーノルド将軍自ら指揮する第二十航空軍によってカルカッター成都を経てB29の対日空襲をやるという、いわゆる「マッターホーン」計画は中止となった。

マリアナ諸島攻略（サイパンは六月十五日ー七月七日、テニアンは七月二十四日ー七月三十日、グアムは七月二十一日ー八月十日）終了後、ニミッツ艦隊は台湾攻略を命ぜられたが、予想に反しドイツがなかなか屈服しそうもなく（米英連合幕僚長会議はドイツの屈服を一九四四年十月と見ていた）、対ドイツ戦場から兵力資材を転用しなければ台湾の攻略は無理とし、やむを得ず台湾の代わりに硫黄島と琉球を攻略することになり、一九四四年十月三日正式に発令になった。

7　島を海に沈めよう

上艦ネバダ艦戦米の前直撃射砲艦

第三十一軍の水際決戦方針

私が小笠原へ赴任した後、大須賀少将、厚地大佐、西川参謀らの話によると、小畑軍司令官と田村少将の両将が五月、小笠原方面の初度巡視に飛来し、将校全員を集めた席上で、田村少将が大演説をしたということである。その際、田村少将はまず「水際とは何であるか」との質問をだしたが誰も正解を出せなかったそうである。「水際とは潮の干満によって変わる水と陸との境界線である」というのが田村ドクトリンであり、彼は敵を海上に殲滅するということを強烈に説き、その意気当たるべからずというものであった。

そこでこれまで大須賀少将の命令でかなり海岸線に近く作っていたタコツボは、この演説後さらに海浜の方に進めなければならなかった。従って六月末、私が硫黄島に着いたときは海岸線にタコツボが掘ってあり、将兵一般はこの田村ドクトリンを尊重していた。サイパン、テニアン、グアムからの戦況報告を見ても、この田村ドクトリンが反映していた（ペリリュウ島の戦闘にいたって日本軍の離島防御の戦術は初めて脱皮したのであった）。

田村ドクトリンといっているが、これは別に田村少将が発明したわけではなく、これが元来防御戦術のイロハであったのである。つまり一部を海岸に配置し、強大な予備隊によって敵がくるやその予備隊でもって攻勢に転じ、敵を水際に圧倒殲滅するというのが洋の東西を問わず戦術の定石であった。日本の陸士や陸大においてもこの戦法が常識であり、俊秀の名高い田村少将が声を大にしてこの水際撃滅戦をとなえたのは理の当然であった。

ただ一九三九年のノモンハン事件後、作戦要務令に「広正面防御」という一章が入り、圧倒的な敵装甲部隊に対しては拠点式で縦深深く陣地を取れという意味のことが加えられるようになってはいた。

いずれにしても前述した「サイパンは難攻不落です……」の東条さんの言葉とか、サイパンに敵が上陸した当初の参謀本部の空気から見て、三万の陸兵でサイパンに来襲する敵を撃滅する可能性を夢みていた者がある、ということは事実ではないだろうか（サイパンだけについてとやかくいえた義理のものではない。本土においても、バケツの手送りで焼夷弾に対抗しようとした判断力の水準のことを思い出せばよく分かるはずである）。

栗林兵団長、硫黄島にやってくる

兵団長は藤田中尉（予備）副官を従えて、飛行機で木更津から硫黄島に着任した。六月十三日から硫黄島を巡視し、ほぼ第三十一軍の方針を踏襲することを大須賀少将、厚地大佐に伝えている。

もっとも六月末日までは小笠原の諸部隊は第三十一軍司令官の隷下にあり、サイパンこそ苦戦中であったが、軍司令官小畑中将はパラオから田村少将と塚本参謀を連れてグアムに飛行機で飛びこみ、同島の第二十九師団司令部の通信網を通じて、隷下一般に指令を出していたからこれに従わなければならなかった。

ついに硫黄島へ

軍令部第十二課の十川中佐の計らいで六月二十九日、木更津―硫黄島の海軍機便を与えられた私は、二十八日朝、水杯で家族と別れ、市川市の家内の実家に立ち寄り「万一の場合は家内と子供をよろしく頼む、葬儀その他すべて簡単質素を旨とすること、私の母から現金の援助があるはず」などのことを話して木更津の旅館に一泊した。夜半、郷里から兄が最後の別れにやってきたため、その夜はほとんど眠らず語り明かした。床の中に入ったがこれが兄弟一生の別れかと思うと眠れなかった。

六月二十九日の朝は晴天であった。基地司令野中海軍少佐(二・二六事件の野中大尉の弟)の見送りを受けて機上の人となった。内地の景色をこれが見納めと機上から眺めているうちに眠りに落ちた。

やがて気がついたときは、すでに北硫黄島の上を飛んでおり、たちまち硫黄島の上空を旋回し始めた。「ああ硫黄島だ。何だ、こんな小さな島か。ずいぶん飛行機の残骸があるな！

この島は海底に沈めたらよいではないか」というのが私の初印象であった。やがて飛行機は摺鉢山を横にして第一飛行場に着陸した。暑い、砂地だ、殺風景な所だ、変な所にきたな、塚本さんはうまくやった……と次々と愚痴めいた気持ちが起こってきた。

おんぼろ自動車で二十分ほど砂道を走って北集落の兵団参謀部に着いた。十二時ちょっと過ぎである。白方参謀と二、三の将校が食事中で、私が「師団長はどこですか」ときいたら誰かが「昼食をどうぞ」という返事をした。そわそわした感じで当番兵の出してくれたどんぶり飯を食べた。温厚そうな白方参謀を始め、いずれも忙しそうなざわついた状態でお互いに落ち着いた話はできない。

午後一時過ぎだったと思う。私はある下士官の案内で、約百五十メートル離れた兵団長のいる民家に歩いて行った。地下足袋で兵隊の開襟シャツを着けた栗林中将は民家の入口に立っていた。初めて会う人だ。

「やあ、きたかい」と中将は気安く声を私にかけた。

「サイパンに行けず、近日中に閣下の配下に命課換えになるはずです」

「おれも東京師団長であったが、幹候（幹部候補生の略称）が火災を起こしてクビになりぶらぶらしていたら、こんな騒ぎでこんなところにやってきたよ。内地はどうだい」

私がそれに答えようとするとサイドカーが迎えにきた。

「陣地を見に行く約束をしたんだ。後でゆっくり話そう。悪いな」と中将はいって、サイドカー上の人となってどこかへ行ってしまった。

島を沈めるのが最上の策だ

参謀部にもどった私は、さっそく若干の電報を見て、サイパンの日本軍の奮闘に感謝した。それから海軍司令部に挨拶に出て行った。一つには海軍の電報が見たかったのである。市丸利之助少将と間瀬中佐と三十分ほど話しこんだ。あ号作戦後の日本がどうなるかというのが話題の焦点になりかけたが二人とも本当の実情を知らず、困ったとはいうものの、かなりの強がりを示していた。第一線部隊の電報は数が知れたもので、情勢全般を掴むことはむずかしいことを知った。間瀬中佐が私に「一年以上も海軍の釜の飯を食われたあなただけにですよ、硫黄島でただ一ヵ所だから口外禁物ですよ」と笑いながらアイスクリームを進呈してくれた。実にうまいアイスクリームであった。

私は「大本営からもいわれているし、父島に行って小笠原、特に硫黄島の強化に当たらなければならないので、近日中に父島行きの飛行便があったら願いますよ」といった。二人ともうなずいた。

兵団参謀部にもどってきて参謀その他と話をした。いずれも硫黄島にきたばかりで仕事が手につかないという面もあったが、東京の気分、特に海上護衛総司令部の死相をおびた空気とは全然異なり、南国前線ののん気な状況に若干の不安がまじっているというところであった。誰かが兵団長が細かいことに口を出し、やかましくて困るのですといっていた。午後五時ごろだったと思うが、藤田中尉がやってきて「閣下が今夜参謀殿と食事をしたいといわれております。用意ができたらお迎えに参ります」という。「有難う」と答えて私は隣りの副官部の部屋に行ったり、兵器部をのぞいたり、参謀部の裏の樹木の茂みが内地と違っているのに興味を持ったりしていた。誰かが防空壕はあちらですと指して新来の客に空襲の際の行動の準拠を与えてくれた。私は昨年アンボンで数回、チモール島で数回防空壕に飛びこんだことがあるだけであった。

午後六時少し前、まだ夕陽が残っているころ、一人の上等兵がやってきて兵団長がお待ちですという。さっそく私はこの上等兵について行った。

「まあ上がれ、江戸と違ってご馳走はないよ」と中将が声をかけた。

「恐縮です」といって私が片方の長靴を脱いだらサイレンだ。

「防空壕までかなりあるから行こう」

兵団長、私、藤田中尉、上等兵の順で参謀部の前を通って防空壕に入った。初めて入る防空壕だ。硫黄の臭いがする。地下足袋で兵隊の開襟シャツを着けた兵団長はステッキを持っていたが、壕の中で椅子にかけ何やかや指図する。なるほどこれはやかまし屋だなと思った。及川大将や鈴木中将とはちょっと変わったタイプだなと見た。東京で彼について何か聞いてきておけばよかったのにと思った。

空襲は一機の機種不明のものであった。空襲警報解除のサイレンが鳴る。壕を出る。前きた順序で歩き出すと、後ろに参謀部や副官部の者が続く。もう薄暗い。涼しくなってきた。生え茂った樹木やバナナの間の小径を抜けて参謀部や副官部の人たちと別れ、兵団長の宿舎にもどった。

「敵さん、さめたものを食えというわけだね、さあ上がれ」

二人は日本間に上がった。八畳の部屋で右が土間の台所、左が八畳で藤田中尉の部屋らしい。戦後知ったことであるが、これが硫黄島産業株式会社常務の桜井直作氏の家であった。

台所で上等兵二人が炊事をやり、藤田中尉が何やら指図をしている。

「君は酒を飲むか。僕はウィスキーしかやらないんだが」と中将。

「どちらでも結構です」

「永田さんでも生きておれば、こんなことにはならなかったんだよ」

「鈴木宗作さんも同じことをいわれていましたが」

少しずつウィスキーを互いに注ぐ。「傷夷軍人ですから失礼します」といって、私はあぐらの姿勢から左足を少し左前方に投げ出した。

「ああ、そうだ」といって兵団長もあぐらの身体をさらにくずした。

缶詰料理が出てくる。藤田中尉が台所から中継役である。

「副官も座ったらどうだ」と私がいうと、「有難うございます。後ほど」といって、料理の中継を続ける。

「なんだ、君は鈴木さんの部下だったのか。頭のいい人だね。教育総監部で一緒だったよ」

中将はなつかしそうな顔でつづけた。

「永田さん、今村さん、鈴木さん、あのころは君、教育総監部はそろっていたよ。相沢とか何とかいう狂人が殺しちゃって、国宝を失っちゃったんだ。盲目の馬鹿めらが愛国だのヘチマだのといって、見さかいのつかないことをやるからこのざまだ」

語気が荒い。

「ご郷里が同じなので特に永田鉄山と親しくされたわけですか」

「うーん。偉い人だったよ。世界を見ていたよ。何しろ宇垣さんの一番弟子だからね。おれも東京師団で火災なんかが起きなければこんな所へきやしなかったんだ」

「私もサイパンに行っておれば、今ごろ生死の境にあったと思います」

「分からないものだね。人の運命なんて。かなり前のことだが大尉のころ三年もアメリカにいて、同じ隊の将校に運転を教わり、自動車を買ってあちこちまわったが、軍事と工業の連結は素晴らしいものであった。デトロイトも見たよ。ボタン一つで全工業が動員され、実業家が陸軍長官や海軍長官になって軍需工業の裏づけをやるんだからたまらない。日本じゃバタ（歩兵のこと）が幼年学校を出て皇軍の根幹だとか抜かして、ところで君も幼年学校出のバタ上がりか、失礼、はばを利かせて戦争指導だなんてやらかしているんだからどうしようもない」

「中学出身ですがバタです」私は答えた。

「ああ、そうか。いくらいっても欧州帰りはおれたちのいうことを聞いてくれないんだ」

語調はますます烈しくなる。

「カナダにも徳川さんのころいたよ。ところで東京を出るとき後宮さん（参謀次長の後宮淳大将）が硫黄島へ必ず敵がくるといっていたが、堀江君どう思うかね。わしもそう思う。そうしたら、ここで敵を引きつけて内地か沖縄から連合艦隊が出てきて敵に横びんたをくれることになる。つまりここは敵を拘束する役割を果たすわけだよ」

「閣下、連合艦隊なんかありませんよ。歩《ふ》と桂馬《けいま》ぐらいは残っていますが、もう飛車も角もないですよ。あ号作戦の経過をご存知ですか」

私は単刀直入にいった。

「馬鹿な、君、ここは東京都だよ」

「日本の命日は十日前、六月十九日なのです」

「東京の玄関先でただ死ねというのかね。それじゃ……。君は酔っぱらったな」

「私は今日上空から硫黄島を見て、最良の策は硫黄島を沈める。やむを得なければ第一飛行場を海底に沈める。摺鉢山と元山だけ残せば敵として利用できないでしょう。もし将来日本が攻勢に転ずるチャンスがくるとすれば、硫黄島なんか顧みる必要ありませんよ」

「副官、飯にして」

ご飯と汁と福神漬で食事をしながらも「君はかなり酔っぱらったな」と小声でくり返す。

とまたサイレンが鳴った。

「ご馳走さまでした」といって私が立つと、今度は兵団長は長靴をはき、相変わらずステッキを持った。九時半ごろではなかったろうか。私は暗がりを一緒に歩きながらこの米国、カナダ通の兵団長に自分の持っている知識、特に日本の海軍力の実体を吹きこみ、それにふさわしい作戦方針をたててもらわなければならないと考えた。だが、とにかくこのときは双方とも半信半疑で、兵団長はこの若僧が何をいうかという人を食った素振りを見せた。

私は鈴木中将、及川大将、堀江少将、島本少将、それに士官候補生当時の連隊長であった中山少将の顔を次々と思い出し、このような人たちだったら全部私のいうことを聞いてくれるだろうにと悲しくなった。

防空壕の手前で空襲解除のサイレンが鳴り、参謀部の前まで引き返し、そこでお休みなさい、明日、また報告に上がりますといって別れた。私はその夜、参謀室（畳の部屋）で寝た。寝たもののなかなか眠れない。誰かが鼾《いびき》をかくのでこれも邪魔になる。それよりも自分の身はまだ第三十一軍の参謀なんだ。所属司令部にいたらこんな淋しいことはないだろう。誰もが他人行儀で自分のことを見ていると考えてますます目がさえてきた。

「日本の運命はすでに終わった」

翌六月三十日は晴天であった。兵団長にお伴して、おんぼろ自動車で第一飛行場、特に敵の上陸予想海岸に出かけて行った。近くにいた工兵隊長武蔵野中尉がわれわれ二人のところへやってきて報告する。兵団長は何回も海岸に伏せて敵の立場からわが方を見る。

「ずいぶん広いもんだね、こうして見ると。やつらはここから上がってくる以外に手はないよ」

「この飛行場さえ沈めてしまえば硫黄島の価値はなくなるというのが、私の案ですよ」

「確かにそうだね」と兵団長はうなずいた。

このとき武蔵野中尉が工兵の立場から、砂地で陣地作りがむずかしい意味のことを報告していたように記憶している。二時間前後あちらこちらと自動車を降りては伏せ、ステッキを小銃代わりにして私の方を射撃する格好をする。「伏せてみろ」、「立って」、「もっと低く」などと注文が多い。私は元歩二の連隊長石黒大佐を思い出した。そして参謀や副官の「細かくて困る」という意味が分かるような気がした。石黒さんの不規則な行動と生命の実相に手こずったが、ここへきてまたかと思ったことを白状する。兵団長は言葉がぶっきらぼうで他人の悪口など平気でいった。私は南海岸の船付場を見て、なるほどこれでは大きな船はつけない、なかなか波が荒いなと思った。

機帆船や漁船を使っていかに父島から人員や資材を前送するかを考えた。私は兵団長に「午後は碇泊場支部の将校以下を連れてきて研究をやります」と体《てい》よく午後のお伴から逃げた。サイパンに行っていた方がかえって良かったのではないか、どっちみち最後はあの世行きなのだからという感情が何回も起きてきた。兵団長と一緒に司令部に自動車でもどり、昼食を私は参謀室でとった。

午後、私は碇泊場支部の宿舎を訪れた。二、三名の将校と下士官に碇泊場支部の位置が南波止場から離れているのはおかしいではないか、などと文句をつけながら二時間ほど討論を交わし、現場へ明朝行って揚陸に関して研究しようということになった。船舶司令部系統の人々だけあって、彼らの私に対する態度は親しみと親切に満ちていた。ここで出してくれた手製のまんじゅうは特にうまかった。

帰りに海軍司令部に立ち寄った。すると木更津の第三航空艦隊（市丸少将の第二十七航空戦隊の親部隊）の参謀長松永大佐がきていた。市丸、間瀬、松永の三名と私で約二十分間ほど話をし、アイスクリームをご馳走になって参謀部にもどってきた。松永大佐はすらっとした貴公子然たる美青年であった。誰だったか忘れたが温泉に行けと勧める者がいた。三名ほどの後について行った。数十名の者がすでに浴びていた。私が裸になるとサイレンが聞こえたので、あわ食って温泉に入って行き、崖の下に隠れた。

私はすっかり気に入った。温度もいいし、水泳の好きな私には持ってこいの場所だと思った。平和時の空襲の心配なしにこの島に遊びにきたら、さぞかしいいだろう。一風呂浴びて参謀部に帰り電報を見ていると、藤田中尉が「閣下がお呼びです」という。私は中尉の後を追って行った。

「天然風呂はどうだった。ロハにしてはいいだろう。まあ上がれ。一緒に食おう」

昨夜と同じようにあぐらをかいて兵団長と向かい合った。角びんからウィスキーが注がれ、昨夜とおなじような料理が出てくる。私は飲みながら太平洋の実情を説明し、海軍なくして生きて勝つ方法のないことを説いた。まず一九四二年六月四日、ミッドウェイにおいて空母「加賀」が敵機により、ついで「蒼龍」が敵潜水艦により、翌五日「赤城」と「飛龍」が敵機のため相ついで沈み、実質的に第一航空艦隊が全滅し、日米その所を変えてしまったことを述べ、さらに凄惨な海上護衛の面を語った。

毎日二千通からの電報を海上護衛総司令部と参謀本部とで、衝撃と痛恨の念やる方なく読みながら各部各課をさまよっていた私は、糸をくるように艦船名、搭載機数、備砲、搭載物件、沈没の日時、地点まで淡々と吐き出した。話が五十隻前後まで進むと、「君は百科辞典みたいだね」とひやかし気分で聞いていた陸大恩賜の軍刀もさすがに参ったらしい。兵団長の顔色は真剣そのものとなり、私の方を凝視して食うことも飲むこともやめてしまった。さらに私が語をついで、

「この海軍力、なかでも海軍航空隊の欠如を補うため離島に陸軍と第十一航空艦隊をおいて、小沢機動艦隊の再建をはかるというのが日本戦略のキイポイントであったのです。しかし二月トラックから、三月パラオから連合艦隊が追われてタウイタウイ泊地に逃がれ、今度のあ

号作戦で事実上この戦略は終末点にきたわけです。いってみれば六月十九日が日本の命日で、大局の戦争は終わったわけなのです。しかし、鈴木中将や及川大将が日ごろいわれているように大詔が出ている以上、一死をもって国に殉ずる以外に道はないと思います。問題は一人十殺主義で自分が死んだとき敵を多数殺しておれば、算術の計算上こちらが勝ったことになります。この勝利を、私はこの小笠原に期待するのであります」とのべた。

私の声は涙にむせび、時どきつまった。兵団長は「そうだったのか、そこまでは……」といって悲壮な顔をした。

「陸軍では主戦論者が多かったのと、まだ何十個師団と傷つかない兵力を擁していて弱音を吐くわけには行かない、海軍は主戦論者が少なかったにしても敗けましたと投げ出すわけには行かない。互いに牽制し合ってこの飛車、角のない戦いを続けており、そうかといってアッツ、ガダルカナル、マキン、タラワの玉砕者の手前、サイパン以降は捕虜になってもよいと統師部が発令するわけにも行きますまい。これが日本の国家機構や伝統と相まって最もむずかしいところであります。私個人はもういいのです。今まで次から次と九死に一生を得ることばかりの連続で、今度もサイパンに行っておれば当然井桁さんのもとで、パラオに行っておれば小畑司令官と運命をともにすべき人間であったわけですから」といってポケットから高月軍医中佐よりもらった青酸カリを出して見せた。

「参謀殿、今海軍から参謀部に電話があり、明日父島に飛行機が行くそうです。六時出発だそうです」と藤田中尉が報告した。

「その便頼む、といってくれ」と私は返答した。

「では明日父島に行かせていただいて、まず歩兵第百四十五連隊、戦車第二十六連隊、火器と弾薬を優先して分送することにします」

兵団長は一言「頼む」といった。どちらも青い顔をして口をきかず、押し黙った状況が続いた。私が辞したのは午後十時をまわっていた。

参謀部にもどり、大部分が寝ている中で明日の父島行きの準備をし、日直下士官に、明朝五時に起こしてほしいこと、朝食は不要であることを伝えて床へ入った。もう歩兵第百四十五連隊が父島に着くころではないかと胸さわぎはしたが、兵団長に思っていることを全部ぶちまけたという気持ちからたちまち眠りに落ちた。別に安眠を妨害するものはなかった。

8　夜明け前に荷役を終えろ

爆撃で破壊される硫黄島の日本機

緊急海上輸送のために父島へ

七月一日の朝、若い海軍大尉の戦闘機に乗せてもらった。飛行機は海上護衛の爆弾を抱いたまま約四十分して父島の山羊山飛行場に胴体着陸した。故障で脚が出なかったらしい。ここで私はまた命拾いをした。パイロットも顔に少々傷を受けただけですんだ。自動車で大村海岸の旧要塞司令部に向かう。なんという平和郷であろう。素晴らしい景色だ。二見港の水も美しい。昨年ジャバから帰京の途中メナドで大艇が着水した湖の畔で海軍の山本、田中、内藤参謀と異口同音に「老いたらここで隠居しよう」と冗談をいったことを思い出した。

旧要塞司令部に着くと西川参謀がおり、私と交代して硫黄島に行く準備をしていた。混成第一旅団長の立花少将もいた。西四辻中尉が、本日能登丸が入港予定で明日××丸が入港するはずだという。

私はただちに仕事にかかった。碇泊場司令部、船舶工兵第十七連隊の将校、西四辻中尉、混成旅団の横田副官などを集め、「たった今から硫黄島への大輸送が始まる。不眠不休になるであろう。機帆船、漁船はこれを総動員する。よろしく頼む」と伝え、まず能登丸の卸下《しゃか》と小型船への分載に関する指示を与えた。

旧司令部にはまだ女性の給仕がおり、紅茶を出してくれた。小笠原支庁の人々が挨拶にくる。大村の町ではまだ若干の商店が商売をしている。やがて昼食だ。立花少将が先任者で、私は彼と向かい合い、西川参謀、横田副官、その他数名で司令部の前の木陰で食事をした。まずこれらの人たちの悠々として迫らない態度に敬服した。立花少将の愛読書は織田信長と近藤勇で、この両将の戦法を用いれば必ず戦争に勝つという真面目な話を聞くにいたって、私は気が遠くなるような感じがした。私の方が思考がおかしいのだろうかと自らを疑ってもみた。腹が減っていたので食事はうまく、食後の西瓜も甘かった。

池田大佐と堀参謀長

午後、能登丸は入港してきた。池田大佐を迎えた。ともに内地で苦労した仲である。するとひょっこりひげを伸ばし、参謀肩章をつけた大佐が出てきた。かつて士官学校時代に鉄道の講義をしてくれた堀静一大佐で、師団参謀長である。私は大村海岸で特に第百四十五連隊の軍旗と本部は高速輸送艦ですぐ硫黄島に行くように手配をし、堀大佐を司令部へ案内した。堀、西川の両先輩に情勢の説明をしたかったからである。堀大佐は温厚な人で、元歩二連隊長横山静雄中将の野鉄司令部で参謀をやったということから非常に親しくなった。私のいうことを何もかも細かい字で筆記していた。西川参謀の方は私の話にかなり抵抗した。「あなたの話を聞いていると淋しくなる。皇軍は健在ですよ」という。

夕刻、ある下士官と兵で官舎に案内してくれた。こんないいところがあったのかとため息をついた。かつて誰かが病人の保養所だといったことを思い出した。

七月二日、堀参謀長と西川参謀は硫黄島へ渡った。長年、父島の要塞参謀をしていた西川参謀はさすがに名残り惜しそうであった。支庁の人たちが内地引き揚げに関して色いろと質問やら主張をしてくる。給仕はしばらくおいてほしいという。住みなれた故郷を離れる気持ちを察して「本人が希望するならなるべく長くおくことにしてやろう」というと非常に喜んだ。十七、八歳の真面目な娘であった。歩兵第百四十五連隊の輸送はまず順調に進んでいる。

島民の内地引き揚げ

海軍司令部に挨拶に行く。森海軍少将、先任参謀の神浦中佐、機関参謀の米原少佐らと話をする。陸海軍協同の線で話はきわめてスムーズに行く。

七月三日、島民の内地引揚げ問題でかなり忙しかった。硫黄島や母島の引き揚げ者も小船で父島にきては輸送船で内地に向かうはずなので、ごった返す状況になった。残って情勢を見させてくれと懇請する者も多かった。私自身も彼らの熱心さに動かされ、彼らの希望する線にむしろ傾いた。

はげしい空襲の連続

七月四日未明、官舎の蚊帳の中で爆音に起こされた。空襲だ。本当にびっくりした。ズボンが見つからず、だらしのないことおびただしい。ボン、ボン、ボンと音がするのは日本海軍の機関砲らしいがはっきりしない。蚊帳に引っかかっていたズボンを見つけ、暗がりの中を兵の案内でようやく防空壕に着くと、立花少将はすでにきていた。敵は悪天をついてやってきた。午前中くり返しくり返し襲撃してくるので、まったくのくぎづけにされた。二見港にあった水上戦闘機十数機が舞い上がったが、グラマンのためたちまち火煙を吐いて落ちてくる。電話は全島不通という状態である。

捕虜を尋問して英会話をならう

午後、天気が回復してくると同時に敵も去ったようである。撃墜捕虜のコンネル海軍中尉が私の前に連れてこられた。彼の言によると、米国の独立記念日を祝って、クラーク海軍少将の指揮するホーネットとエンタープライズの空母からなる機動部隊が小笠原方面を空襲し、同時にグアムに対する攻略開始の前触れをやったのだという。なかなか話が通じない。筆談を交えて何とか意味が通ずる程度である。この尋問で語学の不足に困った私は、必要に迫られて捕虜を教師として英会話の練習を始めた。こうして私の会話勉強は一九四四年七月四日の午後に始まり、コンネル中尉は私の教師第一号であった。そのうち第二、第三号がやってきた。海上輸送、穴掘り、陣地視察、将校の戦術教育の合間を利用し、憂さばらしにブロークンの会話をやった。三名の教師は代わるがわる主任教師と助手とになり、この私一人に熱心に教えた。毎日少なくも三時間ぐらいやった。空襲のときは防空壕に一緒に入ってさっそく会話を始めた。他の日本人は私が引っかかってうまくできないたびに声を出して笑ったものである。

この捕虜の尋問から得た情報は米国戦略の骨子であり、栗林兵団長と参謀次長宛てに電報したところ、次長からは二回にわたって丁重な謝電がきた。中学校から陸大まで約十一年間勉強してほとんどしどろもどろであった私が、終戦の降伏交渉のときはマリアナ艦隊司令部代表のスミス海軍大佐の連れてきた二世通訳の日本語よりも私の英語の方が強かったのは皮肉であった。玉村兵曹、小山幹候たちの二世が協力はしてくれたが、とにかく終戦後、次々と来島する米国視察団に独り立ちして、二、三時間の演説をぶつまでになっていた。

このコンネル中尉はなかなかの美少年であった。シアトルの出身で十年ほど前、海軍少佐で地中海の第六艦隊勤務中と連絡があったがその後音信がない。後日戦犯問題が起こったとき、この教師たちは私を救い、マリアナ艦隊司令部は国賓のような待遇を与えた。戦後職を失った私は内地帰還の翌日から語学で立ち、やがてメリーランド大学で米国大学生に、拓大その他で日本の大学生に教鞭をとるかたわら、米国の新聞雑誌に軍事評論家として執筆を乞われる身となった。人間、運命のいたずらとは実に計り難いものである。

島民引き揚げの本格化

七月五日、島民は私の所へ殺到してきた。早く内地に帰らしてくれというのであった。給仕も「一刻も早く、今度の便で帰らして下さい」と前言をひるがえしてきた。敵の空襲のおかげで島民の引き揚げは急ピッチに進んだ。果たしてこの人たちが無事に帰国したのやら私には今なお分からない。

オリンピックの騎手、西中佐

七月十八日ころ、西中佐が旧司令部に現われた。海没上がりの姿はすぐに分かった。「ご芳名は前々から」と私は椅子をすすめた。彼は「戦車を全部沈めてしまって」と悲壮な面持ちである。私はビールを出して、一九三二年にロスアンゼルスで大活躍をした元オリンピックの障碍飛越優勝選手の労をねぎらった。

彼は「騎兵から機甲に転じ、満州なり中国なりで機動力発揮を考えてきたのに硫黄島とは残念です。今二十数台の戦車も海底に沈んでしまったので、何とも申しようがない」という。

私は「防空壕はこの方向です」と指した後、「まあ飲んで下さい。お話はごもっともです。硫黄島では恐らく戦車を洞穴内に埋めて戦うことになるでしょう。トーチカとして使うので機動力を利用することは考えられませんから」といった。

「土《どろ》の中へ！　それじゃなおさらです。何とか貴官から中央に電報を打ってくれないか。死ねというなら幾らでも生命は出すが、生命の出し場所を与えてほしいんです、私は」

サイレンが鳴った。

「退避しましょう」と私がいうが早いか、火花が室内に散った。長脚の中佐は起ち上がった。私が部屋を出たとき彼はすでに壕の方に向かって走っていた。私は諦めて部屋に引き返してみた。すると曳光弾《えいこうだん》がテーブルの真中を貫いて床をぶち抜いていた。あの火花がこれだったのかと分かった。空襲解除のサイレンで西中佐はもどってきた。二人はまたビールを飲んだ。

「大本営の方針がいったん離島へ向けた部隊を転用したり、個人を転出させたりしない方向に進んでいることを知っている私から電報を出すわけにはまいりません。中央の実力者は服部―瀬島ラインですが、誰かご存知の方に宛てて電報されるのは結構です」こういって、私は紙と鉛筆を差し出した。

「残念だな！　米国を私はよく知っているんですよ。馬の関係で。友人もいるんですよ。まったく皮肉だな！　では硫黄島へ行って栗林さんと話してからにします。有難う」と彼はいって出て行った。後日彼は東京にもどり、一ヵ月前後滞在して戦車を集め、硫黄島に帰ってきた。

一九四四年十二月十八日付の夫人宛ての手紙に、「戦局もだんだん決戦様相苛烈となり、いつ当方面で新たなる決戦を惹起《じゃっき》しないともかぎらない。みな西家の者が心を一つにしてしっかりやってくれておれば後顧の憂など一つもない。今まで受けた君国のご恩がえしに率先陣頭に立って十二分の活躍ができると確信、心境は明鏡止水の如しというところだからしっかりやってくれ」と述べているのを見ると、父島で私と別れてから部隊の転用または自己の転勤の件を公けに持ち出さなかったか、持ち出しても取り上げられなかったかのいずれかであろう。

「敵よりも日本人の始末がむずかしい」

七月二十日前後だったか、東条内閣の崩壊後であった。突然、大谷海軍中佐と連合艦隊陸軍参謀の島村大佐が午後四時ごろ来訪し、大谷中佐は父島特根司令部に、島村大佐は私の所へ泊まった。彼と私はツーといえばカーという状態で陸海軍全般の知識を実によく持っていた。何しろ彼は連合艦隊司令部で、私の海上護衛総司令部におけると同様に多数の電報を見るのと、重要ポストにいるメンバーと毎日接するからである。

二人で夕食をとった後、彼は「万一の場合、敵よりも日本人の始末の方がむずかしいと思う」といい出した。

「今、岡田元首相を先頭に重臣たちが終戦工作を進めているが、右翼だとか、左翼だとか、主戦論者だとか何だかんだというのがいて、日本人をどう扱って行くかということがむずかしい。虚栄と見えと強がりを示して石を投げたり、焼き打ちをやったり、高官を殺したりする日本人の悪風をいかに避けるかが問題ですよ。敵の方だってここまできては無条件降伏以外に許さないだろうから……」

「せめてドイツの後にしてもらいたいですね」と私はいった。

寝台を並べて床に入ったものの、彼と私は深更まで語り合い、互いに話を止めようとしない。翌朝別れを惜しんで海軍の自動車に乗って去った彼が、やがて香港上空飛行中に敵機に襲われて戦死したことを聞き、惜しい人物を失ったと思った。

旅団司令部と父島派遣司令部の位置

七月四日の空襲後、立花少将はあちこちと司令部の位置を捜し歩いていたが、十日前後巽《たつみ》谷《だに》(扇浦海岸の奥の方の山の中)に移って行った。

大村の旧要塞司令部の位置では、防空上どうしようもないので、七月二十日過ぎに、父島のほぼ中央に当たる山の中に引っ越した。将校十一名を含むちょうど百名の派遣司令部はこの山の中に店を開いた。参謀部、電報班、通信隊、兵器部、経理部、薬剤部、農耕班などがあり、炊事班もあった。

私の任務は小笠原全般の海上輸送、補給、通信連絡、母島守備隊および海軍との連絡、それに混成第一旅団長の戦術補佐というものであった。

紙に書いた参謀分担業務は以上のとおりであるが、硫黄島出発の前夜、栗林兵団長より「こと戦術に関しては旅団長にはまかせられない。君が直接握り、まずいことがあったら電報せよ。海上輸送の方は適宜大本営と連絡を取ってやってほしい」という厳しい通達があったため、私としては実際はつらかった。階級の問題で。

いつ日本は降伏するか

ある日の夕刻、海軍司令部から電話があり、神浦海軍参謀が単身訪問したいという。私は「まだ引越そばを届けていないからこちらで夕食にして下さい」と回答した。彼はラバウルで参謀勤務中、空襲のため神経をすりへらして、しばらく内地で静養してから父島にきたのだそうである。

彼は二人だけの話で、まだ森司令官にも話していないのだがと前おきし、「いつ日本が降伏すると思いますか。私は早くて正月、遅くて三月と思うが、あなたはいつごろと思うか」という。「ドイツが先であってほしいですね」と私は島村大佐に対すると同じ返事をして深入りを避けた。一ヵ月ほどして彼は神経衰弱で内地へ送還された。

戦後、彼はグアム島に証人として送られてき、私から三つぐらい離れた寝台に寝ていた。毎日私のところへきては米軍が盗聴器でわれわれ証人の会話を聞いているから屋根に注意してみようという。私は篠田、宮崎両海軍参謀にお互いに彼の挙動に気をつけて、必要ならば米軍軍医に診察してもらうことにしようといっていた矢先、ある朝誰かが「あれ、神浦参謀が」と悲鳴を上げた。びっくりして彼の寝台のそばに行ったときはすでに冷たくなっていた。蚊帳のつり手で簡単に縊死していた。海兵から東京外語で勉強し、頭のさえたかなり英語のできる線の細い人であった。彼もまた戦争犠牲者の一人であった。

夜明けの海上輸送

サイパンを取った敵はB24爆撃機を飛ばしてくるので、昼間の卸下《しゃか》、搭載など船の荷役作業は不可能になった。そこで夜間大きな船から荷物を大村海岸におろし、ただちにトラックで山の中へ分散し、翌日の晩トラックで出してきて機帆船、漁船に分載し母島まで進め、翌夕出港して硫黄島に行き、揚陸して母島まで引き返すという方法を取った。硫黄島行き部隊を扱うときは比較的容易であったが、兵器弾薬、食糧などの荷役作業には本当に閉口した。動員した機帆船、漁船は約五十隻であった。

夜の荷役作業にはほとんど毎晩三千名前後の作業員を父島守備隊から出動させ、これに三十台前後のトラックを使用した。本船と大村海岸および扇浦海岸の間には約二十隻の大発と小発（両方とも上陸用舟艇）を船舶工兵第十七連隊から出させて急ピッチで作業を実施した。

作業督励のため大村海岸に出動した私は、夜半を過ぎると時たま部下の掌握のできない将校をぶんなぐり、これまで一度も部下に手を下したことのない前例を破った。今になってすまないことをしたと思っているが、当時としてはどんなに疲労していようが、眠かろうが夜明け前なるべく早く荷役を終わって本船を内地向けに出港させないと、この本船が敵機の犠牲になってしまうのと、大村海岸に揚げた物資が灰になってしまうので何とかその場を切り抜けようとする非常手段であった。深夜になり作業員が空腹と疲労のため地上にしゃがんで動かなくなる。炊き出しをやって握り飯を一つずつ出しても、なかなか三千名にはまわりかねる。懇願しても怒鳴っても動かなくなる。時間は過ぎる。船長は積荷を残して帰らせてくれと申し出る。思いあまった私は涙を振るいながら棍棒を振りまわして作業員を追い立てたこともあった。

この点実によく協力してくれたのは旅団長立花少将であった。彼の追い立てはもっとも効果を奏した。というのは彼は兵員の直属上官であり、私は硫黄島からの派遣参謀であったからである。今から考えると、国家の背伸びによる戦争がわれわれを限度を越えた苦境に陥れて半狂乱の状況に叩きこみ、実情を知らない将兵に残酷な無理を強要したのであって、ほんとうに申しわけなかったと思っている。

この夜間作業に出動して追い立て役を買って出てくれた立花少将は、硫黄島の陥落と同時に中将に進級して第百九師団長に親補され、派遣司令部の百名と旅団司令部約八十名と合併して新たに第百九師団司令部が設立された。私は彼の配下の参謀となった。非常に頭の鋭い実行家であったが、戦後B級戦犯関係でグアム島の露と消えた。実に気の毒である。

各隊、父島から硫黄島へ

日本本土から父島を経由して、硫黄島に向かった各部隊の輸送状況はどうだったか。日を追って、判明しているだけを次に掲げてみよう。

父島着 月日	父島発 月日	硫黄島着 月日	部隊
六・二十九	七・十二	七・十四	中迫撃砲第二大隊
六・二十九	七・十二	七・十四	中迫撃砲第三大隊
七・一	自七・一 至十・三十	自七・一 至十一・五	歩兵第百四十五連隊
	七・一	七・一	独立速射砲第八大隊
七・一	七・十四	七・二十	独立速射砲第十大隊
	七・十四	七・二十	独立速射砲第十一大隊
七・一	自七・十四 至八・二十五	自七・十八 至八・二十八	独立速射砲第十二大隊
七・一	七・十六	七・十六	第百九師団噴進砲中隊
七・一	七・十六	七・十六	特設第二十機関砲隊
七・一	七・十八	七・十八	特設第二十一機関砲隊

七・十八（人員は到着、戦車は海没）	自八・二十九 至十・三十	自八・三十 至十一・五	戦車第二十六連隊
	七・十一	七・十六	第百九師団高射砲隊
七・二十（海没救出）	自八・十六 至八・二十四	自八・二十 至八・二十六	独立混成第十七連隊第三大隊
八・三	八・十	八・十二	第百九師団警戒隊
八・四	八・八	八・十	独立機関銃第一大隊

＊㈠、父島出港と硫黄島到着が同日のものは、海軍の高速輸送艦を使用したもの。
㈡、父島出港後数日を費して硫黄島に到着しているものは、母島で退避したか船の故障による。

㈢、本表は概要を示したもので、分散して他隊と混載したため若干の差は免れない。

硫黄島向け部隊の父島駐留

戦車第二十六連隊や独立混成第十七連隊第三大隊のような海没部隊には被服、兵器、装具などを父島で支給し、休養を取らせなければならなかった。特に戦車第二十六連隊は、西連隊長が帰京して新たに戦車を集めるまで多数の兵員が父島に駐留していた。歩兵第百四十五連隊もきわめて多数の兵力が船待ちの状態にあり、最も多い時期には私の指揮下に三千五百ないし四千名いた。

最も困ったことは、これら部隊をいかに宿営させるかということであった。混成第一旅団の各大隊その他の父島守備隊に分宿させせようとしても、各隊の防空壕は自隊の収容が精一杯であり、そうかといってタコツボを掘らせて野営させ、一度に多くの爆死者を出す危険もおかしたくなかった。

このとき最も役に立ったのはトンネルであった。駐留部隊の多くが五ヵ所のトンネルにむしろを敷き中央に道を残して両側に寝たが、夜間このトンネルは物資の分散輸送や搭載のための輸送でフルにトラックを走らせなければならなかった。そこでこれら部隊の睡眠は昼夜交代にしなければならなかった。またトンネル起居の部隊で苦心したことは便所の問題であった。特に不健康な生活をするため下痢患者が多く発生し、長いトンネルの中央付近に起居する患者は用便のため非常な不便と辛酸をなめた。

私はこの駐留部隊から少しずつ兵力を出し、夜明けに山から巽谷に通ずる裏街道――長さ約二千メートル、幅六メートル――の建設に当たらせて訓練の代わりとした。派遣司令部から小豆と砂糖を放出して彼らの労をねぎらった。もちろんこれら兵員は船持ちだけでなく、硫黄島の所有食糧水準強化のため、兵団長と私とが協議して故意に父島に残置した兵力もあった。そこで硫黄島所属兵員なのに父島に駐留していたために、また連絡要員として出張してきていたために偶然生還した将兵が約八百名に達した。

対空砲を横に倒して敵をねらえ

父島には陸海軍が約一万七千名いた。陸戦に関しては小笠原兵団長栗林中将が陸海全般の責任者であり、父島の陸戦指揮官は立花少将であった。しかし兵団長は、私の任務に混成第一旅団長の戦術補佐というものを加え、父島守備の戦術指導を私に一任した。

立花少将、森少将の両司令部の間を往復して、私はまず水際決戦の思想を放棄させることに努力した。二人とも素直に聞いてくれ、従来の第三十一軍から出たいっさいの戦術思想はこれを反故にした。各人が洞穴を掘り、そこを墓場として死んで行く。それで予備隊はなく、移動も考えない。狙撃を主唱して一人十殺主義を打ちたてた。

一番問題となったのは対空砲九十パーセントを横に倒して地上の敵を狙えという私の思想で、かなり反対するものがいた。私の狙いは海軍が非常に多くの二十五ミリ機銃を対空用として持っているから、これを陸軍の対地用に転用し、陸軍が持っている大きな口径の砲を硫黄島に出そうとしたのであった。ところが海軍では防空を尊重する傾向があった。私は敵機が何千機きても洞穴の中に入っておればよい。わが敵は上陸してわれわれの生命を奪いにくる陸兵であるから、本段階においては防空部隊の九十パーセントを対地上戦闘に指向せよというのであった。硫黄島においても海軍幕僚と西川参謀は私の思想を攻撃し、兵団長も採配を下しかねた。私はサイパン、テニアン、グアムの戦訓からして、米軍が本格的に上陸準備の砲爆撃を開始すると、何百門あろうとも防空砲の生命は五分と保たないといって猛襲し、ようやく半数を対空対地併用にしようというところまで漕ぎつけたのであった。

父島では森少将を口説くこと何十回、徐々に多数の二十五ミリ機銃を陸軍の対地上戦闘に転換したが、父島にある火砲（高射砲が主であった）を硫黄島に前送し得ないうちに敵が硫黄島にきてしまった。実に残念であった。

父島の陸軍農耕班、野菜をつくる

ある日、私は陸海軍の各隊から代表者を集め、現地自活の重要性を説き、農耕漁撈に関する陸海軍の地域分配を決定しようとした。驚いたことには米原海軍参謀が「海軍は舟で補給をやりますから結構です。全部陸軍で自由にやって下さい」といって実に気前のよい潔癖さを示した。簡単にいつでもどこでも船で補給することに親しんでいる海軍の習慣から、このような気前のよさが出たのであろうが、まもなく父島も内地との交通ができなくなるという海の症状に気がつかなかったのではなかろうか。

やがて神浦、米原両参謀が帰国して篠田、宮崎の両参謀が赴任してきた。この農耕班が作った新鮮な野菜はお土産ということで硫黄島に届けて大いに喜ばれたが、いかんせん兵力が多いので全員にはもちろんまわらなかったと思う。

後日、私は陸軍農耕班の作った野菜を森少将に贈り、対空砲と引き換えに使った。この森少将はかつて米内光政提督の参謀をしたことがあるとのことで、一にも二にも米内、米内であった。静岡の出身で実に練れた紳士であり、しばしば自らエプロンを掛けてケーキを作り、ご馳走をしてくれた親しめる人物であった。一九四五年春、中将に進級した。

戦後、彼はB級戦犯に問われたので私たち証人がこぞって掩護射撃をしたが、法廷は彼に二十年の懲役を宣告した。ところがマカッサルの法廷にまわされ、ついに彼も異国の露と消えてしまった。惜しんでも余りある人物であった。

私の硫黄島帰還報告

八月十日、過去四十日間の経過報告のため硫黄島に飛んだ。一升びん二本に父島の水をつめ、風呂敷一杯にねぎとほうれん草を入れ、これをぶら下げて行った。父島からの土産としては最高のものであった。まず参謀部へ着くと、堀参謀長、西川参謀、吉田参謀がいた。参謀長は相変わらず長いひげをひっぱりながら笑って迎えてくれたが、初めて会う吉田参謀と、旧知ながら西川参謀の機嫌が不穏なところへぶつかった。参謀長が吉田参謀と私の間に紹介の手を伸ばし、やや和らいだ。すると吉田参謀が「私は工兵出身で築城の主任で現場の陣地指導をしても、後から兵団長がきて片っぱしから修正してしまう。しかも私に何もいわない。けしからん。私の立つ瀬がない。専科出を馬鹿にしていやがる……」と意気まいている。

「ちょっと兵団長のところに報告に行ってきます」と私がいうと、「どうぞ天保銭二人で仲よくやって下さい」（むかし陸大を卒業すると胸に大学徽章をつけ、それが天保時代の銅貨に似ていたところから陸大出身を天保銭と呼ぶようになった。一九三六年春、害が多いので廃止することになった）と西川参謀が皮肉をいう。私は何かあったなと直感した。

兵団長のところに行くと縁側に腰を下ろしていたが立ち上がって、「いらっしゃい、待ってたよ、まあ掛けろ」と大変なご機嫌である。

「輸送状況を申し上げます」といいながら私が鞄から書類を出そうとすると、

「君、父島で猫ババしていたのではだめだぜ。三十七ミリの速射砲が先に来て四十七ミリの方が父島に残っているなんて馬鹿な話はないよ」と頭から小言をいわれた。

「猫ババとは何ですか、輸送が終われば、私は硫黄島へきて閣下のところで死ぬ人間です。

だいたい父島は山だらけで戦車なんか使えませんよ。四十七ミリと三十七ミリはともに機帆船と漁船に分載し、同時に父島を出港する予定であったのが、船の故障で一部出発がおくれただけのことなんです」とのべた。

「そうむきになるなよ」といって、元のなごやかな話にもどった。虎の子の歩兵第百四十五連隊の主力がすでに硫黄島に到着ずみという点を非常に喜び、「現役部隊というものはいいもんだね、君」と笑った。

書類について、現在父島にあるものと前送予定をいうと「人ばかりきても飯を食うから火砲、弾薬、食糧の方に重点を移し、人の前送は少し控え目にした方がよいのでないか」と注意された。「そのように手加減しましょう」というと「夕食はここでやろう」といいだした。私はそこを辞していったん参謀部にもどり、ついで海軍司令部に出て行った。市丸少将、間瀬中佐のほかに岡崎少佐（機関学校出身の補給参謀）と赤田大尉（海兵出身で陸戦参謀）が加わっていた。

赤田大尉は陸戦については赤ん坊ですからよろしくご指導を願いますといって溌剌としていたが、岡崎少佐は「自分は機関出身でこんな何もない所で補給参謀だなんていわれても何もできないです。どこか働きがいのあるところに行きたいです」とこぼしていた。その夜、兵団長の宿舎で四十日ぶりで会食した。ウィスキーを二、三杯空けると「参謀は専科出ばかりで役に立たないし、独歩の大隊長はお墓一歩前の老人《ロートル》で仕事にならない。のろまで歯がゆくてしようがないが父島はどうか」という。

私は今日参謀部に到着したときの空気を思い出しながら、「父島でも老齢者が多くて船の卸下や荷物の分散が夜の二時、三時になると、部隊が動かなくなります。大隊長も陸士十七期とか十八期の召集中佐が主体ですもの、無理もお願いできないし困ったものです。陣地構築にしてもどうせ近ぢか死ぬのだからそんなに穴を掘っても仕方がない、楽しく死んだ方がよいという先輩にもぶつかりましたよ。六十越して腰が曲がり出せばやむを得ないのじゃないでしょうか」といった。

「日本も終わりだよ」と、彼はつぶやいてウィスキーを注いだ。私は兵団長が余りにも自分独りで現場指導にアクセクと働いて、神経衰弱気味になっていることを知った。

この夜、私は早くそこを辞して参謀室にもどり、堀参謀長と陸士時代の話とか参謀長の野鉄時代の話とか、当時の野鉄司令官であった横山中将の話などに約一時間花を咲かせ、十時半ごろ参謀室に寝た。珍しくサイレンも鳴らなかった。

翌八月十一日朝、私は兵団司令部の朝礼なるものに出た。司令部の職員が全員で兵団長に敬礼し、皇居に向かって遙拝し、小元副官から所要の連絡事項を伝えていた。それが終わると兵団長が参謀長を面罵し、ひげでは作戦はできないと凄い剣幕である。私は顔をそむけてその場を逃げ、何食わぬ顔をして参謀室にもどってきた。下士官の出してくれるお茶を飲みながら司令部内の空気を考えてみた。

おんぼろ自動車で摺鉢山の麓まで行き、登ってみようかと思ったが傷夷軍人の身ではちょっとやそっとの時間では無理だと思って引き返すことにした。厚地大佐に会った。爆薬が足りなくて工事が進捗しないから何とかダイナマイトを補給することを考えてほしいということであった。また海軍がダイナマイトを多く持っていて陸軍の方がほとんどないのはけしからんと私に文句をつけていた。

漂流木にある歩兵第百四十五連隊本部へ立ち寄ると、池田大佐始め、かつての能登丸でサイパン奪回について語り合った人たちが私のまわりに集まった。そしていずれも満面に親しさと懐かしさを表わしてくれた。なけなしの菓子やまんじゅうまで持ってきてぜひ昼食をという。私はせっかくですが第二旅団司令部に立ち寄る約束をしておりますので、また後で伺いますといってそこを辞した。みなが何か珍しい人を送り出すといった調子で私を見送ってくれたが、頬を涙でぬらしている者もあった。いつこれが最後の別れになるかも知れないという、人と人との予感からくる涙である。

第二旅団司令部にかけ寄った。たまたま街道大佐と堀参謀長がきていた。旅団長と堀参謀長が兵団長から見込みが悪くて叱られてばかりいると私に語った。私は十五分か二十分ほどこれら三人の大先輩から色いろと話を聞いて、はっと分かった気持ちになった。

兵団長と幕僚の戦況予想の差

兵団長と、旅団長とか幕僚の間に、戦況の予想に関する開きの多いことを知った。一般はまだ故国が硫黄島を見棄てるはずがない、必ず連合艦隊が出てきて私たちを救援するはずであるといった気持ちでいることが分かった。街道大佐などは対空射撃に弾丸が非常に必要であるから、その補給輸送に努力してほしいとのことである。敵機が何千機きても私たちの生命を奪うものでないから対空砲はこれを横に倒して洞穴の中に埋め、上陸して私たちの生命を取りにくるものに指向すべきであると私がいうと、「あなたは戦況を過大に悲観的に見ておられますね」といったのから判断して、これらの人たちと兵団長の間に見通しの差の大きいものがあることを確認した。

どちらが悪いとか良いとかいう筋のものではない。六月十九日十時から五時間にわたって戦われたあのあ号作戦の実状を知っている者と、そうでない者との差からくるものである。そうかといって誰にでもそれを言ってしまうわけにもいかない。

9　ついに洞穴作戦へ

水際作戦か洞穴作戦か

八月十一日午後一時、海軍から浦部参謀、市丸少将、間瀬中佐、赤田大尉がきて、参謀室が会議場となった。陸軍からは兵団長、堀参謀長、西川参謀、吉田参謀と私が出席した。

浦部参謀は海軍中央部の意向であると前置きして、「海軍で兵器資材全部を輸送するから陸軍から兵力を出し、第一飛行場の周囲にトーチカを何重にも作ってほしい。兵器は二十五ミリ機銃。数は約三百個。第一飛行場以外には敵の上陸地は見当たらないから、ここに敵が上陸できなければ難攻不落となる」という説であった。浦部中佐は陸軍歩兵学校学生の課程を修了し、海軍きっての陸戦通であるとのことで実に好感の持てる紳士であった。

日本軍が持久作戦を期し構築した洞穴陣地の入口

私はただちにこれに反撃を加えた。

「サイパンでもグアムでも、海岸砲が何分間の生命を保ち得たか承りたい。タラワの海岸トーチカがどれだけの効果があったか教えてほしい。ペリリュウ島が長持ちした理由をご存じですか。穴の中に隠れて狙撃したからですよ。他に手はないのです。何百機という飛行機と何百門という艦砲に正面きって対抗しようなんて話になりませんよ。今までの戦訓がそれを教えているではないですか。まして二十五ミリ機銃あたりをトーチカに入れて敵の艦砲射撃に対抗することは、児戯に類することである。四十センチの主砲でトーチカそのものがふっ飛んでしまいますよ。

敵を揚げないとか水際撃滅とかはでなことをして、この硫黄島が何日もちますか。陸海空三位一体の敵に陸兵だけで戦闘するんですよ。もし海軍にそれだけの資材と兵器があるなら摺鉢山と元山の方、つまり飛行場の両側に洞穴を作ることに用いてほしいです」

私は非常に興奮してこういいきった。

兵団長は「堀江参謀の意見に同意します」と決断を下した。

浦部参謀は内地の情勢その他を語り、熱烈火を吐く語気で兵団長の翻意を懇請した。特に「海軍裨益《ひえき》の堀江参謀の反撃を受けるとは意外でありました」と笑った。

私は「タラワ、サイパン、グアムとペリリュウの戦訓を知らなかったとしたら、双手をあげて賛成したでしょう。今となっては私の良心が許しません」といって断じて折れなかった。

やがて参謀室で早い夕食となり、浦部参謀と私とは個人的に大変親しくなったが、その夕はこのトーチカ論争は物別れとなった。浦部参謀は今晩ゆっくり考え直してほしいと私の肩を叩いて引き揚げて行った。

翌十二日朝早く、兵団長は参謀室の前に現われた。

「堀江参謀、トーチカの件は戦術的には君のいうとおりだが、海軍が持ってくるという兵器資材、特にダイナマイトとセメントは馬鹿にならんぞ。機銃だって三百梃もあれば大変なものだ。そこでどうだ、半分を海軍の説どおり使用し、残りをこっちで使うという条件にしたらどうだろう」

という。

「閣下がこのチャンスを政治的に利用されるなら結構だと思います」

と私は答えた。

海軍に電話するや、浦部参謀と市丸少将が自動車でとんできた。参謀室が再び会議室となった。赤田大尉を除けばメンバーは昨日と同じであった。

兵団長は「トーチカ作りは陸軍がやるのですから提供者のご希望にそって半分、あと半分は陸軍の使用にまかせるという折衷案でいかがでしょうか」と切り出した。

浦部参謀と市丸少将は軽く頭を下げた。一言も発するものはない。しばらくして、浦部参謀が昨日約三百個と申しましたが必ず三百個以上むしろ三百五十個分お届けするように帰って処置致しますといった。兵団長と私と浦部参謀はお互いに顔を見合わせニコリとしたが、誰か発言しそうなものだと腹のさぐり合いのような時間があり、一同お茶を飲み、煙草に火をつける者も出た。

兵団長だったか私だったか、とにかくどちらかがこう提案した。

「海上輸送を含む提供者は海軍。飛行場の南海岸と西海岸に合計して百六十五個のトーチカを作る。他の兵器資材は陸軍で使用する。毎日陸軍は一千名の作業員を出す。吉田参謀が築城指導に当たる」

一言も発する者なくこの提案は受理され、トーチカ論争は終止符を打った。実際には原少佐の指揮する歩兵第百四十五連隊第一大隊を主力とする千名前後（患者が出たり、兵力供出部隊がさばを読んだりして六百ないし百名位しか出なかったという話を父島で聞いた）のものが半年かかって百三十五個まで作ったそうである。

残るは、もぐら戦法による死の抵抗

生還した武蔵野工兵隊長は「あの艦砲射撃じゃ第一、守兵がおれやしませんよ。クソの役にも立ちませんでした」と語っている。

また、米軍の第五上陸軍団司令官スミス海兵中将は、その著『コラル・アンド・プラス』で側方のトーチカから損害を受けたことを認めているが正面のトーチカには何も触れず、上陸第一日のうちに西海岸まで突破占領できたといっている。

けっして私は浦部参謀が悪かったとか海軍の判断がまずかったとかをいっているのではない。かつて陸軍一流の田村少将が中部太平洋方面艦隊参謀副長として、先頭に立ってサイパンやグアムの築城を指導し、水際撃滅の方法を何回もくり返した結果、陸海空三位一体の何千倍という力を持ってくる敵に対する陸兵の戦法としては「露出禁物」「出撃禁物」（夜間も敵の照明弾で白昼化するから、出撃することは敵のご注文に答えることになる）で、ただ「もぐら戦法による死の抵抗」だけが、第一線の将兵に残された唯一の鉄則であることを主張したまでである。

大和魂とか必勝の信念とか神仏の加護とか奇蹟とかいうものは、装備の劣った敵に対する中国の戦場においては確かに効果があった。しかし太平洋の離島防衛ではもはやその限界は通り越していた。鉄量に対して親からもらった肉体を突き出しても、それはただ死を早めるだけで、「なるべく長く持久する」という本来の目的に反するものであった。

10　大本営よ、武器弾薬を

大本営に飛ぶ

八月十二日の夜、兵団長と私はまた二人で夕食をしていた。私は食事の途中で、

「老齢隊長の若返り、火砲、特に対戦車砲および弾薬の増強とダイナマイトを要求するほか、船舶の輸送と護衛の強化を願って貯蔵食糧の増加を策するため大本営に出張させてほしい」

と意見を具申した。兵団長は快諾した。

八月十三日、私は機上の人となった。もう最後だと水杯で出てきた男がまた帰って行くとはてれくさいと思いながらも、さすがに本土の山が見え始めると懐かしくなってくる。本能には勝てないものだ。自宅へ帰ると家内はただびっくりするばかりだったが、三歳になる長女は愛嬌もよく大変な歓迎ぶりであった。十四日、参謀本部に行き、さっそく服部大佐と瀬

硫黄島守備隊が使用した火器の一つ、四一式山砲

島少佐に報告した。

この第二課（作戦課）で私の報告を聞いていた兵站主任の板垣中佐は「硫黄島を沈める可能性があるなら大本営としても考慮するから、帰島したら火薬の所要量を計算して報告してくれ」という。こんな偉い人がいるのかなと感激した。すでに参謀総長は東条さんから梅津大将に交代しており、空気がまったく変わっていた。結局、明日十時、硫黄島の説明会を開くということになり、私は船舶課に行って荒尾大佐、三吉中佐、嬉野中佐などと久しぶりに会った。ちょうど鈴木中将が綿野副官を連れて入ってきた。すぐに飛んで行ってどうしたのですかとたずねると、第三十五軍司令官としてレイテに行くに当たり親任式に出てきたのだという。久しぶりに涙の対面をした。もう船舶の話や海上護衛の話どころではない。互いにどちらが先に死ぬか、できることなら生きていてもらいたいという差し迫った惜別の感以外に何もなかった。「ご無事で」と別れをつげた私の胸には、あんなにまで嫌っていた山下大将の部下として行くとは、運命のいたずらとはいえ何という皮肉なことであろうという思いがした。

翌十五日、私は参謀本部で講演した。集まるわ、集まるわ大変な騒ぎである。将官と佐官がずらり並んだ。陸軍省と参謀本部の者だけではない。色いろな所からきていた。特に目だったのは陸大の主だった教官たちが出てきたことであり、こういうことになるなら陸大でもう少し勉強しておけばよかったと後悔するとともに、このビリッカスの私の話を聞くまでにわが陸大も落ちぶれたのかというジレンマに落ちた。少なくとも五十名はいたであろう。聴講者一同の顔色は真剣そのものであった。サイパンに米軍が来攻したときの「三十一軍の腰抜けが」とか、「井桁のぼやすけが」といった空気はみじんもない。米軍の実体を知らされたのであった。そして陸大でもその対策をどうするかということで私の話を聞きにきたようだった。

各部各課の協力は目ざましかった。私の話の途中から担当官が電話で人の手配、編成の処置をしてくれたということを後で聞いて改めて感謝した。

これほど現地の声を尊重した例はあるまいと私は感動した。ダイナマイトも火器も実に気前よく私の要望を引き受けてくれた。とはいえ、私が最も好んだ四一式山砲はたった一門しかもらえなかった。

講演が終わってから陸軍省兵備課の元歩二の先輩大根田中佐のところに立ち寄った。すると彼は「人なら幾らでも出せるが兵器は今苦しいんだよ。兵備課の悩みはここだ」という。これが断末魔の日本の姿であった。

第二部（情報）の堀少佐が陸大同期のよしみであちこちに電話し、明後十七日の晩、私のために元の陸大の同期で一席設けてくれることになり、私は喜んでこれを受けることにした。そして十八日に硫黄島に帰る飛行機の便を取った。

悲観参謀と呼ばれて、再び島へ

十六日朝、私は海上護衛総司令部と軍令部第十二課に顔を出した。あ号作戦もすでに昔の話となり、サイパンもグアムも落ち、いわば間の抜けた空気であった。とにかく今度の戦争では海から叩かれたため、海軍の症状の方が陸軍よりもずっと進行していた。私も一年以上海軍で飯を食い、実際に高雄からマニラまで護衛艦にも乗ってみ、海没者の陸へはい上がる姿も現に見たりして症状の進みが早かったばかりに、硫黄島や父島の将兵から悲観参謀の汚名をうけたのであった。

私に先見の明があったなどという者もあるが、それはとんでもない嘘で、私が職務上海上護衛という地獄のどん底に勤務し、毎日陸軍と海軍の電報全部を読んで症状のひどさを知っていたからにほかならない。

海軍の旧知に挨拶したのち船舶課にもどって三吉中佐と話していると、庶務課の某中佐が入ってくるなり「貴様いつまでぐずぐずしているんだ！　話はすんだじゃないか。島を空けて帰れなくなった小畑軍司令官がどんなに悩まれたか知っているだろう。おれは元隣りの区隊長だったからあえていうんだ」とどなりとばされた。そのとおりであって、私には一言半句も出なかった。

三吉中佐は「奴はおれに面当《つら》てにいっているのだから気にするな」といってくれたが、私はすぐ堀少佐に連絡して明晩の陸大同期生の会を断わり、飛行便を一日早くくり上げ、十七日朝木更津を出て硫黄島へもどってきた。

木更津で飛行機へ乗ろうとすると西中佐がいるではないか。戦車集めを終わって帰る途中だという。新たに父島の大隊長に発令された的場少佐（シンガポール攻略に第十八師団大隊長として勇名を馳せた。父島の独歩第三百八大隊長として穴掘りナンバーワンの成績をあげたが、B級戦犯としてグアム島の露と消えた）と一緒になった。三人で色いろ話し合って機中はたのしかった。

硫黄島では戦車隊の自動車が迎えにきたので、それに三人が乗り丸万集落の戦車隊にまず行った。そこで松山副官の親切に答えて三人で昼食をし、午後的場少佐と一緒に自動車で兵団司令部に入った。兵団長に大本営における話を報告すると非常に喜んでくれた。

この出張の結果、独歩大隊長クラスが全部約三十歳若返った。交代のため硫黄島にきた二十歳代ないし三十歳代の大尉と少佐には気の毒であったが、これがその後の陣地構築、訓練および戦闘の中核となった。ことに摺鉢山地区隊と北地区隊の地区隊長以外は全部このとき交代した人々であった。

ダイナマイト、火砲弾薬の増配が行なわれ、船舶課は倍旧の協力をして船を出し、ここに再び内地から父島へ、父島から硫黄島への海上輸送が激しくなったのであった。新たに硫黄島に追加された部隊は次のとおりである。

部隊名	出港地	出身地
独立第四十三機関砲隊	横浜	関東、信越
独立第四十四機関砲隊	横浜	関東
第百九師団迫撃砲隊	芝浦	東北、関東
独立迫撃砲第一中隊	芝浦	関東

翌朝、兵団長と私は南海岸付近に出かけた。飛行場を沈める可能性を見に行ったわけである。一時間ほど二人で見まわった結果、兵団長は「やはり無理だね。ダイナマイトが幾ら要

るか計算が立つかね。防備強化の方が容易だよ。仕方がないよ」といって、この問題は沙汰やみとなった。

戦後、米国海兵隊はこの問題をかなり大きく取り上げて、「島を沈める案は千古不磨の戦術だ」という意見があるかと思うと、「栗林はこの意見の衝突で堀江を父島に追い払った」と書いている者もある。

11　硫黄島、死の守りにつく

洞穴陣地同士を結ぶ地下道の内部

一人十殺主義の配備方針

硫黄島守備隊はその一部を摺鉢山周辺に、主力は元山台地を縦深深く占領し、敵の来攻に当たっては次々と抵抗して敵に大きな損害を与え、国土防衛の捨石となる。守兵は自己の陣地を墓場とし一人十殺主義に徹するものとする。

守備隊の配備で最も問題になったのは陸戦に不慣れの海軍部隊約五千名をいかに有効に使用するかということであった。何しろ防空隊、設営隊、警戒隊などはほとんど陸戦の経験もなければ訓練も受けていない状態であった。立身中佐の指揮する南方空陸戦隊といえども名前はいかめしいが陸戦の経験、訓練などはきわめて乏しいものであった。ただ海軍は非常に多くの防空火器を持っており、これをうまく対地用に使用すればかなりの戦力を発揮できる見込みがあった。ところがこの防空砲を横に倒して、上陸してわが生命を奪いにくる陸兵に向けようという戦術思想を納得了承させることは至難であった。

海軍兵力の分配についてはトーチカ論争の直後、市丸少将より「海軍には独特の習慣があり、死なばもろともという考えから主力はこれを一ヵ所に集結して戦闘させてほしい」という申し出があり、兵団長もこれを了承して主力は南地区隊と東地区隊の中間地域内にまとまることになった。そして平射砲台、防空隊、警戒隊等はそれぞれ所在の地区隊長の指揮に入ることになった。防空隊の対地射撃へ切り換える問題は陸軍の中でも砲兵出身の将校は一般に反対して論争が絶えず、敵の上陸直前の時期になって約半数の百五十門が対空対地併用の姿勢に変わった程度のようである。

＊実際に敵が上陸開始したときは、防空砲台で生きているのは三百門中一門もなかった。サイパン、テニアン、グアムの戦訓を拾うと、露出したものの生命は長くとも五分ということであった。何しろ何百機という飛行機が絶えず上空を覆い、四、五百門の艦砲がネズミ一匹も逃がすまいとしているのだから当然である。ただ、ただ、どういうものか防空隊は父島でも同様に砲を横倒しにすることを好まなかった。この問題は戦車についても同様であった。戦車を洞穴の中へ入れることを初めのうちはどうしても好まない。二、三台敵の艦砲なり、爆撃でやられないとなかなか納得しない。これは国民性からくるのではなかろうか。

五個の地区隊に分ける

東西南北の四地区隊と摺鉢山地区隊と合計五個の地区隊に分かたれた。この五地区の戦闘地域の境界は硫黄島守備隊配備要図に示されたとおりである。ただ一般の師団や軍の防御配

硫黄島守備隊配備要図
（1945年1月）

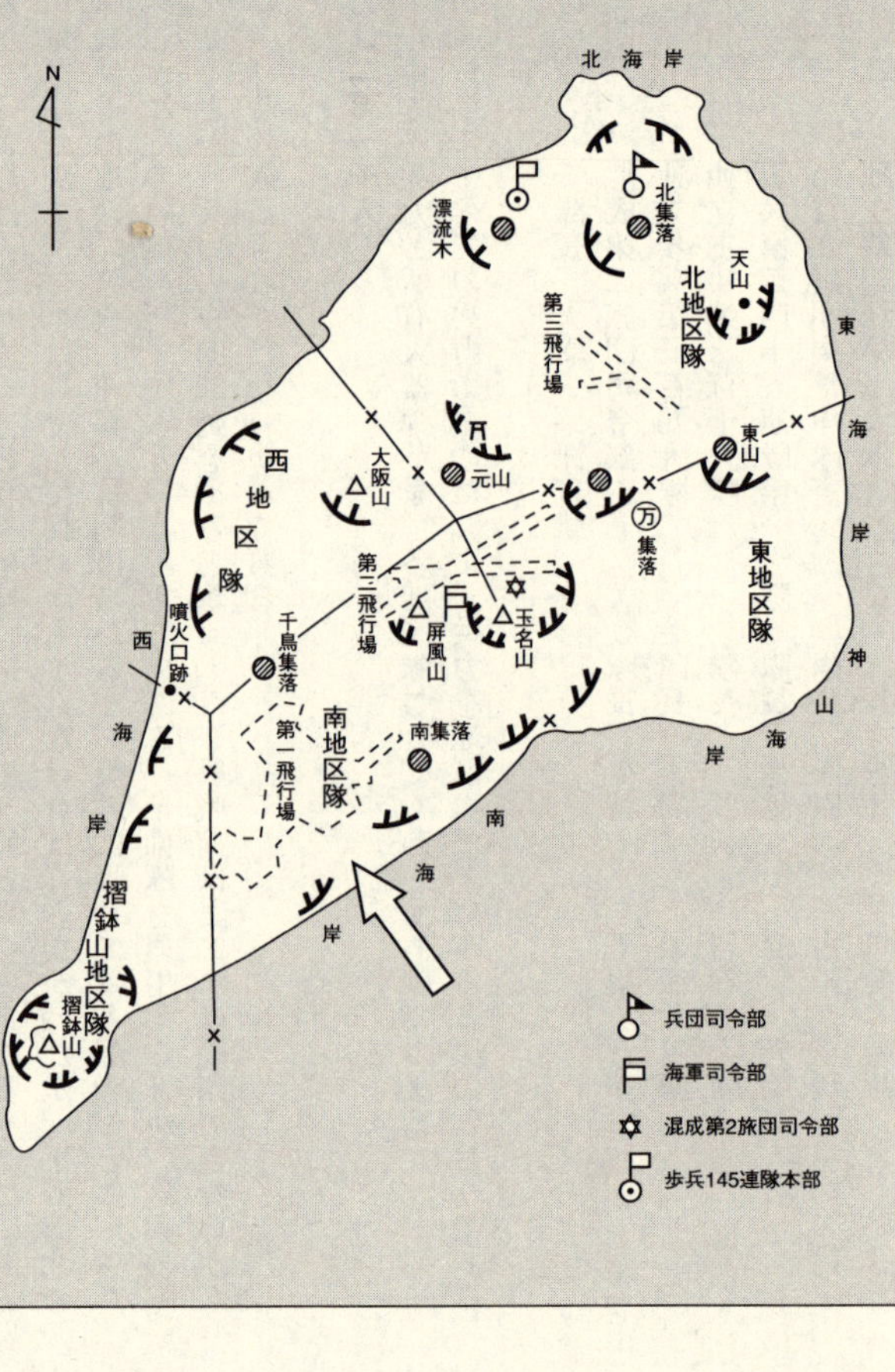

備であるならば、当然、混成第二旅団長とか歩兵第百四十五連隊長が地区隊長を拝命するわけであるが、硫黄島はそこが違っており、栗林戦術が他の一般と異なるところもここにある。

摺鉢山地区隊は別で、これは独立して何もかもやらなければならなかったが、東西南北の各地区隊長はその地区の警戒、連繫、統制に当たるが、実戦に際しては各部隊ごとに、さらに各守兵ごとにその陣地を死守するという考え方である。予備隊を運用するとか、砲兵の陣地変換をやるとか、兵力の夜間機動をやるとかいった一般戦術はここでは適用できないからであった。寸時の露出も許されないからである。

総兵力は二万一千人

陸海軍守備隊の兵力と所有火器弾薬を、各地区隊ごとにくわしくあげてみよう。

これが硫黄島のすべての兵力であった。まず兵力を地区隊ごとにみると次のとおりである。

■南地区隊　隊長、大尉　栗津包勝

（陸軍）

混成第二旅団司令部	隊長、少将	千田　貞季
独立歩兵第三百九大隊	隊長、大尉	栗津　包勝
独立歩兵第三百十大隊	隊長	岩谷　大尉
歩兵第百四十五連隊第一大隊	隊長、少佐	原　光明
第百九師団突撃中隊	隊長、大尉	古田　克哉
独立機関銃第二大隊	隊長、少佐	川崎　時雄

混成第二旅団工兵隊主力　隊長、中尉　武蔵野菊蔵

独立速射砲第八大隊　隊長、大尉　清水一

要塞建築第五中隊の一部

第百九師団警戒隊

特設第二十機関砲隊（海軍に配属）

陸軍合計　約四千百名

（海軍）

第二十七航空戦隊司令部　隊長、少将　市丸利之助

南方空司令部　隊長、大佐　井上左馬二

南方空陸戦隊　隊長、中佐　立身孝太郎

防空隊　隊長　常盤少佐

設営隊

海岸砲隊

海軍合計　約三千名

■東地区隊

（陸軍）

隊長、少佐　伯田義信

独立歩兵第三百十四大隊　隊長、少佐　伯田義信

独立歩兵第三百十一大隊の一部

歩兵第百四十五連隊第三大隊主力

混成第二旅団砲兵隊の主力　隊長、大佐　街道長作

混成第二旅団工兵隊の一部
中迫撃砲第三大隊　隊長、少佐　小林孝一郎
混成第二旅団野戦病院　隊長、軍医大尉　野口　巌
戦車第二十六連隊　隊長、中佐　西　竹一
特設第四十四機関砲隊
独立速射砲第十一大隊
独立速射砲第十二大隊　隊長、大尉　早内　政雄
第百九師団噴進砲中隊の一小隊

陸軍合計　約三千九百名

（海軍）

東地区防空隊　隊長　伊藤　中尉

海軍合計　約三百名

■北地区隊

隊長、大尉　下間嘉市

（陸軍）

独混第十七連隊第三大隊　隊長、大尉　下間　嘉市
歩兵第百四十五連隊主力　隊長、大佐　池田　益雄
第百九師団迫撃砲隊
第百九師団司令部　師団長、中将　栗林　忠道
第百九師団通信隊　隊長、中尉　森田　豊吉
独立迫撃砲第一中隊

臨時野戦兵器廠
臨時野戦貨物廠
父島憲兵隊
硫黄島特別観測隊
混成第二旅団工兵隊の一部
防疫給水部
特務機関松永隊

陸軍合計　約四千二百名

（海軍）
北地区陸戦隊　隊長　高橋　大尉（約五百名）
北地区防空隊　隊長　飯塚　少尉（約五百名）

海軍合計　約一千名

■西地区隊　隊長、少佐　辰巳繁夫
（陸軍）
独立歩兵第三百十一大隊主力　隊長、少佐　辰巳　繁夫
独立速射砲第十二大隊の一部
第百九師団高射砲隊
歩兵第百四十五連隊第二大隊の一部
独立機関銃第一大隊　隊長、少佐　川南　珖
特設第四十三機関砲隊

中迫撃砲第二大隊　隊長、少佐　中尾　猶助
第二十一野戦鑿井中隊　隊長　川井　中尉
独立臼砲第二十大隊　隊長、大尉　水足　光雄
第百九師団噴進砲中隊（一個小隊欠）
陸軍合計　約二千八百名

（海軍）
大阪山地区防空隊　隊長　松野　中尉
海軍合計　約三百名

■摺鉢山地区隊　隊長、大佐　厚地兼彦

（陸軍）
独立歩兵第三百十二大隊
独立速射砲第十大隊
混成第二旅団砲兵一個中隊
中迫撃砲第二大隊の一部
要塞建築第五中隊の一部
混成第二旅団工兵隊の一個小隊
陸軍合計　約一千名

（海軍）
摺鉢山防空隊　隊長　蛭沼　中尉（約三百八十名）
摺鉢山海岸砲隊　隊長　蛭沼　中尉（約三百名）
海軍合計　約六百八十名

陸軍総兵力　約一万六千名
海軍総兵力　約五千名
総合計　約二万一千名

■所有火器弾薬

種類	門数	弾薬数
火砲（七十五ミリ以上）	百二十	十万発
対空砲（二十五ミリ以上）	三百	各五百発
小銃、軽機	一万八千	二千万発
迫撃砲（八センチと十センチ）	百三十	各八十発
臼砲	二十	各四十発
噴進砲	七十	各五十発
対戦車砲（四十七ミリ）	四十	各百発
対戦車砲（三十七ミリ）	二十	各八十発
戦車	二十三輌	

■所有食糧
二ヵ月分強

栗林兵団長の死の覚悟

兵団長は完全に死を覚悟していた。しかも死んで勝つという固い決心をしていた。このことは家庭通信を見るとよく分かる。

「……戦死すればどうせ遺品は帰らないと思い、こちらはホンの手まわり品で間に合わし、他のものは生きている間に全部返送することとしました……」（一九四四年八月二日妻宛て）

またこうも書いている。

「ここにくらべると大陸の戦争は演習のようなものです。将兵中にも支那の戦場へ行ったものがありますが、皆口を揃えて支那はよかったなあと申します。そして皆アッツやサイパンの運命と同じになることと覚悟して沈痛な思いで笑顔もありません。……この間は家に帰ったらお前さんとたか子とが大喜びでしたが、私が『遺言に帰ったのでまたすぐ戦地に帰るのだ』というとたか子が大変悲しがった夢……」

非戦闘員を引き揚げよ

小笠原の島民は七月三日から二十日ごろまでに大部分が内地に引き揚げたが、数十名の者が八月末まで父島に残っていた。本人たちの希望が強かったのと、私が硫黄島に行ったり大本営に出張したりして忙しかった関係もあって、そうなってしまったのである。

八月下旬、私は大本営出張から硫黄島にもどり、そこで数日滞在して父島に帰ってきたのであるが、かなりの熱が出て苦しみはじめたときである。「師団長より堀江参謀へ」という至急電報がきた。もともと電報は通常参謀長から発信されるものであるが、兵団長の直電であるから何事かと思って読んで見ると次のようなことが書いてあった。

「噂によれば父島には多数の島民が残留している由。貴官は戦闘に当たり非戦闘員が足手まといとなることを知らざるや。至急返。栗林」

私は完全に参った。ただちに筆をとって「堀江参謀より兵団長へ」として「小官の手落ち、誠に申しわけなし。最近便をもって送還致すべくお赦しを乞う」と返電した。ちょうど寺沢という軍医がきて診断の結果Aパラ（パラチフス）と決まり、二重の鉄槌を受けた形となった。とにかく兵団長は「断乎戦うのみ、これがため足手まといをなくす」という点に徹底していた。

兵団長の五誓と六訓

兵団長は五誓と六訓をガリ版で印刷し、日夜これを服膺《ふくよう》して、各人の精神修養に資するようにさとした。私の手もとにも送ってきた。

その一、日本精神錬成五誓

㈠、日本精神の根源は敬神崇祖の念より生ず。われらは純一無雑の心境に立ちて、ますますこの念を深くし、われらの責務に全身全霊を捧げんことを誓う。

㈡、日本精神の基幹は悠久三千年の尊厳なる国体より生ず。われらはこの精神を蹂躙《じゅうりん》する敵撃滅のため、あらゆる苦難を克服することを誓う。

㈢、日本精神の涵養《かんよう》は御勅諭の精神を貫徹することにあり。われらはいよいよ至厳なる軍紀風紀を確立し、猛訓練に耐え必勝の信念をますます鞏固《きょうこ》ならしめんことを誓う。

㈣、われらは国防の第一線にあり。作戦第一主義をもって日本精神を昂揚し、上聖明に応え奉るとともに、下殉国勇士の忠誠と銃後国民の期待に背かざらんことを誓う。
㈤、われらは国民の儀表なり。この矜持と責務を自覚し、身を持すること厳に、人をまつこと寛かに日本精神を宣化せんことを誓う。

その二、六訓
㈠、われらは全力を振るって守り抜かん。
㈡、われらは爆薬を抱いて敵の戦車にぶつかりこれを粉砕せん。
㈢、われらは挺身敵中に斬り込み敵を鏖《みなごろ》しにせん。
㈣、われらは一発必中の射撃によって敵を撃ちたおさん。
㈤、われらは敵十人を斃《たお》さざれば死すとも死せず。
㈥、われらは最後の一人となるもゲリラによって敵を悩まさん。

死の洞穴の陣地づくり

重点は敵に隠れて狙撃のできる洞穴を掘り、それを地下道で結ぶことであった。防空壕とタコツボという幼稚な方法は、もう遠い昔の物語となっていたからである。将軍も参謀も兵もそれぞれ自分の墓場となる洞穴、つまり陣地を作った。硫黄島が地下兵団の異名を取ったのはこのためである。

父島と違って岩盤が弱く、硫黄が発散するために穴掘りには苦労した。私も栗林洞穴掘りに参加したが、十字鍬（軍が使用した小型のつるはし）を使って独りで十分間作業を継続することは不可能であった。頭がふらふらして倒れてしまうからである。防毒面をつけると、今度は暑いのと息が苦しいのでたまらない。地下道は二十メートル、三十メートルという下の方まで掘り、途中で側方に広場を作り、寝たり食ったり休んだりするところを作る。私は父島ではもぐら陣地と呼んでいた。

この陣地作りは非常な労働であって、ことに高年者の中には「どうせ死ぬならこれほどにまでにしなくても」という声を出す人もあった。しかし兵団長の鉄の意志はそれを許さなかった。断乎として作業軍紀の確立を要求し実行させた。

狙撃、斬り込み訓練

狙撃、夜間の斬り込み、対戦車肉薄攻撃を主とした。各人が死んだときには殺した敵の数が多ければ、生きては勝てないが死んで勝てるという計算が成り立つというのが基礎で、この狙撃が訓練の山であった。ただ補給を考えて、やたらに実弾射撃の訓練が充分にできなかったことが気の毒であった。

夜間の斬り込みはもともとサイパンとグアムの戦闘で成果をあげたという戦訓に基づき、小笠原兵団もこれを取り上げたのであるが、ペリリュウ島の戦闘において歩二連隊長中川大佐が、途中から夜間斬り込みを過大視するのは考えものであるという戦訓を報告したため、兵団長もこれに首をかしげていた。特に米軍の隊付勤務が長かった兵団長は、夜間の照明と防御火網において米軍が優れていることを認めていたので躊躇したことは事実である。しかし士気を鼓舞する意味もあって、これもかなり強力に推進された。サイパン、グアム、モロタイといった広いジャングルのある島と違って、硫黄島ではこの夜間斬り込みは無理であったようである。もう一つは過去の経験から米軍の方の警戒がきびしくなったということも見逃せまい。

対戦車肉薄攻撃は、狙撃についで兵団長が強調した課目であった。どうせ死ぬなら敵の戦車と刺し違いを選ぼうという将兵もいた。

*実戦では友軍の屍体の中に横たわっていたり、米軍の屍から軍服を取って着て横たわり、対戦車肉薄攻撃の成果をあげたという報告も兵団長の戦訓報告の中にあった。

また節水にも力を入れた。その本尊は兵団長であった。茶のみ茶碗一杯程度でひげを剃り、顔を洗い、残った水を便所に備えるといった芸当は兵団長独特のもので、他の多くの者は真似ができなかった。この節水の問題は隊長が使い過ぎるとか、下士官で無神経の者がいるとか噂のたつ部隊もあった状況だけあって、この兵団長の率先して行なう節水ぶりは影響するところが大きかった。

兵団長の鉄の意志

どうしてあれほどの鉄石の態度が出たのか私には分からない。あるいは、栗林家の血の流れの特徴かも知れない。自分の思ったことを人の前でずばりといい、いったら最後とことんまでできかない強引なところがあった。

戦後、支那方面艦隊長官をやっていた長野中学校時代の同期生の金子海軍中将の話を私は直接聞いたのであるが、同盟休校の最先頭に立ち、もう少しで退校処分を受けるというきわどい離れ業を兵団長は若いときにやったそうである。そのころから詩や文章に長じ弁も立つ、いわば文学青年だったとのことである。

温厚篤実タイプは兵団長の強烈な意志と両立できなかった。とうとう参謀長と旅団長は更迭となり、その後に歩兵戦闘の権威がきた。もっとも大須賀少将は健康がすぐれず、更迭後、師団司令部付となったが入院した。

12　嵐の前の二カ月

海上輸送ますます困難になる

大本営から硫黄島に帰還した私は、二、三日して飛行便があったので父島にもどってきた。米軍のサイパンの飛行場整備が進んだと見えてB24の空襲がはげしくなり、二見港の作業は夜間でさえしばしば妨害を受けることが起こるようになってきた。また父島〜硫黄島間に潜水艇ばかりでなく、敵の水上艦艇までが出没するようになり、機帆船や漁船の航海にも母島退避が多くなり日数がかかるようになった。

B24爆撃機——サイパン島の飛行場より飛来した

この当時の乗組員の苦労は大変なもので、危険の度はかつての南西太平洋やニューギニア方面の大型輸送船の危険度をしのばせる状況になってきた。内地から父島への輸送も、駆逐艦や高速輸送艦でなければ無理な段階になってきた。何しろ優速船がなくなって七ノットとか八ノットのボロ船だけ残っている有様となったからである。追加輸送されてくる部隊将兵の顔色も緊張と不安を隠しきれない状況であった。

八月末、私はAパラとなり、父島陸軍病院に入院した。病院は森の中に疎開はしたものの一里強四方の小さい島であるから、いつ盲爆されるかも分からず、四十一度以上が一週間以上も続いたときは、一つ盲爆であっさり昇天してしまった方がよいと思ったことがあった。院長の柴田軍医中佐以下多数の名医の尽力と一日数回にわたる担架で防空壕退避に協力してくれた長谷川軍曹以下の協力により、一ヵ月前後で退院することができた。入院中も仕事の方は西四辻中尉を通じて続行した。

硫黄島の食糧、底をつく

父島には陸海軍が約一万七千名いた。硫黄島の兵力より十五パーセント程度少なかった。水は豊富にあり、野菜もかなり多くでき、木炭焼きもさかんに行なわれた。農耕班要員として徴用された島民の働きも素晴らしかった。旅団乙副官の小菅中尉が農業学校出身であったため、野菜作りばかりでなく蜂蜜作りも奨励した。こうして生産されたものは硫黄島へ少なからず送られた。このころの一升びん始め空びんは貴重なものであった。水をつめて送る際、必ず「空びんの返送を要する」という注意事項がつけられたものだ。

木炭は、冬季は硫黄島でも洞穴内で冷えて火鉢がほしいであろうという戦友愛から贈られたのであった。これはどこまでも贈進であって公けの補給でなかったため、私は各隊にまかせて統制しなかった。各隊ごとに思い思いの部隊、時には個人宛てに送ったから、あるいは幸運者と不幸者とができたことであろう。

十月の末ごろまでは兵員、火器、弾薬、爆薬などを優先にし、食糧は適宜送るという状況で主として多勢主計中尉の計画にまかせておいた。ところが十一月半ばには「硫黄島の所有糧秣底をつく。今より糧秣を優先輸送せられたし」という電報が入った。従って年末から敵がくるまで最も力を入れた海上輸送は食糧輸送であった。

敵が硫黄島にきたときは二ヵ月分強の食糧があった。

硫黄島と内地との飛行便

海軍は一九四四年十月ころまでは、かなり頻繁に木更津と硫黄島との間に飛行便を持っていた。市丸少将の第二十七航空戦隊はその親の司令部たる第三航空艦隊司令部が木更津にあったので、連絡が密に行なわれたようである。しかし十一月ごろからは便が少なくなった。空襲の合い間に爆弾の穴を埋めて、友軍機の発着を指導するのは大変な離れ業を必要とした。陸軍の方はこの海軍の飛行便におんぶしたわけである。海軍はこの点よく協力してくれた。

陸軍省は兵団司令部宛てに新聞を、参謀本部はウィスキーを送り、便乗者は内地で野菜物を買って持参するという傾向があった。陸海軍ともに家郷に郵便を出すことも奨励した。

強力な陸軍幹部を送りこむ

十一月、白方参謀は八丈島守備隊に転出し、その後任として十一月六日中根兼次中佐が赴任してきた。歩兵学校恩賜賞の同中佐は剣道五段の猛者で、歩兵戦闘の神様といわれ、長く歩兵学校の教官として重きをなしていた。大島守備隊参謀から転任になってきたのである。

十二月二十日、山内保武少佐が第百九師団参謀に補せられた。土佐出身の厳父保次陸軍少将と同じく騎兵の出身で、陸大卒業と同時に硫黄島行きとなった悲劇の人である。先に独混第十七連隊第三大隊長藤原少佐は陸大入校のため硫黄島を後にして帰京したが、山内少佐は逆のコースをたどることになった。十二月二十七日に父島に不時着した彼は、一夜私のところの不時の客となった。一晩中語り明かしたが、非常に淋しく見えた。硫黄島の方が公算は大きいだろうが父島だって敵がくるかも知れず、互いに武運の長久を祈ろうということで別れたが、これが最初であり最後の会見となった。

十二月三十日、堀参謀長は混成第二旅団司令部付に転じ、後任に高石大佐が参謀長に発令された。歩兵戦術の大家で、私は毛筆の手紙を一度もらったが達筆名文の人であった。これと前後して、混成第二旅団長大須賀少将は師団司令部付となり、後任は千田貞季少将が仙台予備士官学校校長より転任してきた。

この人事異動で千田少将、高石大佐、中根中佐という歩兵戦闘の権威がこの硫黄島に投入されたわけである。兵団長の希望の線にそったとはいえ、陸軍中央部もよくも選りも選らんで、ほぼ同時に三名も陸軍きっての猛者を送りこんだものである。

硫黄島の歌

硫黄島においては、在島陸海軍将兵が「硫黄島の歌」を作った。将兵はこの歌を歌っては故国の山を思い、はらからの安否を気づかいながら敵の来攻を待った。

この歌は一九四五年三月十七日夜、兵団の総攻撃開始の時間にNHKから全国向けに放送され、感謝と激励とお別れの歌詞となった。

決戦直前の硫黄島

戦闘の嵐はしだいに近づいて、不安な毎日がすぎていく。敵の来襲前二ヵ月の硫黄島の状況を、ここに掲げる三つの手紙でしのぶことにしたい。

「……東京も寒いことだろうと同情している。当地はまあ避寒地の如しで穴の中にもぐりこんでいれば暖かだ。火鉢もないが必要もない。ただし昨今の如く毎夜毎夜のべつに空襲のあるのにはやりきれない。みな睡眠不足にて神経衰弱になりそうだ。ところで神経戦の謀略にかかってはいけないので、昨今は穴掘り一点ばりで地下住居を大規模に拡張中。近く完成すればいくらB29だの何だのきても何のその。大事なものはみな地下に入れて涼しい顔して寝ておられるという寸法だ。地下二十メートルも掘り拡げて地下街を作ると、一トン爆弾でも何でも平気なわけだ。……」（十二月十八日付、西中佐より夫人宛ての家庭通信の一部）

「……当地も昼夜十数回の猛爆あり、また機動部隊を二回撃退す。施設を利用し損害なし。みな士気旺盛御休心あれ！ ……家より携行せし豆もこのころ花盛りなり。なお南瓜も茄子もこれからできる。これから収穫時なり。本年は二回新しいのがいただけるよ。ハハハ……しかし量が少なく一個を大勢にて分けあう。汗して自作せしものは尊し。今や飲料水もよく貯まり、昨日始めて入浴す。……魚も敵の落とす爆弾で時どき大きいの（鰆《さわら》、鱶《ふか》）が獲れる。……毎日定期便のほか、時どき臨機便の空襲あり、こないときはもの足らぬ。十一月十一日と十二月八日、機動部隊来襲せしもみごと撃退。今や堅陣神兵満を持しあり、断じて米鬼を撃滅せん……」（十二月十八日付、中根参謀より夫人宛て）

「……疎開の方はどう進んでいるか。依然東京に頑張ろうというつもりなんだろうか。敵の空襲は春ごろから今の何層倍になるか分からないから足もとの分かるうちに早く安全地帯に行ったがよいように思う。

当地でもこのごろ焼夷弾を相当落とすようになり、このほかガソリンのドラム缶を投下し、火の海のようにすることとすらある。

烈しい空襲が相変わらず続いているにもかかわらず私は依然元気です。何とかして野菜を取ろうとしてこのごろ少しずつ開墾などもやっています。

この土地は健康上余りよくないので病人は相当でき、ほとんど誰も彼も一度は病むのだが一人私は丈夫でおれて、ほんとに仕合せです」（二月三日付、兵団長の「良人より妻へ」の最後の手紙）

13　米海兵隊「史上最大の作戦」

米軍の太平洋作戦

米軍公刊戦史の一節は次のように述べている。

「米軍はドイツ屈服後十二ヵ月以内に日本の無条件降伏をもたらすよう計画した。遅くも一九四四年十月には屈服を予想されたドイツの戦争がすぐには終わりそうもない。そこでニミッツ提督の艦隊による台湾攻略の兵力資材が間に合わない。

二週間の討論の後、統合幕僚長会議は一九四四年十月三日の日、マッカーサーにレイテ奪取後ルソンを攻略させ、ニミッツにフィリッピン作戦への協力後、一九四五年一月小笠原を占領させることに決定した」

昭和20年1月下旬、ウルシーに集結した米第58機動部隊

そして十月三日、秘密電報四〇七八二号でもってマッカーサーとニミッツに同文電報を発している。

硫黄島は小さい島であるがマリアナ基地と東京の真ん中にあり、しかも飛行場があるのでこれを取ればB29の不時着に使用できるばかりでなく、戦爆連合の日本本土空襲ができると考えた。米国統合戦略調査委員会は重点をニミッツ提督の正面に保持することを統合幕僚長会議に勧告し、統合幕僚長会議はこれを承認したから、米国国力の鋭鋒が硫黄島に突進してきたわけである。

米軍の兵力

(一)、上陸軍
海兵隊員七万を主力とする

(二)、上陸全般支援部隊
艦載機九百機以上

(三)、上陸直接支援部隊
小型空母五隻、戦艦三隻、巡洋艦八隻、駆逐艦三十隻を中心とする百四十隻の艦艇、飛行機四百機

＊海兵師団は陸軍師団より兵力が多いばかりでなく、護衛空母をともなう直接支援海兵飛行

隊を所有する点が上陸作戦のため力を発揮する点に着目しなければならない。

米軍の首脳部

㈠、統合幕僚長会議のメンバーは次の四名である。

大統領付参謀長　リーヒー海軍大将
参　謀　総　長　マーシャル陸軍大将
海軍作戦部長　キング海軍大将
陸軍航空軍総司令官　アーノルド陸軍大将

このうちリーヒー海軍大将は元海軍作戦部長ののち駐仏大使をし、マーシャル参謀総長の勧告をルーズベルト大統領が容れて戦争の途中任命したもの。海軍作戦部長は艦隊総司令長官を兼ねていた。つまり日本でいう軍令部総長と連合艦隊司令長官を兼ねた形である。アーノルドはマーシャルの下にあったが、陸軍航空軍が強大なため、特にこの会議に列していた。

㈡、ターナー海軍中将

開戦当時、陸軍作戦部部長アイゼンハウワー（後の大統領）准将と肩を並べた海軍作戦部部長で、ガダルカナル作戦以来、水陸両用部隊指揮官に活躍した米海軍随一のきれ者と公刊戦史に出ている。ガダルカナル作戦はもちろん、ギルバート諸島、マーシャル群島、マリアナ諸島の攻略戦に次々と出動した。

㈢、スミス海兵中将

サイパン攻略以来、第五上陸軍団司令官となり、ターナー海軍中将の指揮下で陸上作戦を指揮した。猛虎のような男で日本軍の猛将を思い出させる。サイパン攻略中、配下に入った歩兵第二十七師団長スミス陸軍少将を解任して問題を起こした人物である。

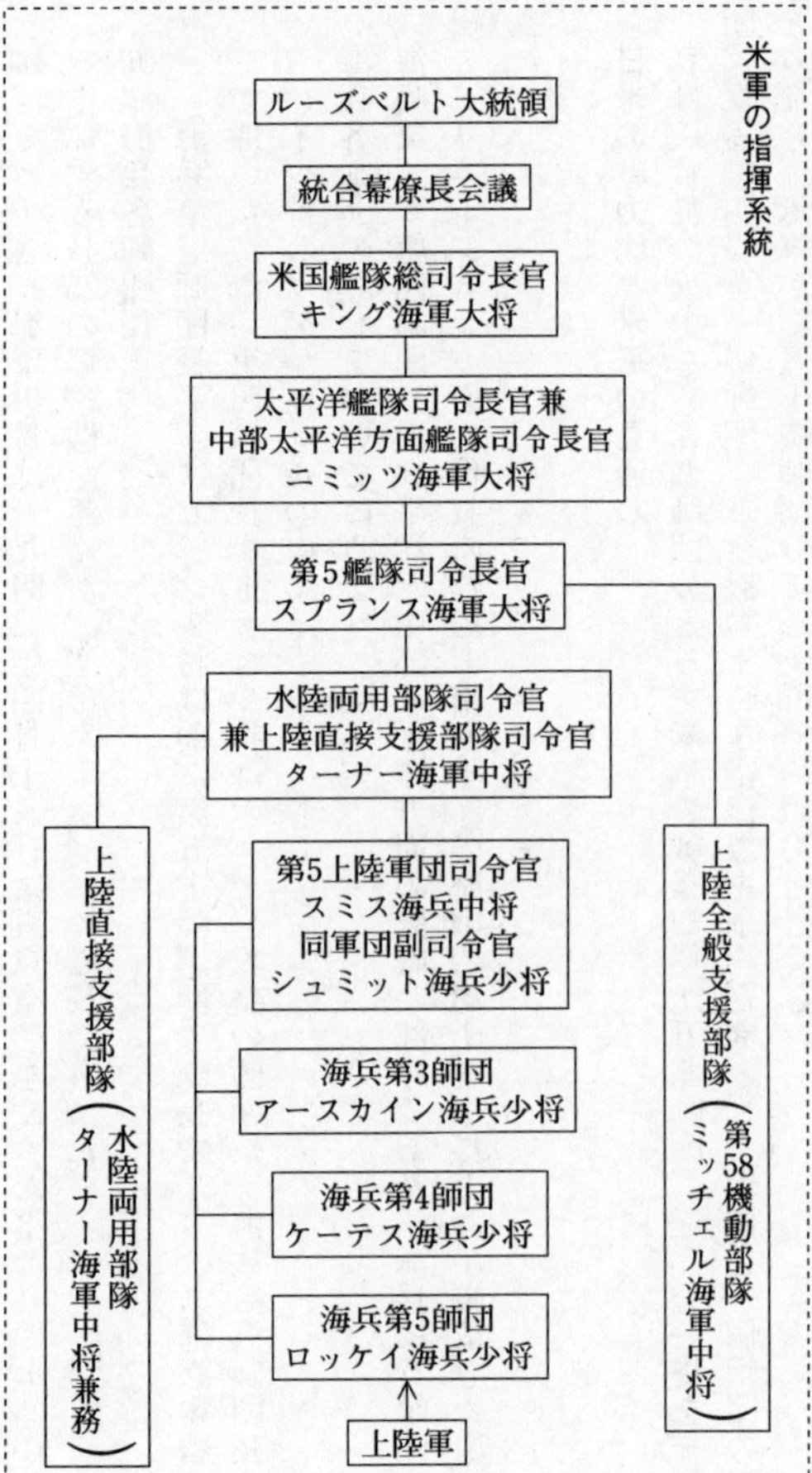

㈣、ミッチェル海軍中将は一九四二年四月十八日に東京空襲をやったドゥリットル中佐の指揮するB25の爆撃機を運んだ、空母ホーネットの艦長であった。

㈤、海兵各師団長

海兵第三師団長アースカイン少将は前に第五上陸軍団参謀長で、スミス海兵中将の下で働いた。海兵第四師団長ケーテス少将はテニアン攻略の師団長。海兵第五師団長ロッケイ少将はガダルカナルの勇士。

海兵各師団の経歴をついでにみよう。

海兵第三、第四師団は南太平洋と中部太平洋方面の歴戦の部隊であり、海兵第五師団は加州でアリューシャン方面の作戦のため、南太平洋の歴戦の勇士を中核として編成したものであった。

日米の戦力比と米軍の見通し

私は硫黄島の火力を約二個師団分とみ、米軍の戦艦一隻が五個師団、巡洋艦一隻を一個師団、駆逐艦四隻を一個師団、飛行機の常時在空機数を平均百機として十機を一個師団の戦力とみなし、米軍が約五十個師団分で二十五倍の戦力と計算した。

終戦直後に私を訪れたマリアナ艦隊の某海軍大佐は、「あなたの計算は加え算でしょう。それに機動力と補給力の係数を考えましたか。私の方は掛け算で機動力と補給力の係数を考えると一ヵ月平均して三千五百倍になった」といっていた。なお彼の計算ではサイパンでは五千倍の火力の計算をしたといっていた。

当時の太平洋艦隊は「硫黄島と沖縄」を第一、第二段作戦というふうに予定を組んだ。従って数日で硫黄島を片づけ、その水陸両用部隊をウルシー沖に帰投させ、整備の上沖縄へまわすことにしていた。また一九四四年十月三日に統帥部が小笠原の攻略を決定した後、陸軍爆撃機、機動部隊による空襲および艦砲射撃で相当の効果を期待した。

14 父島の皆さん、さようなら

米軍の上陸準備

二月十三日、わが海軍の哨戒機より、敵艦船百七十隻がサイパン西方八十マイルを北進中という電報が父島特根司令部に入り、ただちに私に電話してきた。敵は硫黄島にくるだろうか沖縄にくるだろうか。私は沖縄が六分、硫黄島が四分だといった。そして沖縄の方が戦略的に利用価値が大きいからであるとつけ加えた。

二月十六日、第五十八機動部隊は関東地方を大空襲し、小笠原一帯を空襲し硫黄島に対しては艦砲射撃を開始した。硫黄島からの電報によれば、敵は近くは千五百メートルの沖に駆逐艦が投錨し、その後方に巡洋艦、戦艦の順に整列して何百門かの砲門を開いて砲撃しており、敵の艦船群は一つの山脈のように見えるとのことであった。兵団長は十六日、硫黄島の

昭和20年 2 月19日、硫黄島に上陸を開始する米軍

全守備隊に「甲配備につけ」という命令を発し、父、母島部隊にも「それぞれ独自の島を守備すべし」という電報を発した。

＊配備に甲配備と乙配備があった。甲とは敵の上陸が予想される場合の戦闘配備であり、乙とは敵の空襲ないし艦砲射撃だけに対する配備のことであった。

私としては上官や同僚がやがてサイパンと同じ運命になるのかと考え、気が気でなかった。特にサイパンの場合には数日の違いで私は赴任しておらず、また軍司令官に合流するチャンスもなかった身であり、今また本職が海上輸送ということで父島にあるため、この戦闘に参加していないことは偶然とはいえ、申しわけないという気持ちにかられた。しかし父島にも敵の上陸なしと断定することはできず、戦闘配備につきながら刻々入る電報に神経をとがらしながらこれを大本営に中継した。

二名の撃墜捕虜が私のもとに連れてこられた。海兵大尉のパイロットと海軍少尉の補助パイロットである。私はすでに会話に大して不自由しない程度に上達していたので、空母ホーネットから飛来したこの二名からきわめて多くのニュースを獲得し、これを大本営と硫黄島に報告した。敵の上陸兵団が海兵第三、第四、第五の三個師団であること、硫黄島以外の小笠原の島には上陸しないこと、翌月はさらに大きい兵力で沖縄を攻略する予定であることをキャッチした私は、緊急電報で報告した。この二名の捕虜は硫黄島の攻略は一週間前後で終わる予定であり、そのころにはサイパンから陸軍の守備隊が交代にくるので、上陸用舟艇は沖縄に転用されるはずであるということも私に伝えた。

彼らは実に屈託なく、さかんに冗談をいい、鼻歌を歌い、やがて米軍が九州に上陸して戦争が終われば帰国できる。そうすれば英雄として恐らく進級できるであろうし、第一、一度に多額の俸給が出るからそれを新婚旅行に使うことができるといい、ダンスを私に教えようかという意気込みであった。特に少尉の方は父に早く死なれ、母が髪結い業をやって自分を大学へやってくれたので、帰国したならばすぐに結婚して母を喜ばせるのだと張り切っていた。民主主義国の捕虜の心理というものを、このときほど驚異の眼で見たことはなかった。日本軍人の心理とは天と地の差があった。

二月十七日も十八日も硫黄島に対する砲爆撃は継続し、砲撃する艦艇数がしだいに増加してくるとのことであった。大本営の発表によれば、ミッチェル中将の指揮する第五十八機動部隊は十七日にも日本本土を空襲した。

いよいよ米軍の上陸はじまる

二月十九日朝九時、敵は猛烈な艦砲射撃と熾烈な空襲の下に約百隻の上陸用舟艇をもって上陸してきた。

米軍は予想どおり南海岸より上陸して拠点を占領し、戦車や砲兵を揚陸し、ついで戦果を拡張するという従来の方式を取ってきた。これに対し硫黄島守備隊は出撃しなかった。否、兵団長が禁じていたのである。これこそ実に栗林戦術の面目躍如たるものであるが、実際はサイパンやグアム島の英霊が残した戦訓を兵団長が決断をもって実行に移したのだった。

「出撃」とは「お待ち申し上げる何百門という艦砲の砲門に好餌を提供すること」にほかならないからである。

この出撃をしないことが硫黄島防御の鍵であり、大戦果をあげる基調であった。

＊サイパン、グアム、テニアンでは夜間出撃をやった。夜間でも出撃すると二、三時間後には兵力が半減した。後日沖縄では上部が反撃を強要し、第三十二軍の寿命を短縮したという記事が散見される。硫黄島に対しては大本営はいっさい干渉しなかった。

昼ごろにはすでに上陸兵力が一万、戦車二百台に達した。

将兵の進級を申請する

兵団長の偉大さは沈着、勇敢、達観、用意周到ぐらいの言葉では表現できない。というのは敵の上陸開始と同時に部下将兵の功績調査と戦訓報告を始め、所持金は勘定して全部これを国庫に寄贈した。自分が死ぬときはいっさいの後始末を終わるという態度を取ったからである。

十九日昼過ぎの電報でまず独立速射砲第八大隊小隊長中村少尉が敵戦車二十数台を擱座させて壮烈な戦死をとげたのに対し、個人感状を付与し二階級進級を申請している。後日、独立速射砲第十二大隊長早内政雄大尉にも、さらに独立速射砲第八大隊長清水一大尉、突撃中隊長古田克哉大尉にもその鬼神をも哭かせる奮闘状況を述べた感状を付与し、二階級進級を申請した。歩兵第百四十五連隊に対しては二回にわたって部隊感状を授与している。また夜間斬り込み隊の効果を過信してはいけないとか、敵のM4戦車に対しては三十七ミリの速射砲では効果があげられないといったような意見とか戦訓を多数出している。

敵の上陸後、将兵は全員所持金を計算し、その全額を国庫に寄贈する処置を取ったのち焼却した。私の記憶では合計十二万五千円程度であった。

兵団長は増援がほしいというようなことはいっさい触れなかった。ただ一つだけ、上部の命令で第二、第三飛行場の拡張工事に多くの兵力を投入したが、これは無駄になったばかりでなく、他の陣地構築を犠牲にしたところが大きいという意味の電報を出した。

火をふく死の硫黄島攻防戦

作戦経過の概要は次頁にかかげる図で示すことにする。

米軍は海兵第四師団を右第一線、海兵第五師団を左第一線とし、海兵第三師団を予備という態勢で上陸した。海兵第五師団を摺鉢山の攻略に当たらせ、海兵第四師団によって元山台地を攻撃させた。損害がひどかったため、東地区、北地区の攻撃には海兵第三師団を投入した。

米軍は死傷続出したが新たな砲兵と戦車を追加してはさらに地歩を推進した。この間絶えず百機以上の飛行機が乱舞し、五百門の艦砲が上陸部隊の擁護に当たった。日本軍の死者はもとより、負傷者も放置された。

米軍の遺体は収容され、負傷者は病院船へと運ばれた。二月二十六日までに特に摺鉢山、

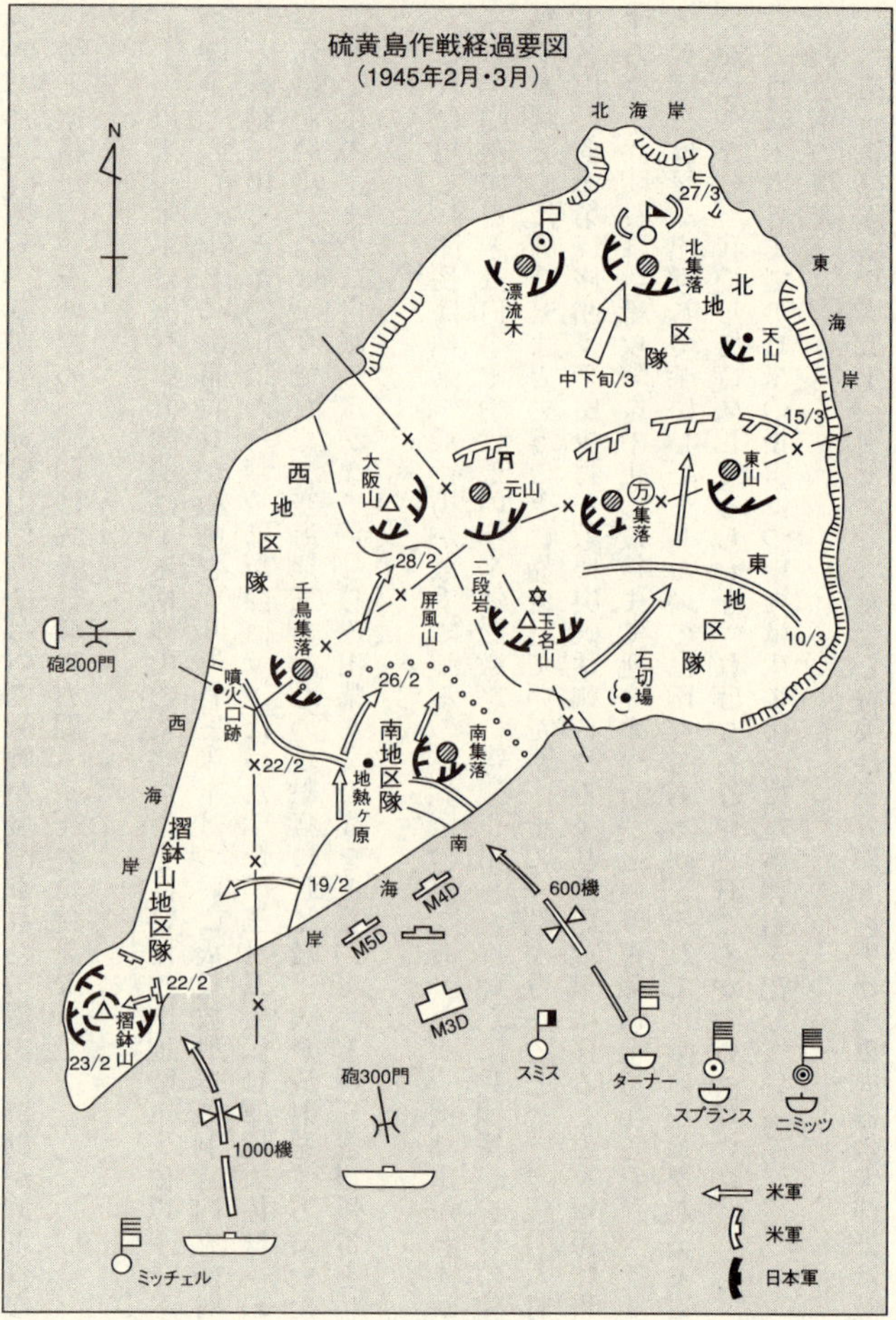

硫黄島作戦経過要図
（1945年2月・3月）
N
北海岸
東海岸
西海岸
南海岸
北地区隊
東地区隊
西地区隊
南地区隊
摺鉢山地区隊
27/3
北集落
漂流木
天山
中下旬/3
15/3
東山
元山
大阪山
万集落
28/2
二段岩
屏風山
玉名山
千鳥集落
10/3
石切場
26/2
噴火口跡
南集落
22/2
地熱ヶ原
19/2
22/2
23/2
摺鉢山
砲200門
砲300門
600機
1000機
M4D
M5D
M3D
スミス
ターナー
スプランス
ニミッツ
ミッチェル
米軍
米軍
日本軍

地熱ヶ原、南集落、石切場、屏風山付近において激戦が展開された。露出、機動が許されないのと連絡がつかないため、戦闘は各人各個の力闘——死の抵抗となった。

上陸以来、米軍は海兵第五師団による摺鉢山の攻略に力を注いだ。厚地陸軍大佐以下千名の陸軍と六百八十名の海軍将兵が激戦をくり返し、米軍はついに火炎放射器で洞穴内を掃討する行動に出てきた。山頂の争奪戦は数回に及ぶにいたった。三月二十二日厚地大佐は「わが死傷が続出したばかりでなく、空海地三方からの攻撃猛にして敵は火炎放射をするにいたった。このままでは自滅のほかなく、むしろ出撃して万歳をとなえん」という電報報告をした。

これに対し兵団長は「第一飛行場が敵手に渡るのは覚悟の上であったが、摺鉢山がわずか三日で陥落するとは何事ぞや」という辛辣な激怒の電報を出した。いかに兵団長が自分の陣地を墓場として死守せよということに徹底していたか、その一端が分かると思う。三月八日、玉名山の混成第二旅団長千田少将が敵に突破蹂躙《じゅうりん》されるよりは総攻撃に移ることを電報報告するや、兵団長は「総攻撃を中止し最後まで死守すべし」という電報命令を出した。兵団長は早く出撃して楽にしてやりたいのは山々であるが、それでは敵に出血を与えることができない。我慢して持久してもらわなければならないと日ごろからいっていた。

二月二十六日までの日米の損害については次のように電報報告を出している。

わが軍の損害

第一線部隊は平均五十パーセント。ただし将校は三分の二を失う。重火器の大部分は破壊された。火砲は六十パーセントを失う。

米軍に与えた損害

兵員　一万三千名

戦車　破壊ないし擱座二百十台

飛行機　撃墜六十機

艦船　撃沈戦艦または巡洋艦二隻、駆逐艦九隻、上陸用舟艇三隻。炎焼上陸用舟艇三十隻。

電報に見る戦闘状況

二月二十七日以後も玉名山、元山、大阪山、万集落、北集落、漂流木付近の洞穴に立てこもって、将兵は鬼神も哭かせる死の抵抗を続けた。米軍は戦車、砲兵、新たに着陸した陸軍機などを使用し、まるで荒地を耕すようにして逐次圧縮の鉄環を進めるとともに降伏の勧告を始めた。電報で戦況をみてみよう。

(1)　胆参電第三〇六号　三月四日〇七五〇、

硫黄島発　胆部隊参謀長発、参謀次長宛て。

敵ハ遂ニ元山オヨビ北飛行場（第二、第三飛行場とも呼ぶ）ヨリ北部落拠点ノ一角ニ突入シ来レリ。兵団ノ組織的戦闘ニ亀裂ヲ生ゼシムルニ至リシノミナラズ、他ノ各拠点ニ対スル攻撃モ頓ニ活発化セリ。（この時期に米軍は予備の海兵第三師団を戦線に投入した）

兵団ハアラユル方法ニ依リ敵撃滅ニ邁進スベキモ今ヤ火砲、戦車ノ大部ヲ失イ、特ニ各級指揮官ノ約三分ノ二ヲ失ウニ至リ、今後ノ戦闘遂行ニハ相当ノ困難性アルヲ察セラレ、殊ニ司令部オヨビ通信所ガ直接敵線ニ曝《さら》サルルニ至リ、今後大本営トノ連絡ニ支障ヲ生ジ易キニ至リシハ憂慮ニ堪エザル所ナリ。モチロン各拠点ハ今後若干時日ヲ持久シ得ベク、マタタトイ拠点潰滅スルモ各将兵ガ最後マデ決死敢闘スベキハ疑イナキ所ナルモ、敵ガ本島攻略ノ目的ノ大半ヲ達シタルハ事実ニシテ遂ニ負荷ノ重責ヲ果タシ得ザリシハ兵団トシテ洵ニ恐懼《きょうく》ニ堪エザル所ナリ。

今ヤ小職ハ敵ガ本島ヲ占拠シ日本本土ニ侵襲スル場合ノ国内ノ惨状、コトニ永遠ニ敵翼下ニ制圧セラルル虞《おそれ》ナキニアラザルヤ、皇国ノ将来ヲ思イ只タダ恐惶措ク能ワザルモノアリ。シカレドモ全線麾《き》下《か》将兵ガ凄惨熾烈真ニ言後ニ絶スル砲銃爆撃ニ曝サレツツモ不死身ノ如ク、戦車ヲ骨幹トシテ近迫シ来ル敵ト尺寸ノ土地ヲ争イツツ、刻々ソノ身ヲ亡ボシ敢エテ悔ナキ姿ヲ見、聊カ慰メラルルモノアリ。

ソノ身モマタ死ノ関頭ニアリトイエドモ、心マスマス静カニ只管《ひたすら》皇国ノ前途ヲ祈念スルモノアルノミ。ココニ戦闘ノ局面重大転機ニ突入シタル際、今後ノ通信杜絶ヲ慮《おもんぱか》リ小職ノ力及バズシテ遂ニ重任ヲ果タシ得ザリシヲオ詫ビスルト共ニ、壱岐対島ヲ失イシ宗、平両武将ソノ一族ト共ニ玉砕ストイエドモ多々良ケ浜辺ノ快捷克ク皇国ヲ安泰ニ導キシ元冠ノ故事ヲ偲ビツツ神国不滅ヲ確信シ、タトイソノ身ココニ滅ストイエドモ魂魄ハ絶エズ醜敵ヲ襲ウテ長エニ皇土ヲ守護センコトヲ期ス。

ナオ今日マデノ戦訓ナラビニ所見ハソノ都度報告セリ。

イササカナリトモ国軍ノ装備戦法オヨビ訓練ニ参考トナラバ幸甚ナリ。父島、母島等ニ関シテハ地形上守備ニ確算アルモ、機ヲ見テ第百九師団司令部ヲ父島ニ再建シ、母島ニハ更ニ一旅団司令部ヲ設置スルヲ可トスル意見ナリ。終ワリニ臨ミ従来賜ワリシ御指導ト御支援トニ対シ更メテ厚ク深ク御礼申シ上グ。

マタ現地海軍部隊トハ最後マデ真ニ一心一体ノ実ヲ挙ゲタルヲ特ニ付言シテ報告ス。

＊胆部隊とは、小笠原兵団につけられた暗号名である。

(2)　胆参電第三二九号　三月五日二三〇〇

硫黄島発父島経由、参謀次長宛て。

本島防衛ニ当タリ致命的打撃ヲ蒙リシハ、海空ヨリノ攻撃ニシテ挙大ノ本島ニ対シ戦艦二、重巡五、軽巡一〇、駆逐艦約四〇、計約六〇隻、四〇〇余門ヲ以テスル砲撃ノイカニ熾烈ナルカハ想像ニ余リアリ。

コトニ観測機ノ機敏的確ナル誘導ニヨリ、要部、要点ニ猛射ヲ加エ、夜間ニ及ブモコレヲ継続セルハ甚ダシク苦痛トセシ所ナリ。

今日マデノ発射弾数ハ約三〇万発ト推定セラレ水際陣地、主陣地ヲ初メ陣地施設ハ主トシテコレニヨリ潰滅ス。

敵ノ制空権ハ絶対カツ徹底的ニシテ一日述ベ一、六〇〇機ニ達セシコトアリ。未明ヨリ薄暮マデ実ニ一瞬ノ隙ナク二三〇乃至一〇〇余ノ戦闘機在空シ、執拗ナル機銃掃射カ爆撃ヲ加エ、ワガ昼間戦闘行動ヲ封殺スルノミナラズ敵ハソノ掩護下ニ不死身ニ近キ戦車ヲ骨幹トシ、配備ノ手薄ナル点ニ傍若無人ニ滲透シ来リ、ワレヲシテ殆ンド対策ナカラシメ、カクシテワガ火砲、重火器コトゴトク破壊セラレ、小銃オヨビ手榴弾ヲ以テ絶対有利ナル物量ヲ相手ニ逐次困難ナル戦闘ヲ交エザルヲ得ザル状況トナレリ。以上コレマデノ戦訓等ニテハ到底想像モ及バザル戦闘ノ生地獄的ナルヲ以テ、泣キ言ト思ワルルモ顧ミズ敢エテ報告ス。

(3) 胆参電第四三〇号　三月十七日一〇〇〇
硫黄島発父島経由、参謀次長宛て。

(一) 北地区ノ敵ハ朝来第一線各支点（三語不明）、兵団司令部ト海軍司令部ニ対シ有力ナル戦車ヲ以テ、熾烈ナル砲撃オヨビ火炎攻撃ヲ加エツツアルモ、ワガ方ノ敢闘ニヨリ至近距離ニオイテ激戦中ナリ。

(二) 敵上陸以来今日マデニ、ソノ損害ハ三三、〇〇〇ト推定セラル。

(三) ワガ現有兵力
北地区　約五〇〇、東地区　約三〇〇

(4) 胆参電第四二七号　三月十六日一七二五

硫黄島発父島経由、総長宛て。

戦局ハ最後ノ関頭ニ直面セリ。

敵来攻以来麾下将兵ノ敢闘ハ真ニ鬼神ヲナカシムルモノアリ。

特ニ想像ヲ越エタル物量的優勢ヲ以テスル陸海空ヨリノ攻撃ニ対シ、宛然徒手空拳ヲ以テ克ク健闘ヲ続ケタルハ小職自ライササカ悦ビトスル所ナリ。

シカレドモ飽クナキ敵ノ猛攻ニ相次デ斃レ、為ニ御期待ニ反シコノ要地ヲ敵手ニ委スルノ外ナキニ至リシハ、小職ノ誠ニ恐懼ニ堪エザル所ニシテ幾重ニモ御詫ビ申シ上グ。

今ヤ弾丸尽キ、水涸レ、全員反撃シ最後ノ敢闘ヲ行ナワントスルニアタリ、熟々国土ノ恩ヲ思イ、粉骨砕身モマタ悔イズ。

特ニ本島ヲ奪還セザル限リ皇土永遠ニ安カザルニ思イヲ致シ、タトイ魂魄トナルモ誓ッテ皇軍ノ捲土重来ノ魁タランコトヲ期ス。

ココニ最後ノ関頭ニ立チ、重ネテ衷情ヲ披瀝スルト共ニタダ皇国ノ必勝ト安泰トヲ祈念シツツ、トコシエニ御別レ申シ上グ。

ナオ父島母島等ニ就テハ同地麾下将兵イカナル敵ノ攻撃ヲモ断乎破砕シ得ルコトヲ確信スルモ、何トゾ宜シク御願イ申シ上グ。

終ワリニ左記駄作御笑覧ニ供ス。何トゾ玉斧ヲ乞ウ。

国の為重き力めを果し得で

矢弾尽き果て散るぞ悲しき。
仇討たで野辺には朽ちじ吾は又
七度生まれて矛を執らむぞ。
醜草の島に蔓る其の時の
皇国の行手一途に思ふ。

総攻撃命令

三月十七日五時五十分、兵団長は次のような総攻撃命令を発した。

小笠原兵団総攻撃命令　三月十七日〇五五〇、硫黄島

㈠、戦局ハ最後ノ関頭ニ直面セリ。

㈡、兵団ハ本十七日夜総攻撃ヲ決定シ、敵ヲ撃滅セントス。

㈢、各部隊ハ本夜正子ヲ期シ、各当面ノ敵ヲ攻撃シ最後ノ一兵トナルモ飽クマデ決死敢闘スベシ。己レヲ顧ミルヲ許サズ。

㈣、予ハ常ニ諸子ノ先頭ニアリ。

栗林中将

大本営は三月十七日夜二十四時を期してNHKを通じ「硫黄島の歌」を全国に放送し、総攻撃の将兵に感謝の意を捧げた。

私は三月十七日朝、兵団長宛てに「オ伴シ得ズ断腸ノ感ニ堪エズ、堀江参謀」と電報した

が、何だか気の抜けたような、ただ申しわけないという気持ちで一杯で他のことが手につかなかった。

硫黄島より最後の電報

三月十七日夜、大本営は私に兵団長が大将に昇進したことを伝達せよ、と電報してきた。私はせめてこの電報を兵団長の生前に伝えようと思ったが、硫黄島通信所の応答がなかった。十八日も十九日も二十日も二十一日も二十二日も通信所に常時傍受を命じ、奇蹟を頼りにその伝達に努力したが、ついに硫黄島の通信所は応答してこなかった。

三月二十三日朝八時、私は断念した。そして陣地視察のため乗馬しようとした瞬間、一人の通信手が息を切らして走りより「参謀殿！ 硫黄島が出ました！」と私に報告した。驚喜した私は陣地視察を取り止めにし、ただちに昇進伝達の電報発信を命じた。しかし硫黄島の通信手は今までたまっていた電報を私たちの方に打ちこむことに急で、受信しようとする気配がなかった。そして連続的に次の数通の電報を打ちこんできた。私ははらはらと泣いた。死を直前に控えた通信兵の最後の打電を急ぐ姿を思い、このときほど涙の止まらないときはなかった。

＊戦後生還者の言によれば、すでに暗号書を焼いてしまったため受信をしても解読できないので受信をしなかったという。

(1)　三月二十一日十二時の状況

(一)、三月十七日正子予ハ、ワガ戦闘司令壕ヲ出撃シ北部落西側ニ歩兵第一四五連隊、玉名山地区、北地区、東地区オヨビ西地区ノ全生存将兵ヲ集結シ目下戦闘ヲ継続中ナリ。現在予ノ掌中ニアル兵力ハ四〇〇名ナリ。

(二)、敵ハワレヲ包囲シ、十八、十九日戦車オヨビ火炎放射器ヲ以テワレニ近接シ来レリ。特ニ敵ハ爆薬ヲ使用シツツワガ防空壕ノ入口ニ近迫セントシツツアリ。

(2)　三月二十一日十三時の状況

(一)、三月二十日、二十一日ワガ将兵ハ依然敢闘中ナリ。

(二)、敵戦線ハワレヲ去ル二〇〇乃至三〇〇メートルニアリ。戦車ヲ以テ攻撃シツツアリ。

(三)、敵ハ拡声器ヲ以テワレニ降伏ヲ勧告セリ。シカレドモワガ将兵ハ敵ノ小策ヲ一笑ニ付シ、相手トセズ。

＊米軍は二世や朝鮮人を使って、またすでに捕獲された日本兵を使って「栗林閣下、兵隊さんがかわいそうです。降伏して下さい……。こちらにはうまい水もあります。傷の手当てもします……」といった言葉を使ってさかんに日本軍の降伏勧告の放送を行なった。

(3)　三月二十二日九時十分の状況

海軍司令部ハ十六日来リテ、ワレニ合シ共ニ戦闘中ナリ。

(4)　三月二十二日十時の状況

兵団長以下将兵ハ敢闘中ナリ。将兵ハ飲マズ食ワズノ日ヲ五日続ケタリ。シカレドモワガ敢闘精神ハマスマス高潮シツツアリ。最後ノ一瞬マデ戦闘ヲ続行セントス。

三月二十三日午後五時ごろ、硫黄島の一無線通信手は次の生文電報を寄せた。

「父島ノ皆サン、サヨウナラ」

私はまたも泣かされた。私は叱られて泣いた覚えはない。また仕事が辛くて泣いた覚えはなかった。しかしこの一通信手の別れの言葉には泣かされた。涙は止めどもなく流れた。私だけではない。同僚の通信手が「とうとうあれらも臨終か」と泣いていた。電報班の川尻、小山、広石君なども泣いていた。私は第二回目の奇蹟を期待し、三日間常時傍受、ついで三日間三十分ごとの傍受、ついで三日間一時間ごとの傍受を命じたが、硫黄島からはついに応答してこなかった。

栗林兵団長の最期

これについては色いろな人々(日本人のほか米国人も含めて)から話を聞いているが、米軍が上陸してくる直前の二月三日、公用で東京に出張し帰島ができなくなった元高級副官小元少佐が戦後、生還者から集めた情報が正しいのではなかろうか。最近同氏から私に送られた手紙はこのように述べている。

「栗林兵団長は軍紀の厳しい将軍であり、時間の厳守、即時実行主義の人であった。しかし一面温情あふるる一面もあった。絶えず島内を巡視し、隈《くま》なく地形地物を記憶し、陣地の編成、構築を指導し、この間ポケットに恩賜のタバコをしのばせ精励する歩兵に分けておられた。コップ一杯の水で歯を磨き顔を洗っておられた。

司令部でも野菜作りを始め、これを炊事に供出した。甘藷は一年中つるを延ばして育成し、その新芽の尖端一センチぐらいをつんで湯に通して醬油をかけてよく食べられた。

次に兵団長の戦死については色いろ報道されているが、実際は三月二十七日であり、常時側近に行動していた下士官の話によると十七日夜の出撃時に脚に負傷して行動が不自由となられ、二十七日朝、高石参謀長、中根参謀とともに自決された……これが真相のようです」

硫黄島攻防戦の客観的な経過を私はここに述べてきたが、各戦闘の激しい姿は、次の章で、戦火をくぐって生き残った人のなまなましい言葉、つまり戦場の証言にゆだねよう。

15　わが壕は火の海となる

■混成第二旅団工兵隊長武蔵野菊蔵氏の手記

万歳攻撃で相次ぐ玉砕

二月十五日夜半、敵艦船は硫黄島の周辺を何重にも包囲し、空海から熾烈きわまりない攻撃を開始した。空からは常に数百機の艦載機が爆弾を落とし、海上からは数百の艦船が連続射撃を続行して天をゆすり、地を動かし、目を開く暇もなかった。水平線のかなたまで敵の艦船が埋まり、大山脈が横たわっているようにみえた。

二月十九日敵は上陸を開始し、やがて南集落、地熱ヶ原、第一飛行場と摺鉢山方面に猛烈な戦闘が開始された。南海岸に構築した百三十五個のコンクリート・トーチカと松尾中尉の指揮する砲兵陣地は、敵上陸前四日間の砲爆撃で全部あと形もなく飛散し、何の役にも立た

島内制圧のためロケット砲攻撃を行う米海兵隊

なかった。敵の主力は千鳥集落に、一部は地熱ヶ原方向に攻撃をしたが、二日間はわが猛火のため釘づけとなった。

兵団長は砲爆撃を避けるため敵の懐に入れと厳命した。地熱ヶ原の中込大尉と多岐中尉の部隊は常に白兵戦を展開し、二十二日玉砕した。多くは敵戦車の蹂躙《じゅうりん》するところとなった。

二月二十三日正午、厚地大佐の摺鉢山部隊は、敵主力の総攻撃を受け、全員天皇陛下万歳を三唱して敵軍のまっただ中に消えて行った。夜になっても米軍の撃ち上げる色とりどりの照明弾は昼をあざむくばかりで、一本の木、一本の草まで見えるのであった。

二月二十三日、南集落以南の友軍陣地は全部爆破され、第一飛行場方面一帯が敵戦車軍の集合地と化した。陣地を失った残兵は突撃に続く突撃、肉薄に続く肉薄に喊声《かんせい》をあげて敵中深く消えて行った。敵の上陸以来、数十組の斬り込み隊が出動したが、地形とその他の関係上その功を奏し得なかったことは事実である。斬り込みに出動した者は一人も帰ってこなかった。

二十三日夕暮れには粟津大尉の指揮する南集落陣地に敵が戦車群を先頭に殺到してきた。洞穴は敵の爆薬によって爆破される。敵はM４戦車を先頭に火炎放射器を使用して前進し、艦砲と飛行機がそれに協力した。日本軍が対戦車用として構築した陣地前の壕とかタコツボは、米軍の戦術の前には何の役にも立たなかった。こうして南集落の線で敵の攻撃を食い止めようとした日本軍の作戦計画はもろくも潰《つい》え去った。

敵は海に全艦全砲門を開き、陸に臼砲、重砲、迫撃砲のあらゆる砲門の火蓋を切り、空からは数百機よりなる爆撃機を敢行し、上に下にまた右に左に雀の舞うように爆撃機の群れで真っ黒であった。この陸海空の協同作戦は実にもの凄く、熾烈にして、この様相を語るに充分な言葉を持ち合わせる人はないであろう。私はこの惨憺《さんたん》たる光景をこの目で見たのである。

栗津大隊に連繋して海軍陸戦隊五個中隊（指揮官は全部陸軍将校）が南集落の高地一帯にいたが、約十分で粉砕され後退せざるをえなかった。二月二十三日夕刻までに硫黄島の三分の一は敵の手に落ちた。敵砲爆撃のため有線電話はずたずたに寸断され、補修すら何らのすべもなかった。伝令の任務は重く、千金の宝よりも得難いものがあった。何名出しても待てど暮らせど姿を見せない伝令を幾十名も数えたか分からない。伝令は途中敵弾にたおれたのであろう。

私の陣地と防空壕は堅固に連繋して作ってあり、十一ヵ所の入口を持ち、秘匿がよく硫黄島中第一の堅塁であった。陣地の通路は全部ジグザグにしてあった。敵は私の陣地で猛烈な抵抗に会うや、これを放置して第二旅団司令部のある玉名山陣地に向かった。艦砲射撃と爆撃の掩護の下に戦車を先頭に攻撃してきた。これに対し玉名山部隊もまた猛烈な抵抗を行ない、敵の進撃は一進一退となった。そして日米双方の損害は凄惨なものとなった。玉名山西方高地の広田中尉の指揮する旅団砲兵一個中隊、屏風岩付近の川崎少佐の指揮する機関銃一個大隊および玉名山旅団守備隊たる安相少佐の指揮する歩兵約一個大隊は三月六日ごろまでに全員玉砕した。混成第二旅団長千田少将は戦況を見て三月七日、ついに玉砕を決意した。

三月八日、旅団長は旅団長指揮下の部隊が玉砕攻撃を敢行することを兵団長に電報報告したところ、兵団長はただちに「玉砕攻撃を中止すべき」という命令を下した。

しかし旅団長の決意は堅く、兵団長の中止命令に従わなかった。三月八日、旅団長は玉砕攻撃命令を下した。

＊三月八日午後六時と最初攻撃日時を示したが、それは敵をあざむくためで、実際は九日午後六時に行なわれた。

旅団命令の要旨は次のようなものであった。

㈠、米軍目前ニ迫レリ。

㈡、旅団ハ三月九日午後六時ヲ期シ総攻撃ヲ敢行シ、摺鉢山ニ向カイ攻撃前進セントス。

㈢、安相部隊ハ各第一線、武蔵野中尉ハ現在掌握シアル陸海軍ヲ併セ指揮シ、安相部隊ニ連繋シ中央ヲ前進、赤城部隊ハ相馬歩兵中隊ヲ併セ指揮シ左第一線トナリ武蔵野部隊ト連繋シ、各部隊ハ摺鉢山ニ向カイ攻撃前進シ全員玉砕スベシ。

㈣、臼砲、ロケット、迫撃砲各隊ハ午後六時ヲ期シ歩兵ノ進出ト同時ニ掩護射撃ヲナスベシ。

㈤、予ハ常に部隊ノ先頭ニアリテ前進ス。

旅団長　千田少将

戦闘ニ参加シ得ナイ病症者ニハ現在ノ戦況ヲ知ラシメ、将来ヲ語リ、隊長ノ面前ニオイテ自殺セシメルヨウ努メラレタシ。

病症者に手榴弾を渡す

千田少将の病症者に対する気持ちは各隊長とも了承したものであるが、今まで長い間自分の子よりも、自分の兄弟よりも親しみ深くして、ともに苦労し努力してきた部下たちに、目前で自殺を強要することは人間の情としてしのびないことである。

＊米公刊戦史は一九四四年、北部ビルマのミトキーナの被包囲作戦に当たり、日本軍の食糧が尽きて最後の段階に達したとき、籠城司令官水上《みずかみ》少将がスティルウェル米国陸軍中将の指揮する米華連合軍に対して英語と中国語で百十五名の病症者をよろしく頼むという書簡を残し、遠藤大佐以下八百名に夜間脱出を命じ、本人は自決していることを礼讃し、珍しい美談としている。

部下たちはまた終始隊長を親とも思い、兄とも思い親しんできたのである。各隊長は病症者の前で自殺の件は一言も口にしないことを申し合わせ、ただ枕辺に見舞って今日総攻撃の命令を受けて出撃し、おそらく二度と会うことはできまい。早く全快を祈るといい、あわせて日米の状況を説明し、手榴弾一個を各人に手渡し訣別の袖を分かった。病症者たちは手榴弾を受け取り、何か急に思い出したように、まさに消えようとするローソクの光の中で熱い涙を流すのであった。そのうなずく顔に決心の色が濃く浮かんでいた。この様子を見た私は健康者に対するよりも一層不憫《ふびん》さを感じ、湧き出る涙を軍衣の袖にかくし、彼らの側を離れたのであった。壕の中には病症者のみが残り、一粒の食もなく、一滴の水もなく、戦野に水を捜しに行く人もないのだ。

＊米軍は缶詰の水を使った。

私はじっと目をつむり、九州宮地獄神宮の方角に向かい、合掌してこの病症者を助けたまえと祈りを捧げた。

旅団の総攻撃開始

午後六時、日米両軍の銃砲火は殷々轟々として地をゆすり、天を動かした。敵は正面に鉄条網を幾重にもめぐらし、拡声器があり、またピアノ線を張り、少しでも触れると火を吐く仕組みになっていた。照明弾は昼よりも明るく、前進するわが部隊に数百の重機が一斉に射撃を開始した。わが部隊はスコップで鉄条網の下を掘り、突撃を敢行したが損害がひどく、掌握もできない。各部隊の将兵は屏風岩と南集落の線を結ぶ一帯で玉砕したものと思われる。

この総攻撃は三月十日の東の空の白むころ、千田少将以下数百の屍を残して閉幕した。千田少将は日章旗の鉢巻に地下足袋、巻脚絆で軍刀と手榴弾を両手に握り、右第一線の先頭を前進して屏風岩の南端付近で壮烈な最期をとげた。千田少将は七日夜、各隊長を集め、総攻撃の命令を下した。そのときから総攻撃に出るときと同じ武装であった。命令下達が終わると各隊長とともにコップ一杯の水で乾杯をなし、みなさん長いことご苦労をかけました、靖国神社で会いましょうといった。

敗残潜行してゲリラとなる

三月十日の夜明けとともに混成第二旅団の総攻撃の幕は閉じた。しかし地熱ヶ原方面にはそこかしこに指揮者のない残兵が潜行していた。各自各様の行動であったことは事実である。銃砲声は全島にわたる至るところで夜となく昼となく轟き渡っていた。南集落以南は数千の敵軍の幕舎に覆われ、見えるものはただ空だけであった。地形は見る影もなく変化し、いたるところ弾痕で戦前の平地も谷となり、谷はまた山を築き、東西の方角も分からない。星は毎夜キラキラと大空に平和そのもののように輝いていた。昼は破壊された陣地に身を寄せ、夜は当てもなく戦野をさまよい歩いた。この淋しさは言葉に表わすことはとうていできない。

地熱ヶ原の方に前進した私には二人の部下がついていたが、三人は常に無口で語る気力もなかった。私が歩けば二人も歩く、座れば二人も座るという有様で、頼るものは水筒の水だけであった。二人の部下は三月十三日夜敵弾にたおれ、私はその後一人で潜行を続けた。十四日夜、倉田という兵と会った場所は私の元の陣地前であることを知った。防空壕の入口で煙の臭いがするので石の蓋を取ってみると、日本人の声がするので乃木と言葉をかけたら、東郷と返事がきたので中へ入った。見ると相馬中尉、紅谷軍医、川井中尉、増子准尉、高野曹長その他陸海軍の残兵が八十名ほどいた。相馬中尉が指揮していたが私が入って指揮を交代した。健康体の者は一人もいなかった。夜になれば数班に分かれて水や食料を求めるため敵陣地に夜襲をかけ、そのつど戦死者を出し、人員は夜ごとに減って行った。

そのころ米軍は私の掌握した陸海軍構成部隊を残したまま北進し、北集落の方面はほとん

い ど敵の手中に落ちたようであった。私の掌握していた陸海軍の残兵は最後まで一糸乱れない軍紀を維持していた。兵士たちが日夜自ら軍紀を維持することに努力したからである。

ああ、この硫黄島よ、日本の領土となってから七十年、このような惨憺たる光景を生むための島だったのか。その七十年の間にこの島が何の役に立ったか。この島は三万の人命を奪っただけだ。本当に悲劇の島という以外に何物でもない。

私は戦況を見守っていたが、日本人の姿のなくなるのはあと幾日もないのだ。頭の中に浮かんでくるものは歩兵第百四十五連隊の池田大佐の捧持する連隊旗であった。軍旗は三月十七日夕刻、悲痛の涙にむせぶ将兵の前で、池田大佐が謹んで別れの言葉を述べ焼却すると同時に、全員総攻撃に出たということを池田大佐の部下の兵から聞いた。

栗林兵団長の玉砕命令

全島にわたる戦況は三月十七日、最後の段階に立ちいった。兵団長は玉砕の決意を固め、歩兵第百四十五連隊を主力とする東部隊、伯田部隊、岡部隊、その他生存陸海軍を結集し、その総兵力数八百名。

兵団長は玉砕命令を下す寸前まで高らかに詩を吟じ、常に変わりない態度であったということである。将兵に対して「腹が減っては戦さはできぬ」と、あるだけの食料と水をすべて持ち出させ飯を炊き、腹一杯食べ、水も腹一杯飲み、十七日夜半を期して第三飛行場の敵陣地に向かって突撃を展開した。たちまちのうちに第三飛行場は修羅場と化し、雨霰《あめあられ》と降りしきる銃砲声の中を玉砕部隊は兵団長を先頭にまっしぐらに突進して行った。十八日早朝、兵団長以下壮烈きわまりない戦死をとげた。このように私はこの玉砕攻撃に参加したものから聞いた。米国通の兵団長は今日このようになることを太平洋戦争開始以来知り尽くしていたのである。着任して間もなく「……米国の実情を日本の戦争計画者たちは一つも頭においていない。僕がいっても一向にお分かりにならないこの太平洋戦争はどんなに欲目で見ても勝目は絶対にない」と私にいったことを思い出した。

兵団長は玉砕を決意し、すでに三月十四日には日本国民に対し感謝の電報を送り、全硫黄島将兵の家族にはお詫びの言葉を述べ、玉砕の日を三月十七日と決定したのであった。

日本国民にこの惨状を伝えよ

吉田参謀はこの玉砕戦に参加したが、途中、兵団長から次のような命令を受けた。「貴官は本島に生を保ち、いつの日か本島を脱出して、日本国民に対しこの惨状を伝えよ。本島より流れる潮流は必ずや日本列島に向かうはずである。何物かに乗って日本に進め」と。この命令を守って吉田参謀は敗残兵の群れの中にあったのだが、五月中旬ごろ海軍機関大尉の人とともに第三飛行場に着陸していた敵飛行機を奪い、乗り込んで日本に向かって出発の寸前に敵軍に発見され、ついにその目的を果たさず敵弾にたおれたのである。吉田参謀の五月中旬までの苦労は死に勝るものだった。同参謀にかぎらず多くの兵士たちが筏に乗って脱出しようとしたが、それも失敗に終わった。彼は東海岸から筏に乗って脱出計画を立て、数十の筏が東海岸の波打ちぎわに打ち上げられ山となっていた。筏による脱出をはかった者は非常に大きな数にのぼったが、一人も成功した者はなかった。米軍の発見を避けるため悪天候の場合のみ実施したので失敗に終わったのである。

玉砕後も戦闘は続いた

兵団長玉砕後、全島には息をついている者が三千名はいただろうと想像される。そのころ部隊は解散し、部隊としての行動でなく、個人々々が思い思いに集まって一団を作り、敵対行動をしたに過ぎなかった。毎夜全島にわたって小銃機銃の銃声は鳴り渡っていた。四月十九日には私の集団ゲリラ部隊の数は二百二、三十名ほどになっていた。その確実な数字は隊長の私でさえ知らなかった。毎日変わるからである。この壕に日本兵がいるということだけは米軍も知っているが、幾人いるかは知らないはずである。

四月十九日、わが壕は火の海となる

われわれの壕の偵察にきた米兵を射殺したので、たちまちわが壕の出入口を開けて、数ヵ所から航空ガソリン数十缶を流し込み、爆雷を投じて火炎放射器で火炎の放射をしてしまった。たまったものではない。壕内には一瞬にして真っ赤な火炎が数ヵ所から火の固まりとなって爆雷の爆風とともに拡がった。非常に早い速度で壁にぶつかっては巨大な火炎が左右に転がるようにして焼き尽くしてくるのであった。逃げる暇もあらばこそ。壕内は修羅場と化し、百五十名の生命を一瞬にして奪った。

人間同志の世界にこれほどの惨憺たる悲劇が見られようか。残酷といおうか、無情といおうか私はそれ以上の言葉を捜し求めたい。壕内の火炎は一酸化炭素と化して行くのであった。

悲鳴と号泣の中に、殺してくれ、殺してくれ、武士の情だと呼ぶ声が暗黒の壕内に轟き渡った。百五十名の死亡者のほかに生存できた者は、当時予備壕拡張作業中のため難を逃れた者と火傷で助かった者合計六、七十名であった。

いよいよ玉砕の決意をする

四月二十一日を期していよいよ玉砕することに決意し、全員に次の別れの言葉を述べた。

「諸君とともに一年有余寸暇を惜しんで、野に山に、あるいは海辺に人為の要塞を築き、天然を制して本島の守りに備えたのですが、今やすべて終わりとなりました。諸君のたてた功績と手跡足跡は永久に日本戦史上に輝き、その名は日本国民の脳裡に長くとどまることと思います。今度、不肖私は低い身にありながら諸君の隊長として総攻撃を決意し、全員ご同意下されたことは誠に喜びにたえません。一昨日は百五十名の生命を亡ぼし、敵の掃討戦は今やわが部隊に集中されているように思われます。われわれの生命は決して長くはない。諸君もすでにご承知と存じますが、武人として暗黒の壕の中に斃《たお》れるより潔《いさ》ぎよく太陽の輝きの中に死ぬこそ武人の誉れと思いますので、総攻撃を決意したのであります。私は諸君とともにこの乞食にも劣る姿を米軍に見せたくないことは諸君と同じであります。しかし、いかともなす術《すべ》がありません。諸君と別れるに際し訣別の情尽きぬものがありますが、天命の致すところ如何ともなし難く、諸君のご健闘と武運長久を祈ってお別れの言葉と致します。われわれの前進目標は北集落と決定致します。壕外に出たら敵情からして集団の行動は許しません。各自自由な行動により、戦功をたてていただきたいと思います。私はこの壕を出るまでは隊長の任を尽くし、一歩壕外に出たら部隊を解散して一個人として諸君に働いていただきたいと存じます。しかし左記一項を命令する。この戦闘において生き残れるものは生き残り、この惨憺たる本島の状況を日本国民のみなさまに伝うべし」

と。最後に天皇陛下万歳を三唱して日本国民のご多幸を祈った。

この四月二十一日の総攻撃に参加しなかったものは川井中尉、紅谷軍医中尉ほか兵五名計七名で、依然、防空壕に残った。

防空壕を脱出する

四月二十一日の午後十時ごろより予備壕の穴を掘開し、ようやく一人の身体が出られるようになった。私は多岐中尉とともに先頭に出た。防空壕の前は敵の幕舎数百、防空壕の上は飛行場である。

増子准尉、高野曹長は続いて出たが、私の後ろには誰も続いてこなかった。十名ほど出たかと思うと、敵の陣地から猛烈な銃砲火が飛んできた。白昼のように明るくなった。敵はわが防空壕の前に陣地を占領し、わが防空壕に対して攻撃を開始したようである。わが方の大半は脱出と同時に斃《たお》れたらしい。私と多岐中尉は東海岸方面に向かい前進中、十名ほどの日本兵と会った。自分以外の行動は知っていなかった。私は東海岸北方付近で夜が明けて行動不能になったので、穴に入って夜を待った。

高野曹長は五、六名の兵と東海岸の高台で明るくなり、岩影にいるところを米兵に発見され二十二日朝方、ついに戦場の露と消えた。増子准尉は壕を出た直後たおれたらしい。増子准尉は五十三、高野曹長は三十歳であった。増子准尉は文筆の才幹あり、若いころは小学校の先生を勤め、実に温厚篤実な人格者であった。非常に酒が好きであったので、私は今も酒を飲むごとに二つの酒杯を揃え、一つは必ず増子准尉の霊に捧げることにしている。高野曹長は神田生まれでタクシー業を営み、自動車の運転もできた人である。高野曹長は筆の字の得意な人で性温順、円満で非常に親孝行であった。

大塚大尉と渡辺中尉は五月中旬ごろまで生存していたことは事実である。この二名は旅団の総攻撃に参加し、二人とも重傷を負い、防空壕に収容されたものらしい。五月中旬ころ同居の兵士たちに丁寧な別れの言葉を残して出て行った。二人は東海岸に行き、海水で垢を落として身を清めて天国に昇るといったそうだが、壕を出て以来二人の姿を見ることはできなかったといわれる。

大塚大尉は満州から転任してきた独立工兵の隊長であった。渡辺中尉はわが隊の小隊長であったが、昭和十八年の暮れころ要塞司令部付となった。彼は東大の農科出身で、帝室林野局の高官であった。大塚大尉に遜色のない立派な人であった。川井中尉と紅谷軍医中尉は六月二十一日、兵四名とともに自決した。またここに日本の伝統からして降伏を潔しとせず、いかに尊い生命を捧げたか、その一つの例をあげておきたい。

浅田（工兵）中尉は三月十二日正午の摺鉢山玉砕のときに重傷のため防空壕に残っていた。そのまま五月十二日まで生存していた。その間、彼に数回の降伏勧告もあった。彼は五月十三日、米国艦隊司令長官スプランス提督に遺書を残し、亀田軍曹（工兵）以下数名とともに自決した。

閣下の私らに対するご親切なるご好意、誠に感謝感激に堪えません。
閣下よりいただきました煙草も肉の缶詰も有難く頂戴しました。
お勧めによる降伏の儀は日本武士道の慣として応ずることはできません。もはや水もなく食もなければ十三日午前四時を期し全員自決し天国に参ります。

昭和二十年五月十三日

日本陸軍中尉　浅田真治

スプランス提督殿

このことは私が一人戦場をさまよっているとき出会った一人の兵士から聞いた。

潜行する日本兵一千五百名

私と多岐中尉はその後も東海岸の高台の壕の中で忍びの生活をし、敵の爆破に会い、黄燐の見舞いを受けた。私は手榴弾で自殺しようとしたが、多岐中尉に止められて思いとどまった。米兵は日本兵の地下足袋の足跡を伝って捜索を開始した。地下足袋の足跡のついた壕の入口は必ずこれを爆破した。この爆破で壕の入口が塞がれば埋葬できると考えたのであろう。しかし、なかなか米軍の思いどおりにはいかなかった。どの壕にも十字鍬やシャベルは二、三梃はあった。だから塞がれてもこれを使って穴をあけ、出ることができた。

五月中旬ころまで荒野を潜行する日本軍は一千五百名は下らなかった。集団的に戦闘する日本軍は一つもなかった。各人各個が思い思いに食を求め、水を求めて行動しているのだ。他人の心配まではできない。自分自身のことだけでもてあましている。このような日夜が今日も明日もとくり返された。夜が明けると草の根を掘り、木の根に潜り、岩をおおって身を隠し、大便も小便もそのままでその不潔なことはこの世に住む人間のなす業ではなかった。夜になれば夜盗のようにまた起き上がって、当てもなく戦野を四つ這《は》いになって這いまわるのだ。立って歩けば地下足袋の足跡がつく。それで敵に発見されるので、這《は》うよりしかたがなかった。二歳の赤児の這うように。四月二十一日以来、私は多岐中尉と一緒に行動した。誰の指揮を受けるわけでもない。多岐中尉は私と一緒に死ぬよ、別れまいよと私にいっては淋しい顔をした。

水と食糧を求めてさまよう

そのころ、水がありそうなところへ行くと、必ず四、五名の日本兵に会うことができた。誰も同じだ。水と食を求めるための行動である。夜は全島いたるところに銃声が聞こえる。潜行する日本兵が敵陣に引っかかるのである。だから日本兵もしだいに減って行くばかり。みな天幕の破れを背に負って四つ這いになっているから、一目見ると日本兵であることが分かる。会えばいろんな苦心談が始まり、一時間や二時間はいつの間にか過ぎて行く。また会おうという声も淋しく、各自当てもなく西へ行くもの東へ行くもの、前へ後ろへと四散して行くのである。どこへ行くのかと尋ねても、自分の行き先を知っているのは一人もないのだ。

月の夜など特に淋しかった。大空に淡く薄く輝く月をじっと見ていると、いつしか子供の年を数えたり、妻の顔を思い浮かべたりするのであった。淡い薄い月が淋しく光を投げている夜半のこと、私は多岐中尉と岩陰に隠れて、じっと月を眺めながら物思いに沈んでいた。何げなく岩の右端を見ると、二株の白菜が青白く、高さも一尺ほどに育っているではないか。どこかの部隊で玉砕前に作ったものであろう。二人はその白菜にしゃぶりついた。神の助けだ。食べた、食べた。一貫目もあろうと思われる白菜を一息に食べ尽くした。青なまぐさい、水気の多いやわらかな、実にそのときの味は今も忘れない。これで四、五日は大丈夫だ。喜びに満ちた二人は、はや夜半も過ぎ隠れがの心配にかかった。突然向こうの方に音がする。二人の日本兵が天幕の破れを背負って四つ這いになってこちらに進んでくる。近づくと相馬中尉と他の兵ではないか。四人は抱き合って喜んだ。泣き笑いが始まる。こうした戦場でいつ死ぬか分からない人間同志が集まったときほどうれしいことはない。もう死んだと思った同志が生きて会えるので、喜びはまた格別である。

彼は日本大本営は全飛行機、全艦隊、予算七百億をもって本島に逆上陸を決行するという話をして、そのときわれわれは第一線に立って働くのだ、おれは剣道五段であるといっていた。

＊サイパンの日本軍も退却中、日本は神国であるから必ず救援にくる、明日は連合艦隊がくるという話で持ち切りであったということを当時十二歳の小学生であった、ある生還者から聞いた。

その話が終わって間もなく相馬中尉はある壕に兵を連れて行き、生き埋めにされてしまった。

野砲兵大隊長の前田少佐は玉名山北方の東海岸に向かった大きな谷の中ほどの壕内で、五月半ば過ぎまで生きていた。この壕に多岐中尉と二人で行ってみた。ところがこの壕の入口には日本の重機が据えつけられ、足音さえすれば日本軍でも米軍でも区別なく撃ちまくる。どうしても入れてくれないので前田少佐に会えなかった。五月の末ごろ、部下とともに全員自決したという。前田少佐は陸士四十七期のまだ若い将校で、砲兵戦術には秀いでた技量を持っていた。関東軍から転任した人で街道大佐の部下であった。人柄がよく、部下から非常に親しまれる有望な人であった。地熱ヶ原で敵戦車に大損害を与えたが、自己の戦功を誇らず他人の功を讃える人であった。

死臭にみちた旅団防空壕

六月八日夜半にたどりついたのは旅団の防空壕であった。多岐中尉と相談の上この壕に一夜の宿を借りることにした。千田少将の霊があらわれ、二人に仮寝の宿を賜わったのである。二人は泣いた。旅団長の姿が目の前に浮かんだ。

二人は深い防空壕の中を奥へ奥へと進んで行った。少将の司令室に行くのであった。壕全体が死人の山である。道路も部屋も幾百の勇士の屍の山で盛り上がっている。足を組んだまま死んだもの、膝を立てて死んだもの、両手を頭の下において死んだもの、壁にもたれ合掌して死んだもの。これは旅団の戦闘の際に重傷者を収容して野戦病院となったから、壕内の死亡者も非常に多かったわけである。旅団玉砕後は食料もなく餓死したのである。死体の頭髪は真っ黒に伸びて、今なお伸びていた。死体全部が東の方に頭を向けている。死ぬ前に方向を変えたのであろう。壕内は銀蠅で真っ黒である。口をあけて息をすると二、三匹は吸いこむ有様だ。うー、うーと音を立てて舞っている。

死ぬまで祖国を思い、陛下の万歳をとなえて死んで行ったのである。かわいい妻子を捨て、家を捨て、国家のために殉じたものではないか。戦いは一国を支配する特権階級と他の国の特権階級との間の争いではないか。われわれ将兵は使役に駆《か》り出されたに過ぎないのだ。日本国民はこぞって戦歿者の霊に捧ぐべきものは捧ぐべきではなかろうか。

米軍の捕虜となる

多岐中尉と私は屍と一緒に、この壕に三晩世話になった。六月十一日の夕、壕よおさらばだ。勇士の霊おさらばと黙禱を捧げ、涙とともに壕を出た。筏に乗ってこの島を脱出しようと敵陣を潜って東海岸へと進んだ。しかし海旅をするのに一滴の水も、一片のパンもない。

多岐中尉が自分の知っている壕に乾パンがあるからそれを取りに行こうといいだした。これは至難な行動である。敵の鉄条網と重機を潜って行かなければならない。しかし食料確保のためやむを得ないとして、匍匐《ほふく》して敵陣に近寄った。二人は重機の猛射を受けた。三十分もすると射撃はやんだ。多岐は私から十メートルほど離れていた。不意に多岐が悲鳴を上げた。近寄ると星明かりに血潮が河をなしている。もう息は絶えていた。頭に数発の弾丸を浴びていた。これで私たちの計画は一巻の終わりだ。どうして私も一緒に殺してくれないのだ。多岐よ、許せ。戦場の有様は君のいったとおりだ。淋しかろうが君をここへ置いたままおれは行く。死ぬなら一緒にといつもいっていた彼の言葉は昔の声となってしまった。六月十一日夜半のことである。それから私は東海岸に出た。一人旅だ。こんなに心細いものはない。六月十二日、私は東海岸の岩の下に身を隠し、この世の名残りを惜しんだ。もう私には軍刀もなければ手榴弾もない。鉄かぶともなかった。六月十三日、餓死の計画をたてた。東海岸西方の谷間にバナナが繁っていた。その下に岩をおおって寝たのである。そのまま死ねば埋葬の必要もない。六月十六日には半死の状態になった。衰弱もはなはだしかった。動くことさえできなかった。夢のような心地でいると、犬が私のそばの土を掻いている。目を開いて見ると、六、七十名の米兵が私の周囲を取りかこんでいる。全部銃を私に向けている。私は目を閉じた。目を開くのさえ苦しいのである。白菜を食べて以来何も食べていないのだ。米兵は私に抵抗する力のないことを知って、岩を取りさり、毛布に包み、米軍の病院に運び去った。

予想に反し、米軍の親にも勝る親切さに驚いた。傷の手当てはしてくれるし、栄養食は山ほど盛ってくれる。注射は一日に何回も打ってくれる。こんなに手厚い手当てだからどんな重症者もじきに健康になる。不思議に思わないものはないほどである。実に米軍の親切に対しては感謝のほかはない。

千鳥集落には米軍戦歿者四千八百名の墓と日本軍戦歿者二万三千の墓場が米軍の手によって建設されている。日米戦歿者相並んで十字架にかざられている。日本軍で米軍の捕虜となったものは陸軍少佐以下陸海軍合わせて一千十九名である。

＊実際は戦後の戦史によると戦歿者は次のようになっている。日本軍、一万九千名弱。米軍、五千五百二十一名。日本軍捕虜は一千百二十五名となっている。

■戦車第二十六連隊生還者山崎中尉より西戦車隊長夫人宛ての手紙
硫黄島ほど不幸な戦いはなかった

「武士道とは死ぬことと見つけたり」とは誠によい言葉ですが、便利な言葉とも申したいような気持ちにもなります。

生きて帰ったにせよ、亡くなられたにせよ、硫黄島ほど不幸な戦いはなかったのではないでしょうか。そこには「武士道とは死ぬこと」というような呑気な言葉は通用しなかったのではないでしょうか。近代戦はこの言葉に味わえるような死に方など無視され、無情にもまったくの鋼鉄の帯が横たわっているものです。

私が部隊長を考えるとき泣けてくるのは、亡くなられたことで泣けるのではありません。部下を多数失ったその感情と申し上げようのない責任感から亡くなられて行ったと思います。

私が口惜しいのは「武士道は死ぬこと」といった言葉が通ずるような戦場であってほしかったと、これだけは従軍された皆様の一人一人に代わって無念の気持ちを訴えたいと思います。国のために戦場にと国内でいわれました。それではどんな死に方でも死ねば仕合わせかどうか。一人一人の関連のほとんどない状態において、余りにも多くの人が亡くなられました。

人間を確認することもできず、戦友の顔も見ずに放り出されたように、のたれ死にしなければならなかった硫黄島。奥さまにこのような書き方がどのように悲しませ、また思い出をかき乱させるかを承知して申しわけないと存じています。私も書きたくありません。

他の戦場と異なりどうも判然としない、すっきりとしないことに腹立たしいお気持ちになられるかも知れませんが、すべては今まで私が書きましたように戦闘は始まり終わったのです。あの油虫も、草木も再び硫黄島には生きないのではないでしょうか。

部隊は特に精鋭で皆よく自分の任務を容易にやっていました。戦況を申しますと、三月八日、鹿内中尉の隊が露出陣地に砲を引き出して全員玉砕、第一中隊（鈴木大尉の指揮する戦車中隊）が翌日一段岩側面で全滅。同日北海岸より斎藤中隊が出撃して全戦車全滅。斎藤大尉は右肩貫通銃創、重傷のまま本隊に合流。三月九日、部隊長のもとに集合できた者は斎藤大尉、片山大尉、西村大尉（敵上陸五日前、南鳥島から内地勤務のため飛行中不時着）、山下少尉、私、鈴木中佐、大谷中尉のみ。その後毎日、部隊を中心として歩兵戦闘をやりました。

ある日、自隊に帰れないので部隊長の所にいると、大谷中尉が捕えた米兵の尋問をしていました。そのころ海軍士官が部下を持たず本部に入ってきました。技術大尉でバズーカ砲を研究し、私は生まれて始めて分捕りのバズーカ砲を撃って見ました。これで毎日敵の戦車とか機重陣地を撃つことをくり返しました。この間、片山大尉と大谷中尉戦死。

私は毎日命令受領のため部隊長の所にいました。三百メートルも長い三階建ての本部壕を歩く間負傷者が一杯、わずかに部隊長室だけに灯明がついていました。壕の曲折部には毛布五十枚ぐらいを合わせてぶら下げ、敵の火炎を防ぐようにしていました。部隊本部の壕の口が発見され、爆雷、火炎攻撃を受けて部隊長は目に負傷。ただし火傷で元気、歩行に差し支えなし。このころから副官は一刻も離れず常に部隊長の側におられた。

次の日、本部壕の終末をさとり総員出撃。兵団としても総攻撃の日ではないか、とにかく北方に出撃、私は尖兵《せんぺい》中隊長。夜八時ごろ出発したと思います。負傷者との訣別に意外に時間がかかった。一人一人に携帯食糧三日分、手榴弾八個、拳銃二、水なし。

左の小高い丘から一斉射撃を受け、私は右大腿部に負傷した。川島軍医大尉が私の隣りにいたが、私の傷を見ることもなく本隊に走り去った。私は一人になり北へ北へと転んだり這ったりするが、まったく足が動かず歩行困難となった。

ある壕に着いた。鈴木中佐がいた。喜んだ。二日二晩寝た。とにかく寝た。鈴木中佐が起こしてくれた。握り飯も二つくれた。そのときがこの壕の最後だった。また夜中の歩行が始まった。私には何の力もなかった。鈴木中佐の姿も見えなくなった。ただ一人どこをほっつき歩くのか。刀を杖にしていたが、いつの間にかさやが抜けて抜き身だけを持っていた。土に刀身がめり込んでかえって歩けない。刀を投げた。手榴弾はまだ四つ残っている。どこで使っていつ死ねばよいのか。このまま倒れて雨に打たれて消えてしまえばいい。

明くる朝がきた。向こうの方に人が見える。「おーい」と呼んだら味方だった。背負われてどこかの壕に入った。後は何も知らない。……奥のほうにぼんやり火が見える。弁当箱のようなもので酒を口に流し込まれていた。私はまだ生きていたのだ。兵隊たちが何やら語りながら酒を飲んでいる。この壕で残っていた酒を見つけて皆が飲んだのだそうだ。死んでいるような私の口に酒を流し込んでくれたのは、同期の松井中尉がそこにいたからであった。

抱いて彼の寝台に連れて行ってくれた。四日間に私も一応元気になった。

部隊本部はどこだろう。鈴木中佐はどこか。人去り人来りで、横になったまま各地の状況を聞いた。村井は迫田支隊指揮班長なので、鈴木中佐のいきさつもそこで聞いた。迫田少佐の最期も聞いた。その後村井とともに転壕も二度ぐらいした。横山噴進隊長も同道だったか。人のいない世界が多かった。最後の壕の中で部隊長の戦死の状況もくわしく聞いた。兵団長の戦死も判明した。参謀の一人が海路脱出も計画したこともあった。すべて動けない私には無縁であり、動く人をぼんやり見つめていた。……深更二時、また書きます。

■元海軍一等水兵（東地区日の出砲台勤務）小泉忠義氏の手記

空襲の激しい硫黄島へ向かう

私は昭和十九年七月十五日、横須賀海兵団に召集になり、横須賀砲術学校ならびに長井分校にて基礎訓練を受けた海軍兵である。

この年の十月二十日は、昨日のひどい風雨もすっかり晴れて絶好な航海日和、われわれ召集兵のうち百名は加藤文雄海軍少尉に引率され、横須賀軍港逸見《へみ》波止場からSB艦に乗船、他に陸軍の乗ったSB艦とともに、ふたたび踏むことを望めない内地を後にして硫黄島に向かい出発した。ウ二七ウ四〇二といえば思い出す人もいることと思うが、十月二十三日午前八時を少しまわったころ、硫黄島の東南方で摺鉢山に近い南波止場に第一歩をふみ入れた。

上陸地付近は草木一本もないなだらかな砂浜が遠く第一飛行場まで続いている。十月下旬とはいえ、内地の盛夏以上の日ざしであるが、日陰一つない。島は東西約六キロ、南北約四キロと小さな島であるが、そのほぼ中央で飛行場と飛行場にはさまれた玉名山地区に一時待機することになった。ここで硫黄島警備隊の井上左馬主司令の指揮下に入った。

上陸第一日目なので幕舎を張り、身のまわりの整理などしているうちに午後三時ごろ空襲警報がなりひびいて、間もなくブゥーン、ブゥーンと今でも忘れることのできない音が海のかなたから、あるときは高く、あるときは低く聞こえ島をおそってきた。内地でよく話に聞いたB29爆撃機一機が約八千メートルの高度で、銀色の機体を光らせながらまっすぐ接近してくるのが見えた。

まだ島の地理がわからないわれわれは、先輩に案内されて近くの防空壕に待避した。この防空壕は砂に似た土とでもいった方がよいか、もろいさらさらした土で砂のトンネルといった感じである。壕の中では誰一人話をする者もいない。友軍の爆撃機は空中待避をしてどこかへ行ってしまった。零戦は残らず出動して飛行場には一機も残っていない。敵機はすさまじい爆音とともに頭上に飛来したのをおぼえ、爆音にまじってヒュー、ヒューと爆弾が落下する音がして、腹にしみるような音が壕をゆすぶり、砂がさらさらと崩れ、えり首に入り、爆風で耳が変になってしまった。爆撃が終わったらしいので、急いで壕からはい出して飛行場を見ると、数知れない爆弾の穴には驚いた。B29は速力を増して南の空に消えて行ったが、友軍の零戦がそのまわりに食いさがっている。どう見てもとんぼのまわりに蚊が飛んでいるようで、ちょっと目を離すと見のがしてしまうほどだが、はげしく撃ち合う機銃の音はしばらく続いた。海上はるか高いかなたで炎々と火煙の尾を引いて落下したのは残念ながら友軍機のみであった。

空襲警報も解除になって島は一応静かになり、喉がかわいてしまったが、島はいたる所硫黄がふき出している有様で、水などはとうてい得ることは不可能である。幸い内地から持ってきたパイナップルの缶詰があったので、同僚の佐藤肇君、増田穣君ら数人で分け合って飲んだが、このときの味は今でも忘れることのできない思い出である。

玉名山でこうした日が二、三日過ぎた。このころからわれわれは各砲台に配属が決まり、摺鉢山方面に行く者あり、北の方に行く者あり、内地からともに助けあいながら生活をしてきた同僚と離ればなれになり、島の守りについたのである。私も配属が決まり、ただ一人南地区にある硫黄島警備隊本部に勤務することになった。警備隊本部は、第一飛行場を西に、摺鉢山を南に見、われわれが初めて島に上陸した南波止場を東に見下す小高い場所にあった。本部は元島民の家であったのであろうバラック建ての家ではあるが、島の家としてはいい方なのである。近くには野戦病院もあった。島の誰もが水はほしいが、まったく雨が降らないとか、私のような水をガブガブ飲んでいた者にはとても痛手だった。本部の従兵長に紹介され、私は副官および陸警課長ならびに内地から私たちを引率してきた加藤少尉の従兵として勤務した。

B29、B24は毎日午後三時ごろ定期的に飛んできた。三十機ぐらいの編隊で、八千メートルから一万メートル以上の高度で来襲し、爆弾はきまって飛行場にだけ投下して帰って行く。友軍の高射砲台からは一斉に発射し、炸裂した白い煙の輪はちょうどB29を完全に飲んでいるが、悲しいかな弾丸が飛行機まで届かないのである。編隊もくずさず帰って行く敵機を毎日うらめしく思った。初めは空襲のたびに近くの平射砲台に待避したが、空襲にもなれ、外で敵機を見ているのが常であった。

東地区の日の出砲台に行く

十二月一日、本部の従兵生活も短期間であったが、加藤少尉に従い、島の東海岸の切り立つ断崖の上に陣取る、東地区日の出二十五ミリ機関銃砲台（ウ二七ウ四〇二の七のヒ）に行くことになった。そのとき東海上水平線に黒い影がいくつか見え、また海面すれすれに飛行機がゆっくりと南下するのを発見した。波のおだやかな晴れた日である。間もなく艦砲射撃を受けた。私にとっては初めての艦砲でもあり、所かまわず飛びこんでくる敵弾には空襲より始末が悪く、しばらくの間トーチカに待避して時を過ごした。長い時間ではあったが、艦砲もやんだので加藤少尉に従い、タコの木材の細い道をぬけて目的の日の出砲台に着いた。道のりとしてはしばらく歩いたのであったが、ほとんど人に会わなかった。だが林の中には、タコの木の枝葉を巧みに使った小さな家が大分あった。聞くところによるとこの小島に約三万三千人もいるとか、実に勇気百倍の感がした。

日の出砲台にはすでに戦友がいて私を迎えてくれた。名のとおり朝日は真っ正面から上り、気持ちのよい場所である。加藤少尉を砲台長とする約五十名は、切り立った断崖の上の海岸線にそって二十五ミリ二連機銃を装備した十個の砲台を有し、南隣りの神山十二センチ高射砲台（ウ二七ウ四〇二の七のカ）の援護に当たることになり、私は十番機銃に籍をおいた。われわれの待避壕は砲台から約百メートルはなれた台地に掘った横穴であるが、普通は真っ青な葉に赤い実をつけたタコの木の陰に幕舎を張って毎日を過ごした。

幕舎は雨が降ったときの水集めに重要な役割をなし、水はすべてドラム缶に集め、飲料水として保存し、この水は許可なくして使用は許されなかった。島にはお話にならないほどハエが多く、毎回の食事は野天で行なったが、全部準備が終わるまでは手に手にウチワを持ち、ハエの空襲を追いはらわなければならなかった。いつも食事は小松崎忠左衛門下士官が準備してくれた。朝は早朝訓練、昼間は横穴掘りと島の要塞造りは一時も手を休めることはなかった。そのとき誰かがロッキードと叫んだ。全員配置につきやっと間に合ったが、敵機は海面を低く飛来し、わが砲台に四機向かってきた。十個の機銃は一斉に撃った。高度は搭乗員の姿が目で見える高さであったので、みごと三機に命中し火を吹かせたが、一機島に入られてしまった。こうしていつ、どこからくるかわからない敵を相手に島を守るのだが、炊事中の敵機来襲が一番困った。ご飯がブツブツいい始めたころでも、火は煙の出ないように安全に消さなければならないのである。こうしたできそこないのご飯を食べることはまれではないのだが、まずかったということは一度もなかった。

私は通常、砲台の内務一般をやっていたので、常に幕舎の電話機から離れないようにしていたが、あるとき北の林の向こう側から艦載機に急襲され、砂のくぼ地とパパイヤの木の陰をぐるぐるまわって敵機と根くらべしてしまったことがある。機銃掃射で頼りにしたパパイヤの木は倒れ、弾着の砂けむりが一直線に近づいてくる有様は今もなお忘れられない。そのときはズボンのポケットを撃ちぬかれただけで命拾いをした。

日の出砲台は敵機としては一番島に入りやすいルートになっているのであろうか、艦載機、ロッキード、戦闘機は必ず東海上から海面低く飛来し、島に這い上がるようにして突っこんでくる。後ろからきたということはほとんどなかった。そのたびごとに弾幕で迎え撃ち、一機たりとも通さん意気込みで戦った。

十二月に入るや空襲も急に烈しくなり、午前、午後、夜とそれぞれ二、三回となった。このころやっと戦争の空気、島の空気にもなれ、心にゆとりができた。私は酒、たばこはやらないが、甘いものとあっては大好きで、酒保品のようかん、飴、それにタコの実を割ってずいぶん食べた。また上陸以来一度も入浴していないので、砲台のわきから岩場を下り海岸の硫黄でブツブツしている熱い海水で体を洗ってあかをおとした。

こうして昼は対空戦に余念がなかったが、日の出砲台の夜は案外静かだった。肌身はなさず持っていたお守りの数々、父母の写真、それに母が必勝の祈りをこめて渡してくれた丸い小さな鏡をなんとなしに見た。父は私に一層勇気づけるように、また母は笑いをうかべて祈るように見えたが、鏡が割れているのである。いつ割れたか知らないが、しかし何か不安を感じながら、鏡は私物入れにした弾薬箱にしまった。戦友たちも弾薬箱を私物入れにし、これを机にして故郷の、祖国を守り家を守る妻や子に長々と綴るペンの運びも手早くしたためられ、軍事郵便として送るのであった。

私は当時二十四歳で、砲台での最年少組の張り切り水兵であったが、やはり内地への便りは忘れなかった。父は戦死していたが、母親と小さな弟妹が留守を守っているので、島に上陸以来わずかの暇に絵はがきに一言だけ書いて、ほとんど毎日一枚送るのが常だった。一言だけしか書いてない一枚のはがきが留守を守る家族にとっては、何よりの安心感をもつものであり、またはがきが届かなくなったときが非常事態になったことが感ぜられるものと思い、しいて毎日一通主義を通していたのである。私の私物入れは、前に艦載機に発見され根くらべした際の機銃弾のあとがあり、まだ撃ちぬかれた便箋用紙が入っていた。この日は弾の跡のある便箋に久し振りで長々と書いた。しかし月日、天候、島の様子、場所などは軍機の関係から書くことができないので、いつでも書く内容は決まってしまうが封書で母宛てに送った。また島には物を売る店など一軒もあろうはずはなく、軍からもらう俸給は一銭も必要ない。それに戦況もはげしくなってきたので母宛てに残らず送金した。復員して聞いたところ、便箋の銃弾の跡、そして送金と相次ぐ変わった送り物に戦況が察せられたそうであった。

十二月も中ごろとなり、空襲は日ごとに苛烈さを増し、一機または二機による連続空襲に見舞われた。一機が島の上空で爆弾投下を行なっているあいだに、後からすぐ海上高く飛来してきている状態で、まったく神経戦とでもいうよりほかなかった。このころから内地との連絡もしだいに途絶えがちとなったのである。こうした毎日が続いているうちに昭和二十年の元日も忘れられたように過ぎてしまった。目にうつる飛行機は全部敵機ばかりで、冴えた日の丸が待ちどおしくなった。しかし友軍機を見ることはできず、まったくくやしい唇をかみしめるほかなかった。そのころ聞くところによると、応援機は再三内地を出発出撃したが、途中待機している敵機に撃墜されてしまうという話もつたわり、私たちを落胆させた。島の飛行場にはたまに三、四機の零戦が待機している程度であり、「飛行機を送ってくれ」と叫びたい気持ちで一杯だった。

応援のない太平洋の孤島となった硫黄島は毎日敵機と戦い、艦砲をさけて島の守りを固めていたのである。月日は流れて二月に入ったころ、敵の空襲、艦砲も一段と烈しさを加えてきた。潜水艦も島のまわりに出没し始め、日の出砲台の前方約三キロの地点を潜水して航行するのが見えた。このころのある日、砲台から海上約四キロに細長い小さな島があるが、細長い島の手前に白波を立て潜水艦らしき物を発見したので、一斉に二十五ミリ銃を発射したら「くじら」だったのには大笑いするという一コマもあった。

相変わらず雨は降らず、澄んだ青い空に風のない青海の静かな二月十五日、偵察中の友軍機から「南方洋上に敵の有力なる艦隊が北進中」との連絡があった。時まさに非常事態であり、私はそのときアメリカ軍の硫黄島上陸作戦を直感した。見合わす顔、顔、顔はみんな必勝撃滅の張り切った面もちである。急に忙しくなり、二十五ミリ機関銃の点検を行なうやら、弾薬、ドラム缶入りの飲料水、食糧など、あらゆる物を壕の中に運び込み、壕入口に土をもり上げるやら、タコの木を積むやらして敵に発見されないよう偽装し、いつでも応戦できるよう準備を完了し、厳重な警戒配備についた。

日も西の海に落ちるころはまだ敵艦の姿は見えず、ただ真っ赤な太陽が浮かんでいるだけで島も静まりかえっていた。静かななかにも気ぜわしく夜もふけ、見張り以外の者は全員壕の中で待機した。壕は幅約一・五メートル、高さ約二メートルの横穴で、長さは約三十メートルはあったが、元来硫黄がふき出す島であるだけに壕の中は硫黄を含んだ水蒸気がまわりからふき出し、むし風呂に入っているようである。

米軍の艦船、いっせいに砲門を開く

明けて二月十六日の夜も白んできたころ、壕の入口から海を眺めると、真っ正面約四キロの海上に敵戦艦が錨を下ろして碇泊し、砲門を向けている。そして甲板を歩く人影が小さく手にとるように見えた。見れば敵艦船が島を中心として水平線の向こうまで数知れぬほど放射線状に整然とならび、その間を潜水艦が行き来している。このほか、敵の上陸用舟艇が真っ黒く海をおおうように浮かび、何やら上陸準備をしているようであった。しかし嵐の前の静けさとでもいうか、日米どちらもまだ一発の攻撃もしない。ただ黙々と時のたつのを待つばかりであった。

静けさを破って艦載機の群れが数限りなく飛び始めたころ、敵は一斉に攻撃を開始してきた。放射状に並ぶ各艦から撃ち出す火は止まることのない早撃ちである。われわれは敵が接近するまで壕の中に待機のまま敵状を観察することになった。壕の入口は少し高い所にあるので一望千里であるが、敵からも発見されやすい場所にある。加藤砲台長も真剣な面もちで偽装した入口に立ち、偽装の間からじっと敵状を見つめている。私も戦友とともに敵の状況観察を続けた。

南海岸の上陸地点は言葉にはつくせない物すごさである。艦砲はほとんどこの地域を攻撃しているので、約二キロ離れたわれわれの砲台はほとんど影響はなかった。海上の舟艇は横列となり、島を目がけて幾重にも白波を立てて突っこんできた。相当な敵兵が上陸したころ、それまで沈黙していたわが軍も機関銃射撃を最初として一斉に砲門を開いた。またこれに加えわが軍の後方から新兵器ともいうべきロケット砲が発射され、敵はさえぎる物一つない砂浜に乱れを見せ右往左往し始めた。一斉射撃により友軍の陣地を発見した艦載機は急降下し始め、陸、海、空の戦いとなった。いよいよわが砲台も壕から数人ずつ飛び出して戦闘配置につき、わが陣地を攻める艦載機を迎え撃った。海上からの艦載機を迎え撃つのとちょっと違う。

島にむらがる敵機は、日本軍の飛行機がいないのを幸いとばかり、私たちが食事準備のときに追うハエのように飛びまわりながら、各わが軍陣地に急降下攻撃を加えてきた。それをおい撃つ間にも日の出砲台には右から左から前後からと敵の攻撃は烈しく、十門の砲頭は回転にいそがしかった。私は隣りの神山高射砲台のほか、どこに砲台、陣地があるのかわからないでいたが、敵機の急降下の状態で大体わかった。機銃掃射もこのとき何回となく受けたが、幸い負傷したもの戦死したものは一人もいなかった。飛行機に対して絶対の自信を持った。身近なところに立つ砂けむり、プスッ、プスッと敵機からの弾着の音、敵機のダ、ダ、ダ、ダと非常に早い速度の機銃発射、それに引きかえわが二十五ミリ機銃のダッ、ダッというスローテンポの発射にはただ気があせるばかりであった。海上には友軍の艦は一隻も見えず、敵艦はすべて悠然として相変わらず艦砲の早撃ちは続いている。上陸地点の戦闘は大軍を迎えながらも敵の進展を絶対的にくい止めていた。この戦闘において敵はかなわないと思い、しだいに引き揚げてまた静かな硫黄島にかわり、友軍の勝利を得たのであった。

＊これは水中破壊班という米軍独特の、海軍部隊の行なう上陸準備行動である。

しかし敵はこれにこりることなく第二回の上陸作戦を試みてきた。壕内に目をさましたわれわれは夜の明けるのを待った。そのうち飛行機も数を増してき、視界がきくころともなり海上を見ると、前にも増して艦船の数が整然と並ぶのを見た。これが硫黄島決戦の最初ともいえるのである。われわれはただちに戦闘配置についた。時まさに昭和二十年二月十九日である。

午前八時、旗艦と見られる日の出砲台直面の大型戦艦から撃ち出された一発の艦砲を合図に、各艦船は一斉に相変わらずの早撃ちを始めた。最初からわが砲台の頭上を越して、後方陣地へ艦砲の雨が降った。今度の艦砲攻撃は全島にわたって行なわれたのである。悲しいかな友軍の艦船と頼みの日の丸飛行機は一つとして見ることができなかった。敵機はサイパンからきたのであろう、爆撃機をまじえ上陸用舟艇のほか水陸両用の戦車を使用するなど、敵は充実した戦力を整えてきた。硫黄島の砂浜としては南海岸と西海岸だけで、ほかには上陸できる場所はないのである。上陸地点は前と同じ南海岸である。この日は海もおだやかな、敵の上陸に有利な天候であった。

敵の猛烈な早撃ち艦砲は約二、三時間連続して行なわれたであろう、近接している敵艦から撃ち出される艦砲の火が弾丸の後ろに尾を引いて私たちの頭上までとどき、後方で炸裂する。その炸裂音、爆弾の音、敵の砲声、それにわが砲声と耳はカーンとして聞こえない。敵が上陸し始めたのは午前十時ごろと思われるが、友軍は初めしばらくのあいだ陸軍の機関銃の音にまじって迫撃砲などの小火器が砲門を開き、上陸した敵兵と上陸用舟艇を迎え撃っていた。そのころ敵機の大部分は上陸地点に集中して、その準備体制がちょうどわが砲台の頭上でとられるので、これを撃滅するべく応戦する程度なので少しは身体にゆとりがあった。

戦車を先頭に上陸した敵は火山灰の傾斜した砂浜を這いあがってきた。敵は地雷原にかかり、また友軍のロケット砲弾の威力に相当驚いた様子である。敵を上陸させ、波打ちぎわから約三百メートルまで友軍陣地に引き寄せたころ、艦砲で蜂の巣同様に撃ち込まれたので心配していた友軍のすべての砲台が一斉に砲門を開き、銃砲火をあびせかけた。戦車はうごかなくなり、敵兵は進退きわまった様子である。ぞくぞくと相ついで上陸する敵兵、戦車の数はしだいにふえた。敵の上陸は約二、三時間はかかったであろう。

そしてわが日の出砲台は相変わらず上陸作戦を援護する飛行機と対戦していた。艦砲も時おりわが砲台陣地にも撃ち込まれたが、砂を幾分かぶった程度で被害はなかった。

これというのも日の出砲台のわが機関砲陣は砂を掘り下げた大型のたこつぼ型の陣地であるので、海からは発見しにくい状態にあったからだ。しかし砲台の付近はもちろん見渡すかぎり草という草、木という木は連続撃ち込まれた艦砲爆撃によって影も形もないので、空からはまる見えである。爆撃機はわが砲台陣を発見しぐんぐん高度を下げ、何物かめずらしい爆弾ならぬ油の入ったドラム缶数個に火を点じて投下した。幸いにして砲台から少し離れた何もない砂地であったが、黒煙をもうもうと上げて長い時間燃え続けていた。

日の出砲台は上陸地点から近い海岸線でもあるので、敵の進軍に備え何物をも焼きつくす積もりだったのであろう。日も西の海に入るころ、南海岸方面から思いがけない大砲の弾丸をくらった。幸いわが砲台から約百メートルの崖の上に落下したので何もなかったが、友軍の大砲が間違って撃ったのかとさえ思った。付近が暗くなったころには飛行機はいつの間にかどこかへ引き揚げてしまい、陸上での戦闘は部分的に行なわれていた。日の出砲台の激戦第一日は終わった。

敵状の偵察に出る

われにもどってふと見ると、まわりには弾倉やら薬莢が山をなし、足の踏み場もないのに気がついた。よくもこんなに撃ったものだと自分ながら感心してしまった。こうしている間にも敵が接近していないかと気をくばる。海上の艦と艦では発光信号で何やら連絡している。夜になっても艦砲だけは昼間に引き続いて間断なく二、三発ぐらいずつ赤い火の尾を引いて飛んでくる。

このころ、前に私がいた警備隊本部から第一飛行場と西海岸を結ぶ線は、残念ながら敵の手中に入ってしまったと聞いた。そうなると摺鉢山と私たちの方とは二分されてしまったことになる。敵は夜空に照明弾を数限りなく連続に撃ち上げ始め、その付近は真昼のようである。このとき私は変に感じたことがあった。戦争は昼夜を問わないと思っていたが、敵の飛行機はほとんど引き揚げてしまったし、夜の戦闘は積極的ではないし、一体どうしたことかと不思議でならなかった。銃の手入れやら銃座の整理などして歩哨を残し、壕の中に入った。壕の入口は、艦砲のため偽装した木も積み上げた火山岩も形もない。入口もやっと見つけた有様である。壕内は硫黄の臭いと熱気でむっとするが、かといって外に出ようものなら艦船からサーチライトで発見され、たちまち艦砲をメチャクチャに撃ち込まれてしまうのである。そうしている間にも壕入口付近で艦砲が炸裂しているのであるが、電話線はすでにずたずたに引きちぎられ、すべての連絡は伝令の他になにもなくなってしまい、孤立した形となってしまった。

敵状も不明であるので、加藤砲台長の命令の第一声が私に下った。

「小泉は部下三名を率い、敵の上陸地点南波止場付近を偵察せよ」

私たち斥候四人は砲台長と水杯をかわし、敵のサーチライトの間をぬって、一人二人と壕を飛び出し、砂に腹をつけて四人そろうのを待って出発した。島の地形はまるきり変わってしまった。昨日まであったタコの木林は砂の山となり、小高い丘は平になり、まったく見当がつかなくなった。時どき頭上をピュン、ピュンと音を立ててかすめる中をどうやら南波止場付近にたどりついた。元の警備隊本部の位置もどの辺だか見当がつかない。

連続撃ち上げられる照明弾は止むことがない。見れば近くにたこつぼを作り、黒い影が一つ。敵の歩哨を初めて見たのである。照明弾の光にすかして見ると真っ黒で大がらな黒人であるが、何やら口をもぐもぐさせながら小さな自動小銃の用心金に指を入れてくるくるまわしている。われわれは手榴弾を持っていったので、いっそやっつけてしまおうかと思ったが、任務が偵察であるためやめた。海岸は軍事物資の陸揚げに急である。

幸い敵に発見されずに、しばらくのあいだ敵状を偵察して帰路についた。相変わらず艦砲は止まないが、のんびりした歩哨は一応周囲を見まわしているので、すこし遠まわりして急いだ。

半分ほど帰ったころ、敵艦のサーチライトがわれわれを追うように照らしていたが、急に照らし出されてしまったと思った瞬間、特に強い光が海上でいくつか見えたことまで覚えているが、艦砲の至近弾にやられて気を失ってしまった。気がついて見ると陸軍の壕の中で、周囲には陸軍の兵隊が大勢いた。陸軍兵が壕の中へ引きずり込んで助けてくれたのだった。

そのとき日の出砲台で初めて破片で腰をやられた負傷者が一人出てしまったのである。陸軍にも敵状を伝え、手をにぎり合って礼をのべ、負傷者を担架に乗せ艦砲やら爆弾で穴だらけの目標もわからなくなった凸凹な砂や火山岩の道なき道を、這うようにして担架を引きずりながらやっと陸軍の軍医のいる壕にたどりつき、戦友の看護もできず、辛かったが別れをつげた。

出発するときとすっかり艦砲で様子の変わってしまった自分の壕にたどりついたが、入口がどこなのか分からなくなってしまい、砲台長の名を呼びながら這い歩き、やっと壕に入ることができた。砲台長に負傷者を出したことをわび、敵状を報告した。艦砲は引き続き島のいたる所に炸裂して止むことを知らなかった。

戦車に肉薄攻撃をはじめる

二日目も朝とともに艦載機がしだいに多くなり、われわれの攻撃意欲をかきたてた。われわれは艦砲でふさがれてしまった壕の入口をモグラのように土を押し出して、一人ずつ這い出し配置についた。

壕をふりかえって見ると艦砲でかわりはてた付近の様子には、よくもこんなに夜通し撃ち込んだものだと感心せざるをえなかった。地面のあちこちに炸裂した砲弾の破片が、青い冷たい光をはなって落ちている。破片とはいうものの、なかには砲弾の縦割り半分のものもあり、粗製濫造な大量生産がうかがわれた。

艦載機は昨日同様われわれの砲台にも機銃弾をあびせてきた。しかし艦砲はわれわれの頭上をシュー、シューとうなりをたてて、ほぼ島の中央に集中している様子だった。小銃、機関銃の音はちょうど第二飛行場付近に聞こえ、一段低い所にあるわれわれ砲台の頭上近くピュン、ピュンと弾が飛ぶ。だがまだ敵兵の姿は見えなかった。われわれの命としては二十五ミリ機銃があるのみだ。これに一命をかけた私たちは行動に不便な鉄帽などなげ出して、敵戦艦を尻目に艦載機を何機か落としたが、この日も友軍機を仰ぎ見ることはできないままに敵爆撃機に見舞われ、今までに受けたことのない爆撃を受けた。地上六、七十メートルで炸裂し、たこの足のように破片が降りかかってくる。われわれはこれをたこ爆弾といったが、三回ほど爆撃された。しかし機銃にも、われわれにも幸い負傷者も出ないですんだ。

午後もたぶん四時ごろかと思われるが、海上に浮かぶ巨大な戦艦からはしきりに艦砲を撃っている。甲板を歩く敵兵の姿が手に取るように見えるので、敵兵を迎え撃つ張り切った気持ちがついこの巨艦に向き、一斉に甲板目がけて発射してしまった。そのため今までわからなかったわが砲台は敵艦に知れてしまい砲身の角度を下げるのが見えた。逆に艦砲の一斉射撃を受け、われわれの十番機銃砲台の右側弾倉をかすめられ、われわれは砂にうずまってしまった。艦砲のはげしさのため待避の命令が下り、全員壕を目がけてかけ出し、われわれも砂からはい出して壕に入った。なにしろ砂の上をかけるので思うようにはかけられない。また艦砲の弾着は後から追うようにやってくる。どうやら全員壕の中にころげ込んだが、敵に壕を知られたことはいうまでもない。壕はさっそく集中艦砲攻撃を受け、壕の入口は完全にふさがれてしまった。

壕の中は硫黄と熱気でむされるばかりである。しかしこの熱気がわれわれの唯一の飲料水になるのである。これは壕内の壁に腕がほとんど入るくらいの穴をあけ、これに穴をあけた空缶をつめてポタリ、ポタリと落ちる水滴を集めるのである。夜になるのを待って砲台に行き、銃の点検修理を行なおうとしたが、艦砲で全部やられてしまったのを見て、ただ呆然としてしまった。付近にはまだ敵兵の姿は一人も見当たらない。しかしどこかで小銃、機関銃の音がし、たまに流れ弾がピューンと飛んでき、いたるところで時限爆弾が破裂しているのである。照明弾は間断なく撃ち上げられ、玉名山方面は真昼のように見えた。

それにしても昼間の状況から見て相当敵を押し返したと思われた。それからはまったくの壕生活になってしまったが、ある夜、棒地雷や火炎瓶を持って対戦車の肉薄攻撃を開始した。一人一人ばらばらに敵陣にもぐり込んだ。私は玉名山付近と思われるが岩かげにとまっている戦車を見つけ、しばらく様子を窺っていると、中から一人出て行った。これはしめたと思い、倒れたタコの木のかげを這って戦車のキャタピラの下に棒地雷をそっと砂をかぶせて、いち早く帰路についたが急いだあまりに腰が高くて見つかったのか小銃で射撃されてしまい、しばらく身動きできなかった。その戦車からは火炎放射器を発射され、両足をやられてしまった。幸い遠かったので、闇に乗じ引き返すことができたのである。これも夜は戦闘をやらない主義らしかったので助かったのであろう。

壕を出て、すっかり孤立する

日も曜日も忘れてしまったある真っ暗な夜、本部からの伝令があり、「日の出砲台はただちに本部へ集結せよ」と命令があった。

日の出砲台の戦友たちは、誰一人として島の地理を知っている者もなく、本部のある場所を知っている者もいなかった。まして戦闘中に後退した本部の場所など知るはずがない。われわれは伝令の後について行くことになり、あらゆる私物は全部壕の中に捨て、武器のないわれわれは艦からサーチライトや照明弾の光をさけて住みなれた壕を後にした。島の中ほどはすでに北の方にまで照明弾が撃ち上げられている。

島の東側を四、五人ずつ点々と北上しはじめたが、砲台からどこへも行ったことのないわれわれには、盲人が歩くようである。照明弾の光を火山岩のかげにさけながら、時には敵の歩哨のいる崖の真下を本部に急いだが、いつの間にか案内の伝令がいるグループを見失ってしまい、われわれ六、七人だけ方向を間違えて敵の中へ入り込んでしまった。たこつぼの中や岩かげなどいたるところに友軍の将兵が血まみれになってたおれている。その間を這うようにして方向を定めて進んだが、細い針金の線に引っかかり、とたんに機関銃射撃を受けて身動きができなくなってしまった。

しばらくして機銃も止み、歩き始めたが、友軍の塹壕には全滅したのであろうか重なるようにして人がたおれていた。ところが誰一人として銃も何も持っていない。たぶん米軍が持って行ってしまったのだろう。その壕を上ったところで戦友に「危ない」と声をかけられ、足もとを見ると丸い地雷が顔を出していた。たぶん友軍の地雷なのであったのだろうが、どうやら命びろいをした。後ろをふり返って見ると、遠くに思いもよらぬ電燈がついているのには驚いた。途中ピアノ線に引っかかり何度か機関銃になやまされ、一度迫撃砲にねらわれたがどうやら北地区にきたころ、本部らしい壕を見つけて入り込んだ。

このときいつのまにか六人になってしまい、神山砲台長の伊藤志吾市海軍中尉も一緒だった。この壕は約六、七十メートルはあるが先の方は熱気で行けなかった。側面にはいくつも寝台のようにくりぬいた広い壕があり、入口はわれわれが入った口のほかに中央に小さな入口があり、しばらくして知ったのだが、先端は縦に入口がついていた。中には何もなかったが、麦俵に食器が少しあり、小さな樽に水があったので、食器で飯を炊き、久しぶりに食事をした。もうこのころには島のほとんどを敵が支配していた様子なので、入口は岩を積み上げて偽装し、日中は出ないことにした。次の夜もまた次の夜も毎夜友軍を捜したが、歩けば歩くほどピアノ線に引っかかり、敵に射撃されるのが常で友軍には会うことができなかった。日がたつにつれ武器のないわれわれは、敵の自動小銃がほしくなってきた。夜になると行動を開始して食糧と武器を目あてにさまよい歩くようになり、敗残兵の生活が始まった。

いつの間にか壕の前には立派な自動車道路もでき、敵の幕舎もできてしまった。壕の崖上には丸く土を盛り歩哨がいるようになって、われわれの行動は不利になった。しかしわれわれの身体は野菜のような青物を要求するようになり、真っ暗な夜の島を捜しまわったが青物など一葉もなかった。はや四月もいつしか過ぎ五月に入っていたが、付近の状況から判断して、われわれは壕で死ぬより海に出ることを決意し、その準備をすることになった。筏を組むための電線を集めに毎夜さまよい歩いたが、砲弾、艦砲などで一メートルほどにちぎられた電線ばかりしかなかった。数日捜しまわったが、われわれ六人が島を脱出するのに必要な電線は集まらなかった。時には敵のダイナマイトをようかんと間違えてかついできた者もいて大笑いするエピソードもあった。

海上からは島の横穴を捜すための音響装置と思われるが、ボン、ボンと奇妙な音を島に向け発射してくるときには腹にしみるような感じがし、それと同時に艦砲が入口付近で炸裂するのである。この船は昼間一日中島の周囲をまわっているらしかった。そのほか艦からはスピーカーで、童謡の「さくら、さくら」などのメロディーを流すことも少なくなかった。あるとき星明かりをたよりに相変わらず電線捜しをしたが、幸い二本よりの新しい敵の電線を見つけた。左の方はするすると重いほどたぐったが、右の方は幕舎の頂上に結んであるのを知らずにぐんぐん引っぱってしまい、あわてて壕に引き返してしまった。このため発見されたのか次の日の午前十時ごろであろうか、中央の小さな入口を外からゴツン、ゴツンとくずす音がして、カンテラを下げて一人はいってきた。その後からもう一人はいりかけた。われわれは中に引き入れ、手榴弾でやっつけることにして待っていたところへ、ちょっと顔を出したので一斉に投弾したが、残念にもカンテラだけを投げ小銃は持って二人とも逃げられてしまった。手榴弾は戦友が持っている三個しかなくなってしまった。

その後間もなく、われわれの入った入口を掘り崩す音が聞こえて急に日の光が壕内にさしこみ、英語の話し声がして自動小銃を撃ち込んできた。だが、われわれは横道にいるので危険はなかったが、これが最後かとみな顔を見合わせた。誰もやせほそり目ばかりギョロギョロと光るばかりである。

「壕内に窒息ガスを入れます」

火炎放射器でやられた私の足は薬もないうえに壕内の熱気のためはれ上がり、地下足袋をはくこともできず痛むばかりで引きずり歩いていたので、どうせこのときに、と思う気持ちも手伝って戦友の手榴弾をひったくり中央の口から敵の横側に飛び出そうとしたが、伊藤中尉に「早まるな」と引きずり落とされてしまった。それから二十分も過ぎたころピタッと自動小銃の音が止んだ。壕の入口にスピーカーを取りつけ、なれない日本語で「コロサナイ、デテコイ」と独特なアクセントで呼びかけてきた。しかし、われわれには毛頭出て行く気持ちはなかったが、残念ではあるがこの壕に骨をうめる覚悟をした。

しばらくの間、呼びかけと小銃と交代に行なっていたが、昼食時間になったのであろう、今度は捕虜を使ったのか、二世か分からなかったがはっきりした日本語で「昼食をしてくるからそれまでに出てくるよう考えておいてください」といい残したきりしばらくこなかった。入口をのぞいて見ると外の日が目にしみ、百メートルほどのところに大きな敵の幕舎が並んでいるのが見えた。われわれは昼間の行動は不利であるので夜になるまで無事であったら、今夜海へ脱出しようと決意した。入口に靴音がしたと思うと、日本語で「窒息ガスを入れます」というが早いか赤い粉のような煙が流れてきたので、われわれは危険を承知のうえで中央の狭い入口へ移動した。幸いこの入口からは風が入っていたので助かった。これというのもガスのおかげで知ったのであるが、熱気の強い奥には縦穴があり、そこから壕内のガスが出ていくのであった。

敵は引き揚げたらしく静かになったが、何となく油断がならない気持ちで一杯であり、夜になるのが待ちどおしかった。夜も十時ころと思ったが、いよいよ海上への脱出を決行することになり、海岸へ向かった。たまに撃ち上げられる照明弾は、われわれにはもう花火のようにしか思われなかった。

海岸にはきたが、筏にする材料などすぐ集まるわけにはいかないので手分けして丸木や板を手当たりしだい集め、結び合わせた電線を使い、どうやら筏ができ上がった。東の空が白んできたころ六人で太平洋に押し出したが、にわか造りの筏は岩に当たるやら波にもまれるやらして、しだいにくずれてしまい、砂浜に打ち上げられてしまったので脱出を断念し、また島に上がった。ぬれねずみになったうえ何も持っていない私は海岸で友軍の手榴弾を拾い、近くの友軍のトーチカの跡へもぐり込んだ。驚いたことにそこには板橋海軍大尉が一人でいたので、誰もが涙を流して喜んだ。しかし日は上り、われわれにとっては最悪の昼がきてしまったのである。足あとをたどってきたのか数人の敵兵が何やら話しながらがやがやとやってきて、入口から石を投げ込みながら何やらどなっているが、われわれには通じない。そのうち中に入ってくる気配がし、手榴弾が投げ込まれた。幸い途中の石に当たり、そこで炸裂したが、その音と同時に板橋大尉はあっという間に拳銃で自殺してしまった。その日は五月十七日である。

敵兵は何と思ったかそれきり行ってしまったので、板橋大尉をトーチカの中に葬り、夜になってまた移動を始めた。伊藤中尉は私が足を引きずっているのを見て肩を貸してくれ、崖の艦砲で崩れてできた畳一畳ぐらいの小さな穴に入った。他の四人は反対側の穴に入ったが実に陽気である。夜明けだというのに軍歌を歌っている。反対側の四人には見えないが伊藤中尉と私には真下にある敵の幕舎がよく見えた。伊藤中尉は軍歌をやめさせろというがどうにもならない。そのうちに敵兵の足音がして反対側の穴に手榴弾が三発投げ込まれ、歌が聞こえなくなってしまった。と同時に伊藤中尉は天上が少し空いていたのに気がつかなかったため、そこから敵の拳銃でたおされてしまった。

殺さないから出てこい！

私は歩くことも思うようでないので、海岸で拾った手榴弾を取り出して安全栓をぬこうとしたがどうしてもぬけず、前歯を折ってしまった。三メートルもないところに、多勢の敵兵がやじ馬のように集まっているのが見える。

そのうちの一人が拳銃で地面を撃ちながら、「出てこい、殺さない」と呼びかけている。敗残兵といいながらまだ大和魂は腐ってはいなかったが、今となっては錆ついて役に立たぬ手榴弾を右手ににぎっているのみで、武器を持たぬ無言の応戦にしかすぎなかった。岩の割れ目にすっぽりと体が入っている私は、足も思うようにならず、なりゆきにまかせるほかなかった。やがて一人が私に近寄ってきて背おって外に出されてしまい、昭和二十年五月十八日、日本軍人として終止符をうってしまった。

すぐ足の傷の治療をし、今思えばビタミン剤であろう、赤い玉の薬を一瓶与えられ、針金をめぐらした捕虜収容所に入れられてしまった。収容所は五十メートル四方で四隅にやぐらを組み、機関銃を据えていた。幕舎が二棟あり、日本人は二十二人いた。そこへ私が加わったのだが、そのうちの一人が「貴様は、南硫黄島にいたのか、北硫黄島にいたのか」とからかったつもりなのであろうが、私は同じ日本人でありながら何をいうかと腹が立った。親切な先輩もいたので荒れた気持ちもおさまり、いよいよ捕虜生活に入った。話に聞いたところによると、硫黄島の捕虜は約千人で、すでに第一便、第二便と捕虜がどこかへ送られ、後かたづけ組が現在残っていたので最後の便で全員二、三日中に硫黄島からどこかへ移ることになっていたのだそうだ。毎夜人員点検にくるのであるが、数え始めたとき二、三人が動いて入れかわりでもすると途中でわからなくなり、初めから数えなおすのでわれわれは面白くなり何度か入れかわって大笑いをしたが、こんなときには米兵も笑いながら帰って行くのだった。

先輩の話によると、先に捕虜になった人たちは昼も夜も足に錠をかけられていて、不自由だったそうだ。幸い私たちはそんなことはなかったが、監視つきで、希望もなければ欲もない生活を続けていた。五月末のある夜、待ちこがれていた友軍機の爆音が静かな星空をつたわって聞こえてきたが、島の全地区から撃ち出された機関砲の曳光弾《えいこうだん》は島を一面におおいつくしてしまった。友軍機は二機完全に島に入り爆弾を投下した。しかし網の目のような弾幕のため、一機は海岸付近へ、一機は形がまるきり変わってしまった摺鉢山方面に撃墜されてしまったのである。それから間もない六月一日だったと思うが、朝もまだ早いころから午前八時ごろまで、東京空襲千七百機編隊というB29、B24爆撃機が、一列縦隊で硫黄島上空を北に向かって飛び続けた。

大空に一筋の線をなして飛ぶ敵機を眺め、祖国の安泰を祈った。昼過ぎのころから空襲を終わった敵機が続々帰って来た。中には高射砲でやられ操縦不能にでもなったのであろうか。真っ白なパラシュートが数個島に降下して飛行機はそのまま海へ落ちてしまうものや、プロペラ四発のうち右端の一個のみで帰ってきたものもあり、敵は大なる損害があったのを目前に見て、内地友軍対空部隊の活躍がうかがわれた。このときはある日、敵の将校が収容所にきて、「われわれは兵器の数で勝ったのであって精神力では負けた」といったことを思い出した。

数日してわれわれは硫黄島から移動することになり、六月三日と思ったが、硫黄島の捕虜最後の二十三人は船底に乗せられ島を出発した。船底に入れられた私たちは、自分たちの今の姿と国のために戦死した戦友たちの顔が次から次と思い出され、みな歯をくいしばってただ男泣きに泣いたのである。しかし、敵と対戦以来三ヵ月間にわたる硫黄島の激戦において、あるときは「第四艦隊が応援に急行中」という報に頑張り続けていたこともある。また飛行機の応援もあるであろうと望みをかけて待ったこともあったが、われわれの期待はあまりにも甘すぎたというか、敵を思いのままにさせたかたちになってしまったのである。日本の玄関とまでいわれていた硫黄島をむざむざと敵に渡してしまったことは何か割りきれない思いがした。

グアム島からハワイへ移される

やがて着いたところはグアム島であるが、海から眺める島は硫黄島と異なり戦争のあった島とは思われないほど樹木の緑がうらやましく思われた。上陸して収容所に入れられたが、われわれ硫黄島捕虜はアメリカ将兵を三万余死傷させ、特に悪いからという意味でグアム島の捕虜とは区別され、収容所の最も奥の一隅に入れられてしまった。もっともわれわれは機会があったらやっつけて、ともに死んでやろうという気持ちを誰も持っていたから、しかたがなかったかもわからない。

こうした気持ちを持ちながらも六月末ごろと思うがまたキャンプを移動することになり、船でハワイに向かった。相変わらず監視兵が自動小銃を持ってわれわれの室を監視しているが、もうそんなことは無頓着である。海から見るハワイ真珠湾の景色は箱庭のようで軍港とは思えないほどである。湾の入口はせまいが湾内は広く、後ろには緑の山がそびえ、海は青く澄んで海底がよく見え、ハワイの町が海面にうつって絵はがきを見ているようだ。初めて見る米国に驚きの目を見張った。思えば真珠湾攻撃九軍神を思い出したが、澄んだこの湾内によくもぐりこんだと思う以外に何もなかった。湾内には所せましと戦艦、巡洋艦、潜水艦、航空母艦とひしめくように碇泊していた。この余裕ある姿は硫黄島における友軍とは異なり、持てる国の心強さをひしひしと思わされた。

ハワイに上陸するとすぐ陸軍と海軍に分かれ、パインケーキなどの歓迎を受けた後、日本人捕虜ばかり何人いるか数え得ないキャンプに入った。予防注射を受け毎日ぶらぶらと暮らしているうち米軍の尋問があった。上手な日本語で内地各所の司令長官などの氏名や内地から米国民の心胆を寒からしめた風船爆弾などについて聞かれたが、誰もが申し合わせたように、司令長官などの氏名については、戦死した戦友の名前や国定忠次などとでたらめをいいほうだい、風船爆弾については知っていると称して、デパートの広告アドバルンを説明するなど、明日の命を知らぬわれわれはでたらめをいいながら毎日を暮らした。しかしどうしていつ撮ったか日立製作所の大きな空中写真があるのには驚いた。

サンフランシスコからテキサスへ

七月末ごろ、また移動することになった。今度は百八十三人のグループとなり、サイパン、テニアン、ペリリュウの捕虜と一緒である。中には陸軍大佐もいたが、このころからわれわれは日々を楽しく暮らすことを考えるようになった。船室には船員が時どき顔を出し、なにやら話して愛嬌をふりまいて行く。同僚が白い布にどこで見つけたのか絵具で富士山を書いてチョコレート、ガムと物々交換し始めた。しまいにはフンドシに絵を書いた者まで出た。

八月初めごろ、やがて船はサンフランシスコの有名な金門橋の下をとおり上陸した。金門橋のわきの方に、あざやかに赤十字のマークをつけた日本の船がつないであったが、船員の話によると武器が積んであるとかで戦争の裏話を聞いているような気がした。昭和二十年八月十五日、サンフランシスコの収容所において歴史的な太平洋戦争の終戦を知ったのである。

米国の新聞は特に分厚く、そして第一面に天皇と大統領の写真をかかげ終戦を報じていた。終戦の報をめぐり日系米軍人と白人との乱闘を見たが、二世ではあるが日本人の血の流れは米国にもあることを知り心強く思った。しかしわれわれは終戦を信じることはできなかった。もしこれが本当であったらどうなるだろう。祖国を守る国民の気持ちはどうであろうかと察せられ、そして内地空襲千七百機編隊を思い出し、内地に残る母やまだ学校へ通っている小さな弟や妹の安否が急に案じられた。

それから約一ヵ月してまた別な収容所に行くことになり、ロッキー山脈を汽車で越し、メキシコ湾に面したテキサスのハウンツビル・キャンプに着いた。このキャンプは私たちがくる前までドイツ人捕虜がいたが、壁に「あと二十年待とう」とドイツ人らしい気持ちが書き残されていた。

このキャンプは大劇場あり、消防署あり、大ホールもある大きなキャンプで、ルーヒングばりの暖房付兵舎がずらりと並んでいたが、入ったのは私たち百八十三人だけである。このキャンプの司令官は横浜に三年ほどいたことのある白人であり、なかなか日本語が上手で、最初の挨拶に「あなた方は、われわれアメリカ人の気持ちを知りたいでしょう。われわれもあなた方日本人の気持ちを知りたい。これからともに仲良く生活しましょう」と親しみのある言葉だった。

われわれの希望で何か仕事を与えてくれと申し入れをしたが、司令官がいうのに「地方から仕事の申し込みは数多くあるが、マキ割りのような仕事ばかりでこんな仕事は日本人の皆さまにやらせることはできない」ときっぱりことわり、われわれはキャンプ内で自由に働くことになった。といっても自分の兵舎のまわりの芝刈りか草むしりぐらいしかない。なかには食堂のケーピーに行く者もいたが、私はある日、英語をちょっと話してしまったので、英語が話せるということになってしまい、キャンプ司令部と将校宿舎の清掃と雑用に引っぱられ、仕事もあったので淋しい中にも楽しさがあった。

われわれは全員にチケットが渡され、キャンプ内での売店でチョコレート、たばこ、ビール、コカコーラ、文房具など何でも買うことができ、外部からの寄付もあって野球、ボクシング、庭球などの新品の道具も揃い、ピアノまであった。内地への便りも自由だったが誰一人とし出す者はいなかった。日本人以外だったら喜んで便りをするのだろうが、今までの日本の教育がこうさせたのだろう。毎週、牧師チャペル大尉の聖書講座もあった。クリスマスも近くなり、米兵のホールもわれわれのホールも飾りつけをしたが、小さな綺麗な飾り玉などには、何とメード・イン・ジャパンと書いてあるので、いささかなつかしさがこみ上げてきたと同時に日本製品の進出に喜びを感じた。そしてクリスマスには私たちも招待された。昭和二十一年の正月も間近いころ、司令官に正月を祝うためもち米と味噌、醤油を頼んだ。司令官は心よく受けてくれ、味噌を除いてもち米と醤油をハワイから飛行機で取り寄せてくれた。この行為には敵ながら頭が下がる思いであった。しばらくして収容所の正門歩哨は私たち捕虜が行なうことになり、収容所に入る者はすべて拳銃はここに預け、帰りに受け取って帰るという日本では考えられないこともあった。一対一の人間関係においては好感が持たれ、私としては色いろと教えてくれた将校宿舎のバックスター中尉には敬意を表さざるをえなかった。

再びなつかしいわが祖国へ

昭和二十一年一月も半ばごろワシントンからの指令で、私たちは日本に帰されることになり、初め飛行機でハワイまで行くため荷物を一人当たり一定の目方にしたが、飛行機の都合でまた汽車に乗り、ロッキー山脈を越えて太平洋岸に出た。途中一日、中央大平原を走ったが、そこにはB29、B24と何百機かわからないほど戦争の終わった飛行機がずらりと並んで山をなしていた。またロッキー山脈の雪景色には、味気ない捕虜生活になにかなぐさめを与えてくれた。

シアトルから約三万トンあるというゼネラル・ウェーブル号に乗り、船員とともに食事をしながら、二度と帰ることのできないと思った日本の浦賀港に二月二十三日に上陸した。

さっそく聞く内地の様子には何を聞いても驚くほかはなかった。物価は上がるばかり、主要都市は焼け野原と化し、内地の人々の苦労が思いやられた。急に故郷の母や、弟、妹のことが案じられ、水戸市の様子を聞いたが空襲で全滅とか、ますます不安は増すばかりであった。

二月二十六日、私のことはすっかりあきらめて、焼け野原に焼けトタンでバラックを建ててわびしく暮らしていた母や弟妹のいるわが家に、浦賀で支給された海軍服を着てアメリカから着てきた服などを入れたリュックサックを背にして夜遅く帰ってきた。みな寝てしまったときであったが、私の声にいち早く飛び起きたのは母である。

今までただ一筋に日本の勝利を祈り、私の武運を願い続けてきたことが、真っ黒だった頭髪を白くし、苦難と戦った疲労が重なってしわだらけになり、ただ涙を流して声が出ない喜びようであった。そしてぐっすり寝ている小さな弟、妹を起こす様はただ事でないような有様であり、起こされた弟らは何事ならんとキョトンとして私を見ているだけであった。母は初めキツネかタヌキにばかされているような気がしたとか、私を上から下まで何度か見たそうだ。水戸市が空襲を受けたのは八月二日とか聞いたとき、なぜ日本は原爆とか、空襲で内地が焼け野原になる前に終止符をうたなかったのかとうらまざるを得なかった。

最後に、この戦争で国のために散った人々の英霊に哀悼の意を表するとともに、永く靖国の森に神安かれと祈るものである。

16　三月十四日、星条旗をかかげる

昭和20年 2 月23日、摺鉢山の山頂

■第五上陸軍団司令官スミス海兵中将――その著『コラル・アンド・プラス』より
米軍の死傷者二万一千人

面積わずか二十平方キロに過ぎない不毛の火山島に丹念に構築された、未だかつて考え出されたことのないような、巧緻をきわめた難攻不落の地下要塞で戦われた硫黄島の戦闘は、米国海兵隊の歴史を通じて、最も凄惨で損害の大きかった戦いであった。

最初の五日間にわが軍は一日平均一千二百名以上の損害を出した。上陸した海兵隊員の三名に一名まで戦死するか負傷した。最初の五十時間に、わが軍の損害は三千名以上にのぼり、二十六日におよんだ戦闘およびその後の掃討戦を通じ米軍の死傷数は二万一千五百五十八名に達し、うち五千五百二十一名が戦死ないし戦傷死した。戦闘が終わったとき、師団の戦闘力は半分以下になっていた。

一九四四年十一月二十四日、マリアナ諸島に設けられた第二十一爆撃隊から出たB29の編隊が東京に対して頻繁に爆撃を行なうにつれ、硫黄島を基地とする日本軍の妨害作戦に悩むようになり、また敵のレーダーはB29の来襲を東京に予告した。こうして硫黄島攻略の重要性が起こってきたのである。

上陸前七十二日、マリアナの第七航空隊と戦略航空隊が毎日硫黄島に飛んだ。一日に二回から三回の昼間爆撃に加えて、敵を眠らせまいと夜間爆撃も加えられた。時どき海上および空母からの攻撃もあった。艦砲や陸海軍の爆撃機が攻撃を終わると今度は海兵隊の飛行機がロケット弾をかかえて襲いかかった。こうして日本軍は一瞬たりとも休む暇がなかったにもかかわらず、爆撃を受けながら陣地を構築した。守備隊は体を断ち切られるごとにますます強くなる虫のようなものであった。

私の参謀長ブラウン大佐は「七十日以上も毎日硫黄島に爆撃を加えたが、堅牢に要塞化された敵の防備施設を破壊する上では効果が現われなかった」といっている。

硫黄島で私が指揮した兵力は、それまで太平洋戦線に出動したうちで最も装備の整った部隊であった。海上を制圧し、日本本土に攻撃を加え、その後硫黄島の上陸作戦掩護に当たった第五十八機動部隊を別にしても、四百八十隻もの襲撃用や守備隊用艦艇が動員された。海兵隊七万を主力として十一万もの兵員が硫黄島に集中された。硫黄島の最高指揮官は小笠原兵団長栗林忠道陸軍中将であった。その下に千田陸軍少将があり、市丸海軍少将がいた。最も恐るべき相手はこの栗林中将であった。栗林中将の人柄は彼の構想で構築された硫黄島の地下防備陣地に深く刻みこまれていた。わが軍と彼とその残存部隊を北野岬の洞穴の中に追いつめるまで、手の届きそうな所で最後まで抵抗した。硫黄島の戦いの特徴は、敵の組織的抵抗が最初の数日間で崩壊せず最後まで続いた点にある。

栗林は数ヵ月前に非戦闘員を本土に引き揚げさせていた。足手まといに邪魔されたくなかったのである。栗林は将兵に楽しみを何一つ許さなかった。島に女性は一人もいなかった。彼は部下の将兵に典型的な日本軍の誓い——天皇のために死に、死ぬときには十名のアメリカ兵を道連れにするという誓い——を立てさせた。酒の力を借りた突貫などは許さなかった（サイパンとグアムにはこのことがあったように公刊戦史に出ている）。グアムやサイパンと違って硫黄島には大量の酒類はなかった。硫黄島には断崖から海に飛びこんで自殺するというようなことはなかった（サイパンでは多かったように公刊戦史に出ている）。日本兵は最後まで戦いぬいた。そのため掃討戦で受けたわが損害も甚大であった。わが方の戦法は洞穴から洞穴へ、トーチカからトーチカへしらみつぶしに敵兵を皆殺しにするほかなかった。

三月二十六日、日本軍が出撃してきた。これが敵の最後の反撃となった。一人の捕虜の話によると栗林も部下将校たちとこれに加わったとのことであるが、死体や軍刀や携行書類を調べても栗林と思われる者はいなかった。彼がこの反撃で戦死したのか、海兵隊が封じ込めた何千という洞穴の一つの中で死んだのか分からない。

三月十四日（島の占領が正式に宣言された二日前）星条旗掲揚式が行なわれ、私は島占領の使命を果たしたことを誇りとしたが、余りにも多くの勇敢な人々が命を棄てたことを自覚する悲しみによって曇らされた。わが損害は大きかった。将校三十六名、兵八百五十五名の兵力で上陸した普通の大隊が、戦いが終わったときには平均して将校十六名、兵三百名に減っていた。

■元海兵隊ロバート・レッキー氏——その著『日本軍強し』より一千五百の洞穴陣地をもった硫黄島

硫黄島占領の必要性の最大のものの一つは、東京を空襲して故障を起こしたB29を収容することであった。その二つは硫黄島を取ればそこからマリアナに対する敵の空襲を止めさせることができることであった。

栗林は堀江参謀の島を海底に沈めようとする案を退け、その他幾つかの意見の衝突から彼を百六十マイル北方の父島に転勤させた（註・これはまったくの虚報である）。栗林は無愛想な、頑固な冷たい月のような顔をしたずんぐりした男で、慈悲のないエネルギーによって自分の決心を強行した。部隊は彼を好まなかった。女もいなければ酒もなく、任務あるのみであった。部下は彼をやかまし屋と呼んだ。しかし彼は潔癖家であった。彼は部下に死守を命じた。まず古い武士道に似た誓いをさせた。

栗林は硫黄島の地形を最高度に利用した。そして適当な位置に適度な兵力を配置する天才ぶりを発揮した。

＊私は八月、大本営出張から硫黄島にもどったとき、兵団長と私の協議で火砲、弾薬、食糧を重点として硫黄島に前送し、食糧を消費する人員は父島に控置することになった。当時これは硫黄島だけの問題でなく離島全般にかかわる常識であった。これがため硫黄島要員で父島に残置された兵員が約八百名あった。中根参謀が各隊長と協議の上父島残置の兵員数——将校、

下士官の場合は指名することもあった——を私の手もとに通報してきた。

二万一千名の兵力、火砲、弾薬の数、貯水量、築城資材など皆適当な数量を保つ秘訣を持ち、硫黄島を近代軍事史にない堅牢な陣地にしようとした。西南端の五百五十フィートの摺鉢山に一千五百ないし二千名を配置し、元山地区に主力を置き、中間の飛行場には少数の兵力を置き、この飛行場に上陸してくる敵を火力で撃滅しようとしたのである。

ペリリュウ島は五百個の洞穴を持っていたが、硫黄島は一千五百個を持っていた。タラワにもトーチカがあり硫黄島にもあった。しかし硫黄島のトーチカは隠れていた。というのはタラワは土地の高さが四フィートしかなくトーチカが地上に立っていたが、硫黄島の土地は地下が幾らでも使えたからである。栗林は地下道を掘り、その全長を三十マイルにしようとしていた。二十四時間ぶっ通しで構築をやった。各人が三時間働いては五時間休み、少なくとも一日三フィートは掘らなければならない仕組みになっていた。ある場所は硫黄で熱く、二十分でご飯が炊けるところに掘った。しかし海兵隊が上陸してきたときにはまだ四マイルの主要地下道しかできていなかった。

海上はターナー海軍中将が指揮し、陸上は実際はシュミット海兵少将が指揮し、スミス海兵中将は名義だけであった。しかしスミスは海軍から尊敬を受けた存在であった。タラワとペリリュウでの艦砲射撃の効果を考慮し、海兵隊は十日間の攻撃準備射撃を要求したが海軍は三日しか承知しなかった。二月十六日サイパン沖で記者会見したとき、スミスは一万五千名の死傷を出すかも知れないと涙を流し、必ず成功するといっていた。攻略計画はテニアンで主としてシュミット少将が立て、右翼に第四海兵師団、左翼に第五海兵師団をあてた。

二月十九日晴天、九時、上陸を開始した。一時間にして両師団の第一線大隊は全部上陸を終わったが、この間栗林は沈黙を保った。ところがその後あらゆる火器の射撃と地雷の爆発によって一帯を地獄と化し、損害が続出した。摺鉢山に対しては艦砲射撃を行ない、海軍と海兵隊の戦闘機で焼夷弾やナパーム弾を落とすが、火が消えてしまうので、結局、海兵隊が歩いて行ってダイナマイトと火炎放射器で攻撃するほかなかった。

三月二十六日朝、西海岸で最後の敵の攻撃があって二百二十三体の日本人の屍体が発見され、そのうち百九十六体は海兵第五師団の工兵隊の地域にあった。海兵隊は栗林が指揮していたというので熱心に捜したが、千田少将の屍体と同様に栗林の屍体は見つからなかった。

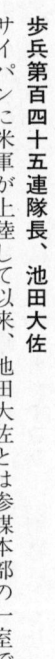

17　思い出の多い人々

硫黄島に関連して次から次へと多くの人々が思い出される。今ここに特に私に印象の強かった人々について述べたい。栗林中将については前にも述べているので、ここでは省くことにする。

占領後の島上空を飛行するＴＢＦ

歩兵第百四十五連隊長、池田大佐

サイパンに米軍が上陸して以来、池田大佐とは参謀本部の一室で、また横浜港の能登丸においてサイパンの奪回計画に関し実に深い関係を持った。大佐と私の間には一つのエピソードがあった。

一九三七年、第十四師団が北支において京漢線にそって電撃作戦をやっているとき、大佐は中佐で師団の高級副官をやっていた。私は少尉で歩二の通信班長であった。当時師団への命令受領には連隊乙副官の菊地少尉が毎日行った。

ある日、保定の近くで戦闘中に菊地少尉が他隊に連絡に出ていたため、私が代わって馬を馳せてある小高い丘の上にある師団司令部に出頭した。師団長土肥原中将、参謀長佐野大佐、作戦主任先崎中佐、情報主任水町大尉がその丘の上で戦闘を指揮しており、ちょっと離れた小森で池田副官が命令受領者の点呼を始めた。

歩二の命令受領者が「はい」と返事をすると、「副官はどうしたか」という。

「他隊に連絡に出ているので私が代わって参りました」

「副官でなくては役に立たない。すぐに帰って副官を寄こせ」

と怒鳴りつけた。私は非常に不快に感じた。

「私の方が現役で先任であり作戦方面に活動していますから、必ず私で足りると思います」

「役に立たない者に命令を伝えて間違いを起こすと大変だ」

とちょぼひげを生やしたこの中佐はカンカンに怒っている。

途方にくれた私は一度会ったことのある水町参謀のところに行って事情を話し、その助けを求めた。水町参謀は「よし、おれが話してやる」といって池田中佐にこの男でも役立つことを話してくれ、やっとケリがついた。このとき大尉の参謀の方が中佐の副官よりはるかに権力があるのに気がついた。それから六年後の一九四三年夏、私が大尉参謀で広島から上京する途中、偶然にも池田夫妻と車中で隣りあった。歩十五の登達と私は同期で、北支戦場で苦楽を共にし互いに訪ね合っていた間柄であったので、彼の奥さんが池田夫妻の娘さんであることを聞いていた私が挨拶すると、大変親しく長い旅路の話相手となってくれた。北支当時の思い出話をしたら「それはどうも大変失礼申し上げました」と恐縮がっていた。そんな関係で大佐と私がサイパン奪回の計画をやったときは実に親しい関係を持っていた。

歩兵第百四十五連隊は鹿児島健児からなる精鋭の現役部隊だけあって、栗林兵団長の虎の子であった。その戦闘ぶりは鬼神をも哭かせるもので、兵団長は二回にわたって感状を授与している。三月七日だったと記憶するが「タダ今軍旗ノ奉焼ヲ完了セリ、連隊長」という電報を兵団長に打っているのを、私は父島でキャッチしたときは実に感無量であった。

歩兵第百四十五連隊の一運転手

サイパン奪回の準備中から私が硫黄島に向かって立つ直前まで約十日間、市ヶ谷の参謀本部と霞ヶ関の海上護衛総司令部の間、横浜港、横須賀港、芝浦の船舶支部の間などにおいて、私のために実によく働いてくれた。この若い運転手の名前を覚えていない。とにかく薩摩隼人の典型的な人物であり、正義感と責任感の強い青年であった。私が漂流木を二回訪れたときまっ先に飛んできて親しく言葉をかけてくれた彼が、その後どんな最期をとげたであろうか。

歩兵第百四十五連隊大隊長、安藤少佐

何十人という将校が能登丸において、父島でまた漂流木で私と話し合ったが、この安藤少佐は実に人なつっこいところがあった。

彼は親師団である第四十六師団がスンダ列島に向かうとき、船腹不足のため積み残しとな

ったことを非常に悔んでいた。当時の電報および生還者の言によると彼の勇猛ぶりは実にみごとであったという。

海上護衛参謀、岡海軍大佐

大佐は海上護衛総司令部で私の左隣りに座っていた。屈託のない砲術家で、学者肌の大井大佐とは別な持ち味の主であった。暇さえあれば猥談をぶち、暗い戦況の中の幕僚室の笑いの源であった。

彼は私より二ヵ月程遅れてきたのであるが、机が隣りだったのと人柄が人なつこいので私はたちまち親しくなった。時どき新橋あたりに二人でやけ酒を飲みに行った。船の被害の多かった日は夜の十一時ごろまでも飲んだ。割カンで行こうとしても「僕の方が余計俸給をもらっているのだから」といってたいてい彼が支払った。彼にはお子さんがなかったはずである。彼はやけ酒を飲みながら日本の技術水準の低いことを歎いた。夜間でも霧の中でもレーダーを頼りに射撃や爆撃をしてくる敵の軍艦や飛行機に対抗し、わが方が親から受けた肉体と大和魂で立ち向かう情けなさをこぼしていた。技術のハンディキャップで死ぬ船員や水兵、乗船部隊がかわいそうだと涙を流してくやしがっていた。

＊戦後ある技術者の言によると、日本の技術の妨げとなったのは大和魂と熱しやすく冷めやすい国民性であったそうである。一九三七年ころから当時電波探知機と称するものを各軍艦に装備したが、こんなものは使えないといって取り外したり、使用しなかったとのことである。

むずかしい操作を辛抱強くやることをいわゆる大和魂が阻んだのだといっている。現にアッツとキスカの攻略戦のときは濃霧のためやむを得ずこれを使用し、大きな成果をあげたといわれる。

一九四四年八月四日、「松」船団（駆逐艦「松」の護衛の下に輸送艦第四号と第一三二号からなる）の参謀として彼が二見港に入ってきた。独立機関銃第一大隊を輸送してきてくれたのであった。私は父島産の西瓜を多数自動車にのせてこの「松」を訪問した。彼と二、三の海軍士官は私を迎え、艦上でカルピスを飲みながら話し合った。西瓜も大きいものを一つ割り、他は水兵たちの方にまわされた。

私が父島では使い場がないので、現金二百円を入れた手紙を私の自宅の近くから海上護衛総司令部に通勤している筆生に頼んで届けてもらってほしいと頼むと彼は快諾した。このときは戦況が逼迫《ひっぱく》していたので、さすがの彼も例の猥談をぶたなかった。とたんに警報のサイレンが鳴った。彼と私は顔を見合わせた。彼の顔色はぱっと青くなった。

「では、お大事に」

「出港退避になるでしょう。預かり物は確かに」と彼はいって二人は別れた。

午後一時ごろであったと思う。私は待たせてあった自動車で防空壕に向かってつっ走って行ったが、警報解除のサイレンが鳴ったので一安心した。間もなく「松」は輸送艦を連れて二見港を出て行った。私はこれを眺めながら艦艇の安全と岡大佐の武運を祈った。約二十分ばかりたったかと思うと空襲警報のサイレンが鳴り、たちまち父島はグラマン数十機の襲うところとなった。私は青くなった。果たしてあの護衛艦はどうなったであろうかと気が気でなかった。やがて数隻の敵艦から父島は一時間ほど艦砲の洗礼を受けた。

夕刻、私は海軍司令部にすっ飛んで行って電報を見た。

「ワレ全艦ヲモッテ敵艦隊ニ突撃セントス」というのが最後の電報であった。

ああ、あの岡大佐は私たち小笠原兵団のために果てて、今は亡いのである。

野戦鑿井《さくせい》第二十一中隊長、川井中尉

一九四四年七月中旬だと思うが、父島派遣司令部に川井中尉が私を訪れた。品のいい貴公子然たるこの中尉と井戸掘り問答を二、三十分した。井戸を掘るばかりでなく海水分離の話までしたが、この中尉は実に造詣の深い人であった。坐作進退が高尚でガラの悪い私とはよい対照であった。

生還者の話では、この中尉は五月末ごろまで武蔵野工兵隊の紅谷軍医中尉と洞穴を転々と歩いて生きていたという。敵の包囲網が圧縮され、降伏勧告が再三きても、日本軍人の伝統を破るわけにはいかないといって、ついに自分の軍刀で手首の動脈を切って自殺して行ったそうである。男の中の男という感じのする人であった。

独立歩兵第三百十大隊長、岩谷大尉

この大隊長はいつ硫黄島に着いたのか、また父島を経て行ったのか彼の正確な着任の足取りを覚えていない。しかし彼が父島の独立歩兵第三百四大隊長、同第三百六大隊長と同僚で仲がよかったことは確かである。何回も顔を合わせた。真面目で岩谷隊の状況はこうですといって積極的に連絡を取ったり、サイパンの戦訓を教えてほしいと私の話を聞いてくれた人である。

戦闘に当たっては、北地区で兵団司令部や歩兵第百四十五連隊の生存者と一緒に最後まで頑張ったようである。友にやさしい人であった。

兵団司令部付、富山軍医少佐

一九四四年七月一日、私が父島に着いたとき、昼間は旧要塞司令部にいなかった。夜になると私のことを迎えにきた。そして「陸士四十五期相当の軍医である」と自己紹介し、明日西川参謀と硫黄島に行くのであるが、父島の名残りに一杯やりたいから西川参謀と私に司令部に出てこいというのである。私はさっそく彼の言葉を有難く受けて司令部へ出て行った。西川参謀もやってきた。すでに彼は相当のビールと酒を仕入れており、これが飲み納めになるかも知れないといって、かなり飲んだ。事実、西川参謀も私も大分酔ってしまった。初めのうちは三人とも世界の情勢、日本の将来などについて話していたが、やがて軍陣衛生学に進み、万一生きて帰るチャンスがあったら軍隊をやめて産婦人科の医院を開くから奥さんでも誰でも患者を向けてくれと冗談を飛ばしていた。

富山軍医少佐とはこの夜の約三時間にわたる飲みながらの話が最初で最後となった。その後どうなったか、もしかしたら内地へでも転勤になったのではないかと思っていたが、今度、引揚援護局の戦歿者名簿を見たところ彼の名前が出ているので、やはりあれが飲み納めになったかとひそかに彼の冥福を祈った。

兵団司令所の西川参謀

陸士第三十七期砲兵出身で、陸大専科を出た明朗な先輩であった。大須賀少将の下で父島要塞参謀をしており、私が父島に着くのを待って私に引き継ぎをして硫黄島へ出て行った。私が父島に着いてから約二日、終始私と行動をともにし、富山軍医少佐との最後の飲み納めのときも愉快に飲んでいた。兵団長が戦術に関しては陸大出身至上主義を取ったため、専科出身の人は戦術論争のときほとんど誰も発言しなかったが、西川参謀だけはかなり強烈な意見を述べていた。特に防空砲台運用の件になると口角泡を飛ばして私の思想を攻撃し、ついには海軍の間瀬中佐、砲兵隊長の街道大佐の応援を得て私の「飛行機を狙うのをやめて、洞穴内に高射砲を入れ、上陸してくる戦車と陸兵を狙え」という提案を攻撃し、「砲兵出身でなければ分からない」と断言した。

私が硫黄島に滞在したのは私の大本営に出張した前後のごく短い期間であったが、彼との論争はかなり烈しかった。私心を離れた熱意から出たものだけあって、全然反感を持たせるようなことは決してなかった。一面、彼は時どき父島の平和郷時代を思い出し、また痔で苦労していて、海上輸送が終わったら私と交代したいということも漏らしていた。快男児の先輩であった。

師団通信隊長、森田中尉

師団通信隊が芝浦から父島に到着したのは九月だった。だから森田中尉が父島派遣司令部を訪れたのは、私が大本営出張から硫黄島を経て父島にもどってきてからであった。父島にも一部の師団通信隊員がいた関係もあって、しばらく駐留していた。

毎日のように彼は私の所へやってきては、父島が小笠原全体の通信中枢であるから通信隊本部の位置を父島にするよう手配をしてほしいということであった。私は無線通信の面からいえば確かにそのとおりであるが、師団司令部の主体が硫黄島にあり、通信隊は司令部の一機関のようなものであるから、一応硫黄島に行って西川参謀と堀参謀長に意見具申をするのが適当だろうということで送り出した。硫黄島に行ってから、空襲のたびに有線がズタズタになるので非常に困っているという手紙を一回くれたことがあった。

米軍の上陸準備射撃開始と同時に有線通信は完全無効になり、約五十個の無線機と伝令だけが意志疎通の機関となり、しかも友軍内を伝令将校が一キロ移動するのに、夜間八時間を必要とした（敵の照明弾で白昼化し、約百機の飛行機が常時上空にあったため）という兵団司令部が出した電報報告から見て非常に苦労したことと思う。

三月初旬、一号無線機を破壊してからしばらく三号機を用い、三月十二、十三日ころから五号機を用いた功績は大きい。最終の段階で通信手の最も苦労したのは、電報班の行なう暗号書の焼却と打電と突撃との間に時間がなかったことである。私はこの間に処して奮闘した森田中尉の顔を今思い出して合掌する。

・師団専属副官、藤田中尉

眼鏡をかけたモダン青年藤田中尉は東京師団ですっかり見込まれ、栗林中将の硫黄島赴任のときから随行してきた。教養の豊かなぼっちゃんといおうか文学青年といおうか、青山学院出身の彼はそのような感じを与える青年であった。

私が兵団長と二人だけで会食したのは全部で五晩だと思うが、そのつど彼は台所を指導し、料理の中継をしてくれた。一緒に座れといっても、「また後で」といっていつも料理の方の心配をしてくれた。十二月ごろだったと思うが、彼が突然、父島派遣司令部にやってきた。旅団司令部内の人事のことできたのであった。二日か三日の滞在であったが、私は彼を珍客として遇し、硫黄島のもてなしに対し謝意を表したつもりである。風呂と新鮮な野菜と地下水は彼を喜ばせ、感激させた。残念だったのは彼が風呂に入ると空襲警報が鳴り、途中で逃げ出さなければならなかった。彼はせめてこの風呂と野菜と地下水を兵団長にも味わってもらいたいといった。

ちょうどこのころは硫黄島の貯蔵食糧が低いので(二十五日分ほどしかないというのが硫黄島からの連絡であった)、この食糧水準を高めたならば(少なくとも一ヵ月分にしたら)私も硫黄島へ出て行くから、そのときはよろしくなどと語り、私は米軍はむしろ沖縄―中国大陸の方へ向かうのではないかと彼に語ると、「兵団長は、敵が必ず硫黄島にくるといっておられますよ」といっていた。

ほとんどの参謀、副官が兵団長に対しどちらかというと敬遠する態度を取っていたが、藤田中尉だけは本当に兵団長の懐に入るという仲であった。

兵団長を追ってきた貞岡氏

高知出身のこの人は、実直そのものという中年者であった。広東で栗林少将が軍参謀長をしていたころ、洋服を作る軍属としてすっかりほれこんでしまったらしい。その後東京師団において師団長に仕えたらしい。八月下旬ころだったように思うが、私の所に現われた氏は「兵団長の軍属としてただ今到着しました。硫黄島へ出していただきます」という。

「どうやってここへきましたか」

「芝浦で一週間ほど待ったら船便がありました」

「どうしてこの海を越えてまたこっちの方まで」

「栗林閣下の下で働きたいのです」

「あなたは軍人ではないのだから内地に職業があるでしょうね」

「ぜひ硫黄島へやっていただきます」

私はその熱心さにうたれた。

「第一、硫黄島まで行けるかどうか。海上であなたを殺してしまうのに忍びない。まあ連絡を取ってみるから、しばらくお待ちなさい」

こういって、私は兵団長宛てに電報して処置をきいた。兵団長の返答は「説得して帰国せしめられたし」というものであった。私は兵団長の偉大さを新たに認識するとともに、人と人との心のつながりの強さに敬服した。

第二十七航空戦隊司令官、市丸海軍少将

海兵第四十一期とのことであるから、陸軍の第二十六期に相当するわけである。海軍が生んだ名パイロットで、未亡人の話では海軍予科練習生の設立委員長をし、初代部長として五ヵ年追浜にいたらしい。生前は詩、和歌、俳句を趣味としていた。少将は寡默謹厳といったタイプで、陸海軍の会議（私が参加したのは二回だけであるが）においても特別の場合以外発言せず、最後にイエスかノーだけを返答した。

数回少将の司令部を私は訪れたが、参謀たちに話をさせて本人は余り口をきかない。そうかといって決して無愛想ではない。もともと木更津からの出先の航空隊で名パイロットの司令官であるのに、一機の飛行機もなく地上戦闘に従わなければならない心中はどんなものであったろうか。しかも第二十七航空戦隊そのものの兵力はごく少数で、防空隊と警戒隊と設営隊が主力であった。陸海軍の兵力配備の会議に当たり、私が各地区隊に海軍を平等に分配して地区隊長の指揮下に入れるのが良策であると発言したときは、いつも黙っている少将が、「海軍には海軍の習慣があり、死なばもろともの見地から、王名山から南波止場付近にまとめて戦闘させて下さい」と発言した。この発言にはきわめて鋭い人間愛がこもっており、私は沈黙し、兵団長はこれを了承したので海軍主力は南地区隊と東地区隊の中間地区に集結することになった。

電報によれば三月十六日、少将は幕僚を連れて北地区の兵団長の洞穴に合流し、総攻撃に参加した。生還者の話では、三月十七日、少将は兵団長以下と離ればなれになり、陸軍師団通信隊の軍曹と二人になって手榴弾を持って南海岸の米軍トラックの中に入って行き、その後、残存海軍部隊を洞穴内に集めてさらに抵抗を続けたという。少将の最期はそれ以上は分からない。

海軍先任参謀、間瀬中佐

中佐は広島中学四年から海兵に入った。海兵は第五十七期の卒業である。私が海軍司令部を訪れたときに「口外禁物ですよ」といってアイスクリームをくれたのは彼であった。きりっとした、いささかすました感じを与え、話も他人にしゃべらせたのちに返事をするというタイプであった。

浦部参謀が木更津からきて陸海軍が戦術論争をやったときに陸軍参謀室で一度会食したが、その他はアイスクリームを食べながら二、三十分話し合うことを五、六回やっただけである。

補給参謀、岡崎少佐

八月、私が父島から硫黄島へ行ったとき初めて会ったが、その後数時間ではあったが、硫黄島にいる間は毎日会った。しばらくして彼は父島にやってきた。そして父島特根司令部で彼と私は会食した。彼は海軍機関学校出身で、補給参謀とは残念だということを何度も繰り返していた。せめて飛行機なり軍艦があれば本職が生きるのだが、今やっている仕事はダイナマイトとか弾薬の分配が主であって、自分の技術が死んでいるのが惜しいといっていた。温厚な感じのする人であった。

戦闘に当たっては三月十六日、市丸少将らとともに北地区の兵団長の洞穴に合流し、三月十七日の総攻撃に加わったようであるが、その後の状況は私には分かっていない。

陸戦参謀、赤田海軍少佐

八月、私が硫黄島に行き海軍司令部で初めて会ったのだが、テキパキとした攻撃精神に燃えた青年で、当時大尉であった。

中学校の教練や海軍兵学校仕込みの陸戦では、物になりませんから教えて下さいと積極的に質問をしてきた。私が軍艦の戦闘を基礎にした戦術思想は陸戦と違いますからね、というと彼は「そこなんですよ」といって真剣に陸戦に取り組もうとしていた。

私が「海軍は陸軍と違って金持ちで非常に多くの兵器を持っている。これをどう使うかがあなたの存在価値を左右するものであり、硫黄島の持久度と戦果に影響するところが大きいと思います」というと「そこなんですよ」といって身体を乗り出して顔色に決意を示していた。岡崎参謀とは仲はよかったが、考え方と態度は対照的であった。「海軍が持っている対空砲のうち百門だけでも陸軍にまわせば対地用として大いに役立つと思うのですが」と私がいったら、「それはしかし」としばらく息をつき、「ずいぶん変わった考えをお持ちなんですね」といっていた。

浦部参謀と私とが激論を交わしたときは彼は一言も発しなかったが、後で「陸軍の考え方は海軍とはまるっきり違うのに驚きました」といっていた。私は彼に非常に好感を持ち、何か弟を持ったような親しみを覚えた。

三月十六日、市丸少将と一緒に兵団長の洞穴に合流するまで生きていたことは明らかであるが、その後のことは分からない。

兵団参謀長、高石大佐

陸士第三十期歩兵の出身で陸大専科を出ていた。前任者堀大佐の後を受けて、十二月末に着任したので私は会ったことはない。ただ毎日電報のやり取りで消息はよく分かっていた。私が一九四五年一月半ば父島で落馬して足を傷めると、さっそく毛筆で実に達筆の見舞状を送ってくれた。文章といい、字といい実に素晴らしいもので、末輩に対しても丁重そのものという内容だった。その手紙を終戦後紛失したのが私としては心残りである。

彼は歩兵戦闘の権威で、作戦主任の中根参謀と好一対、よく兵団長を助けたという。三月十七日夜の出撃後も闘志ますます盛んで、三月二十七日朝、ある洞穴の入口で兵団長、中根参謀と一緒に拳銃自決をしたというのが真相である。

高級参謀、中根中佐

陸士第三十五期で、豊橋の歩兵第十八連隊出身である。豊橋中学に五ヵ年間遠距離を歩行通学した勤勉家であり、親孝行者であったということで、今でも郷里では模範となっている。歩兵学校学生で恩賜賞になり、やがて陸大専科を卒業した。大胆不敵、歩兵の神様といわれていた。剣道五段の猛者だけあって、敵の上陸以来、三月二十七日朝の自決まで冷静にして微動だもせず、兵団司令部の元気の中枢であったということをある生還者から聞いた。

十一月六日、硫黄島に立ったとき九歳と九ヵ月になる二女を残して行ったが、硫黄島から奥さんに宛てて出された手紙を拝見すると、中佐が孝行者であったばかりでなく愛妻家であり、子煩悩であったことを歴然と物語っている。

築城参謀、吉田少佐

陸士第四十三期工兵出身で、陸大専科を出た。元気溌剌として陣地構築の指導に当たっていた。不平をあっさりとぶちまける気質の人だった。自分が指導して作った陣地を後から兵団長がきて黙って修正してしまうということで、一時兵団長に反感と不平を持っていた。しかし思っていることを口に出してしまえば後は何もないといった明るい人であった。しばらく内地の航空軍の参謀も兼ねて、将来、第二、第三飛行場に陸軍機をもってくると力んでいたが、三月十日ごろ硫黄島から「飛行機を期待し飛行場拡張に多大の兵力を投入したのが無駄になった」という電報が出たのを見たとき、おそらく彼が起案して例の調子で大本営に不平をぶちまけたものと私は直感した。

三月十七日の出撃途中に「何とか内地に帰ってこの状況を伝えよ」という兵団長からの特殊命令を受け、五月末まで筏を使って脱出を図っていたらしい。

五月末、海軍の某大尉と敵の飛行機に乗り、出発しようとしたところ射殺された。

情報参謀、山内少佐

陸士第四十七期騎兵の出身である。少佐は一九四四年の暮れに近く、陸大を卒業したばかりで飛行機事故のため父島に不時着し、私と一緒に一晩語り明かして硫黄島へ行った。やさしい良家の御曹司というタイプであっただけに、その後ろ姿を思い出しては不憫に感じてしかたがない。

戦車第二十六連隊長、西中佐

陸士第三十六期騎兵出身である。オリンピックの馬術選手といえば、子供でも知らないものはない。

私が初めて会ったのは、父島の派遣司令部に海没から出てきて、私を訪れたときであった。私はもともと彼の名は聞いていたが、その容姿と態度から二つのものが私の脳神経をうった。その一つは貴族的な悠揚迫らない長脚の紳士、その二つはドラ息子の悪たれ坊主というものであった。しかもそれが何となく交錯調和して一つの「西」というものを作っているという印象であった。話をしているうちに彼は「飲みすけ」であることを白状し、北海道や満州における武者ぶりを聞かせてくれた。これで私はドラ息子の悪たれ坊主という失礼な私の印象が的中していたことを知り安心した。

八月中旬、私が大本営に出張して帰途木更津飛行場に行くと、偶然一ヵ月ほど東京にきて戦車集めをして帰島する彼と会い、機上の話相手となった。硫黄島につくや彼の部隊本部で昼食をご馳走になった。その後もう一度路上で立ち話をしたのが彼の姿を見た最後であった。生還者が遺族に語ったところでは、彼の奮闘は実に鮮やかで、彼の最期は怒濤逆巻く海浜ではるかに故国を向きながら自決して果てたという。

私は「バロン西よ、無駄な戦いを止めて投降しなさい」と敵軍が呼びかけたという話の真偽を知らない。また日本人がみな同族で同じように戦ったということからすれば一等兵も将軍も中佐も皆同じ一人の英雄であって、彼だけを取り上げるものでないことは万々承知である。しかし世界の騎士を失ったことは惜しんでも余りあると思う。

一九六四年のオリンピックに当たっては何名かの米国人が遺族を訪れて、ありし日の彼をしのんだそうである。

前兵団参謀長、堀大佐

陸士第二十九期、鉄道畑の人で陸大専科出身であった。他人の話をよく聞いて小さな手帳にメモを取る習慣を持つきわめて温厚に見える堀大佐が、なぜ長いひげを伸ばしていたのか分からない。

またかなり親しいように見えていた兵団長との仲がどうして悪くなったのか私には分からない。八月、私が硫黄島に行ったときはすでに二人の仲はどうにもならないところまできていた。両方とも他に求められない長所を持ちながら、どんな家庭でも、どんな司令部でも、米軍でも同じことであるが、特に離島においては昼も夜も一緒に生活するため深刻になるわけである。十二月三十日付で混成第二旅団司令部付となった。誠に気の毒な人である。

戦闘に当たっては三月九日朝、混成旅団の万歳攻撃で戦死したとも、五月ごろまで洞穴内に生きていたともいわれている。私個人から見ると親しい、親切な、控え目な上官であり先輩であった。悲劇の人であった。

摺鉢山地区隊長、厚地大佐

一九四四年春、一千名強の陸軍を率いて硫黄島警備の責任者となり、父島要塞司令官大須賀少将の指示に従って、水際から少し奥へ入ったところに陣地を作ったが、五月、第三十一軍司令官と田村少将の来島によってその陣地は海浜の方へ変更しなければならなかった。栗林戦術が確立されるとまたも彼の今までの陣地は放棄され、新たな陣地を構築しなければならず部下の信用を失ったとこぼしていた。ただ大佐は擂鉢山という主力から離れた独立地区隊を担任するという重要任務を与えられた点、武人として死に場所を得たといえるであろう。

鹿児島出身のなかなか負けじ魂の強い人であった。私にはもっとダイナマイトを手に入れてくれといっていたのが最も印象に残っている。

前混成第二旅団長、大須賀少将

陸士第二十七期、砲兵出身、陸大卒の温良な紳士であった。部下の案をよく聞いて承認していくという日本陸軍一般のタイプであって、自ら先頭に立って何でも自分で決めて行くという兵団長とはよい対照であった。もっとも兵団長の行き方は在米隊付の間に米国軍隊から学びとったことは事実で、兵団長自らそれを認めていた。少将はことに砲兵隊長の街道大佐と堀大佐と親しい仲であった。私はこの司令部を二度訪れたが、偶然にも二度とも前記三名がお茶を飲んでいるところにぶつかった。

十二月に仙台予備士官学校長から転任してきた千田少将に引き継いで師団司令部付となったが、病気のため野戦病院に入院した。一時飛行機で内地に帰還したという噂もあったが、野戦病院内で戦死したというのが真相のようである。

第二部　遺族の回想

1　栗林兵団長の家庭への便り

兵団長は鉛筆のこまかい字でよく家庭に手紙を書いた。当時、家庭には奥さんと三人の子供――長男太郎、長女洋子と二女のたか子――があった。たか子さんは小学生として疎開先にあり、兵団長は特にたか子さんを心配していたようである。長女の洋子さんは終戦直前、長野でチフスのため病歿した。ここに手紙の全部を紹介する（文字使いはできるだけ当用漢字、新かなに変えてある）。

陸軍第109師団長・栗林忠道中将（左より２人目）

昭和十九年八月二日付　夫より妻へ

前略　今日は特別に用事はないが幸便があるのでこの手紙を認《したた》めます。さて未曾有の大戦争下ではあるが皆して元気に暮していることと思います。たこちゃんは学童疎開で学友達と一緒に行ったか？ 氷飽（長野県松代の近くの地名）へ独りで行ったか？ 案じています。何しろあの小ささで両親と別れて暮らさねばならぬ運命におかれたことをほんとに気の毒に思います。太郎と洋子はもう相当大きくなったのだからイザというとき独りで何としても生きて行けるでしょうから、この方は少し安心しています。次に私事は相変わらず不自由な生活をしつつ、現在の戦局から考え絶えず不安かつ緊張した思いで過ごしています。サイパンを取り大宮島を奪わんとしている敵は、日本内地に攻め込む道順として私どものいるところへかかってくることは必然で、その時期ももうすぐだと思われます。この点は敵がすでに通り過ぎて必ずしも占領しなくてもよい今村さんのいるところとは全く趣きが違いますから、今村さんはあのまま生きて行けるでしょうが、私どもはそうは行きません。柳田君は空襲は何ともないといったそうだが、それは広東の空襲程度のものだからでしょう。私も広東では何とも思わなかったが、ここの空襲は違います。ですから人の話だけでは、なかなか真相が分かるものではありません。当地の様子は先日ちょっと帰京した西君から少しは聞いたでしょうが、実際は話以上です。東京も色いろ不自由となり乞食みたいな生活とのことですが、この生活にくらべたら殿様の生活でしょう。川もなく井戸もないから全部雨水を貯めて使うので、水は極度に節約します。マリーの飯椀に使った洗面器位にホンの少し水を入れて私が顔を洗い（目を洗うだけ）、その後で藤田が洗い、残りは丁寧に取っておいて便所の手洗水にするという有様です。もっとも普通の兵隊達はそれすらできません。毎日陣地を巡視して汗だくとなり、ああ冷たい水が飲みたいなあと思っても、もちろんできません。蠅が多いこと、実際に目や口の中に飛び込んできます。小蟻はどこでも「蟻の善光寺参り」のようで、身体中何十匹となく這い上がります。油虫というグロテスクの不潔虫がそれこそ一面に群集しています。ただ毒虫や蛇がいないのが何よりです。食べ物は野生のパパイヤやバナナが少々ありますが、それも沢山の兵隊が取りつくし今は何にもありません。ホヤホヤの火山島ですから野菜などほとんどできないのです。住民もほんの少しいたのですが、今はその大部分が内地に引揚げ、全島陸海軍の兵隊でギッシリです。

ここにくらべると大陸の戦争は演習のようなものです。将兵中にも支那の戦場へ行ったものがありますが、皆口を揃えて支那はよかったなあと申します。そして皆アッツやサイパンの運命と同じになることと覚悟して沈痛な思いで笑顔もありません。私も夜眠って知らないとき以外は絶えずそれを思っております。眠っているときも考えているのか、夢にまで色いろ見ます。この間は家に帰ったらお前さんとたか子とが大喜びでしたが、私が「遺言に帰ったのでまたすぐ戦地に帰るのだ」というとたか子が大変悲しがった夢、それからあるお寺へ馬に乗って行くとやはりお前さんとたか子とが先きに行って待っていて、私の行ったのにびっくりしていた様子などほんとにはっきり夢に見ました。

次に先日西君に頼んで返送した軍用行李はなるべく早くあけて見て下さい。ことに当地特有の虫など繁殖させないようにすぐ始末して下さい。（羊かんも入れておきました。）戦死すればどうせ遺品は帰らないと思い、こちらはホンの手まわり品で間に合わし、他のものは生きている間に全部返送することにしました。

東京の疎開はどうすべきかちょっと考えをきめかねるが、私のいるところが敵手に入れば一ヵ月ならずして東京も毎日空襲を受けることはたしかであるから、できるだけ信州へ帰るのがよいように思います。千葉や稲毛辺も敵が東京攻撃を目指して上陸してくることあるを考えると（考えねばならぬほど戦争は進んでいる）安全ではない。信州ならその場合でもまず安全であるから、思い切ってひとまず氷飽の厄介になるのもよいと思います。

家をたたむ際必需品と贅沢品とを区別して処理することが肝心です。もっとも一貨車買い切ってひとまず何でもかんでも持って行く手もあります。（ウィスキーやタバコは売ってしまってもよいです。もっともタバコは太郎のタバコがやめられないとすれば残しておいてもよい。）

それでは今日はこれだけ、何とぞご機嫌よろしく、さようなら。

最近便で六月七月分戦地手当て等送ります。留守宅で貰えるのは九月以降とのことですが、それまで私どもの命があるかどうか？　子供達へは別に認めません。

昭和十九年八月九日付

前略　別に用はないけれど幸便があるからこの手紙を認めます。今日は主に空襲の模様を書きますが東京近辺が空襲されるようになれば何らかの参考になろうと思います。

その第一は航空母艦が島近く来攻し、それから飛行機が五十機、八十機という編隊で島に襲いかかり、機関銃をバリバリ射ちながら急降下爆撃をやります。それが一時間か一時間半で母艦に帰りまた出直してくるし、別の編隊が間をおかずにやってきたりします。この敵機に対しては高射砲や高射機関銃で撃ち落とそうとして激しく戦闘するのですが、飛行機の速度が早いのでなかなか当たりません。そしてこの間一般の者は普通防空壕の中に退避していますが、防空壕はよいもので弾は容易に当たりません。

敵は空襲に続いて軍艦を島に近づけ艦砲射撃を猛烈にすることがありますが、これは空襲より弾の数が多いだけに損害もあります。空襲と艦砲射撃とで敵に見える家という家は全部破壊されます。ですから山の谷合いか大きな森の中のほっ建て小屋以外は皆壊されます。もちろん村と名のつくような所は焼野原となります。

その第二はサイパンを敵が取ってからそこを基地とした大型機を飛ばして来襲することです。第一の方は母艦を飛び立つ関係上早くて夜明けから日没少し前までに空襲は終わりますが、第二の基地からの空襲はよる夜中であろうと何時であろうとやってきます。このごろ多くは、夜明けは白々稍々前と日没直後に不意に一機か二機で来襲します。第一の方は一時は猛烈ですが毎日あるわけではないからまだよいが、第二の方は年がら年中いつでもくるのですから油断も隙もあったものではなく大変やっかいです。（東京空襲は、この第二の方から始まり第一の方に進んで行くかも知れません）それでわれわれはいつ空襲されてもよいように、いつも着のみ着のままです。とりわけ夜は「空襲警報」と同時に壕の中に飛び込めるように一切の仕度をしているのです。（平素は壕の近所のほっ建て小屋とか樹の下のテントの中に住んでいる。）夕食なども明るいうちに食べてしまいます。東京で空襲時期にはいればやはり身仕度をして寝ているようでなければなりません。子供達は学校の本などを問題にするかも知れないが、そんなものより食糧と湯茶とを用意しておくことが何より肝心です。まだ書きたいことがあるけれど、すぐ飛行機が出るそうだからこれで止めます。ではさようなら、ご機嫌よう。

八月九日朝認む。
戦地手当て送ります。
たこちゃんは氷飽へ行きましたか？
ねーやは帰りましたか？
太郎は兵隊に行くようになったのではないですか？

昭和十九年八月十九日付

前略　その後は至って元気で過ごしているから安心して下さい。からだは相変わらずとても丈夫です。七月二十八日付、同三十日付の手紙（子供らのものもともに）着きました。新聞も雑誌も着きました。また西中佐も堀江参謀も帰ってきて、色いろ様子を話してくれました。

新聞雑誌は陸軍省から送ってくるようになったから絶対いりません。またウィスキーなども便あるごとに大本営から送ってくれるので充分間に合いますから、留守宅としては今後とも送る必要のものは全然ありません。小づかいも使い途が絶対ないから、一文もいりませんから何とぞ心配なく。

疎開は結構でした。小さいのに両親を離れて暮すあの子の不幸をあわれんで、せめて手紙でも三日にあげず出してやりなさい。（日常の注意を加えて。）軍用行李が着いて虫がいなかったそうだが、卵を生んでおくこともあるから注意して下さい。とにかく当地の油虫の多いことは筆舌にはつくせませんから。

藤田君はよく忠実に働いています。東京師団の岩撫君もよく連絡してくれます。東京師団では園田、保坂（元木）はまだいるが立川、中島は転出せり。貞岡は無事に父島にきた。不思議な男でしょう。では今日はこれだけ。くれぐれもお大切に、そして強く元気に暮すように。

戦地にて良人

よしゐ　殿

追伸

先日は空襲のことを書いて途中で止めましたが、ついでにそれを書き足すことにします。何かの参考になろうと思うから。

当地の空襲は第一の空母からするのが今までは月に一、二度、第二の基地からするのがサイパン陥落後おおむね隔日にあります。それでいつやってくるか分からないから、私どもはいつやってこられてもいいように夜はまったく着のみ着のままのゴロ寝をしているのです。昼も同じ要領で……いつでも防空壕の中にはいれるように用意万端整えています。それでいて夜半熟睡中あるいは夜明け白々等々に不意に襲われ、ちょいちょい戦死傷を出します。食事中一箸つけたばかりで壕の中に飛び込み、または壕の中で握り飯やカタパンだけですましたことも何辺もあります。

ですから東京が空襲を受けるようになったら僅かでもごく重要な品と若干の食糧、水とを持って逃げ出せる仕度が肝心です。モンペやはきものは戦時的でなければ駄目です。私はいつでも着のみ着のままでゴロ寝していますが、枕もとには鉄帽、懐中電燈（むやみにつけられぬ、つけたがためにねらわれてやられたものが多い。)、地下足袋などを真っ暗がりでも仕度できるように用意して、その他のものは別に防空壕を掘って投げ込んであります。

今は朝は四時半に起き、夜は多くは七時に寝ます。(アカリがつけられない。)その代わり敵襲があればいつでも飛び起きねばなりません

昭和十九年九月五日付

前略　八月三十一日午後から九月一日、二日と連続的に敵機動部隊の空襲を受けた。ことに二日は明け方から夕方まで猛烈な急降下爆撃を受け、かつ軍艦からは艦砲射撃を受けた。今越えて三日には機動部隊は引揚げたが、サイパンの基地から大型機の編隊爆撃を受けた。今日(五日)も大型機がやってきたが、これはたいした事はなかった。

これが今日このごろの状態で、戦闘は日に日に烈しくなって行くことが明らかで、この上敵が上陸してくることになればいよいよアッツやサイパン同様激しい戦闘が起こり、遅かれ早かれ生死いずれにか運命はきまるのである。

こうした手紙が書けるのも後何辺あるか? 今は幸いに時たま飛行便があるから手紙も出せるが、敵が上陸すればもちろん飛行便などないからもうそれきりである。その意味で先日手紙を出したばかりであるが、この手紙を書くことにする。今まで何辺か出した手紙で自分が思っていることは大概つくしたつもりであるから、今までの手紙の趣旨を振り返って見て万事よろしく頼むという以外何ものもない。

われわれ一家がお互いの協力によってこれまでに堅実に築き上げられたことは喜ばしい事

であるが、今日になってこの運命に立ちいたったことは戦争のためとはいえやむを得ない因果である。これも何らかの約束事だろうからよくよくあきらめをつけ、今後子供らとともに強く強く生き抜いて下さい。子供達も学業半ばだし、ことにまた結婚問題のことなど考えると、お前さんに課せられた任務は非常に重くほんとに気の毒だと思います。しかし同一運命の人も相当多いことであるから余り弱い心を出さずしっかりやりぬいて下さい。私は地下から充分守って行きます。なおこれから先き、普通の見えとか外聞とかに余り屈託せず、自分独自の立場で信念を以ってやって行くことが肝心です。また男主人がいないと色いろの人が親切ごかしに近寄り、結局家のためにならぬことをたくらむかも知れぬから、これも充分警戒するがよいでしょう。

では今日はこれだけ、くれぐれもお大切にして下さい。ほんとに色いろと長い間厄介になりました。厚く礼を申します。

妻へ　九月四日認む　　　　戦地にて良人より

たか子には小づかいを持たせてあるでしょうね。

それから母へ手紙を出せるための封筒、便箋、切手とかも持たせてやってあるでしょうね。

チリ紙、歯ミガキその他日用品なども……

昭和十九年九月十二日付

前略　今日は内地へ飛行便があるからこの手紙を書きます。

その後は不自由ながら皆元気に暮していることと思います。九月からはネーヤがいなくなるとのことだったから、何かと都合が悪かろうと心配ばかりしています。早く何とかして代わりを見つけてはどうですか。

それにつけても、洋子や太郎は今まで女中がしていたような仕事を手分けしてやらないとお母さんのからだがいけなくなるでしょう。

たこちゃんへの音信は怠らずやっているでしょうね。氷飽でいかにしんみになって世話してくれたところで両親が何くれと世話するとは違うのは自然だし、たか子にしてもどことなく遠慮もあろうからかゆい所に手が届くというわけには行かぬでしょう。そこで始終あればこうしろ、これはああしろという手紙をやることが大切です。次に私事は相変わらず至極健康です。

空襲は相変わらず毎日あります。このごろでは夜間一機か二機、昼間二十機内外の空襲が欠かさずあります。その度ごとにこちらの飛行場や陣地がいためつけられるので、あちらこちら見渡す限り草木がなくなり、土地がすっかり掘りくりかえされて惨憺たる光景を呈するに至りました。内地の人では想像もできない有様です。敵はわが陣地をシラミツブシに爆破してしまうという考えらしいです。空から見える元あった人家などはもちろん、もう皆潰されて荒涼たるものになっています。これがもし東京などだったらどんな光景（もちろん凄惨な焼野原で死骸もゴロゴロしている）だろうなどと想像し、何としても東京だけは爆撃させたくないものだと思う次第です。

以上のように爆撃があるほか敵は偵察にもくるので、そのときもやはり空襲警報ですから、日に幾回となく空襲警報がかかり、去る十日などは四回も防空壕内に飛び込んだ始末です。防空壕には入ればまず安全ですが、それでも生き埋めになるものもあり、防空壕ごとからだ全部微塵になって飛び散ってしまうものもあります。前にも申しましたが私どもはいつ空襲があってもいいようにまったくの着のみ着のままで、夜はそのままゴロ寝です。どんな暗ヤミでもすぐ避難できるようにして……それで今は四時半から五時までの間には必ず起きてただちに飯を食べ、それから陣地や防空壕を造り、十一時に昼食を取り、午後も色いろして四時半から五時までに夕食を食べて六時ごろにはもう横になるのですが、その間空襲があるので不規則になり勝ちで、夜なども何辺も飛び起きて防空壕の中に避難します。（いっそ防空壕内で寝起きすればいいわけですが、それはからだに非常に悪いから今のところできるだけ壕外で生活することにしているのです。）とにかく今度の出征は今までとは全然違い、年がら年中激戦の継続みたいのもので一刻の安心もできません。こうして手紙を書いている間にも今にも空襲警報の号音があるかと油断もすきもできない始末です。

戦争の模様は新聞でも少しは分かるが、敵は各方面にわたりヒシヒシと攻め寄せてきています。私どものところへももうすぐ本格的に上陸してくるでしょう。そうしたらどうなるかはサイパン、アッツのことを考えると明らかで、将兵全部皆必死の覚悟をきめています。私も米国のためこんなところで一生涯の幕を閉ずるのは残念ですが、一刻でも長くここを守り東京が少しでも長く空襲されないように祈っている次第です。

今日に至るまで妻として母として色いろの苦労をさせましたが、むしろこれからが大変だと思います。心身をくれぐれも丈夫に元気にして頑張って下さい。子供達の将来も容易でないでしょう。どうかしっかり面倒を見て、父なき子供らに父あると同様にしてやって下さい。お願いします。

次に前に送った軍用行李の中には油虫の卵でもあって、それがかえると大変だからあの当時油虫がいなかったとて安心せず、ぜひもう一度あらためて退治して下さい。こちらの油虫は実に多く、どんな小さい所からもはいり込み繁殖するようですから……

もう東京もよほど涼しくなり、やがて風邪の流行する冬となるでしょう。今ごろは特に寝冷えをしないよう、風邪を引かないよう気をつけて下さい。

ではくれぐれもお身体を大切に、丈夫で元気に暮して下さい。飛行便も段々少なくなるから音信も遠のくでしょうが決して心配なく。ではさようなら。

良人より

よ　し　ゐ　殿

昭和十九年九月十二日認む

子供達へは別に書きません、よろしく。

昭和十九年九月二十日付

九月五日、同十一日付お手紙九月十九日に着きました。(同時にたか子の十四日付のもの着きました。) 私は相変わらず達者で過ごしていますが、そちらも皆無事に過ごしているとのこと何よりです。東京はもう涼しくなってしのぎよいでしょうが、当地はいつでも同じような暑さです。蝿も蚊も蛾も油虫も相変わらず夥《おびただ》しい数で、内地では想像もできないくらいです。原始時代のような生活をしているので兵隊達に病人の出るのはやむを得ないことです。しかし私は幸いに大変丈夫です。もちろんダイモールやゲンノショウコなど送ってくれる必要はありません。（いずれにしても追送品は一切不要なり、万一必要のものがあればこちらからいう。）当地の空襲は東京ではただ時どきあるもののように思っているらしいですが、毎日かかさず昼一回夜一回は必ずあります。昼は十時ごろから十四時ごろまでの間が最も多く、夜は十九時ごろから二十四時までの間が多く、私どもはこれを定期便といっています。夜は一、二機で神経戦が目的でくるらしく、昼は二十機内外、時として三十機ぐらいの編隊で堂々とやってきます。普通五、六千メートルから爆撃するのだが、ねらった所にはなかなかよく当たり、威力も猛烈です。お前さんのいう通り戦争は航空戦になってしまったようで、すべてがそれできまってしまうかも知れません。

次に元木君は色いろ親切にしてくれたようだが、今度陸軍省の交通課に変わったらしいですね。だから、今東京師団でよく知っている人といえば園田、岩撫、池田ぐらいのものでしょう。（師団長は同期生の物部《ものべ》中将です。）女中のいないことは何かと不都合だろうから、ぜひ置くように努力して見ては如何？　とよ子ネーヤは如何ですか？　女中のいない間洋子や太郎は家事のことを手伝わせるがよい。女の子はもちろん男の子といえども、今までのように家のことは何もせずに机にカジリついているようではいけない。現に私なども随分やらされたものだ。子供達にもシッカリ決心をさせて、ぜひやらせないといけない。

それから空襲の際、太郎や洋子が学校の守りに行くとかの話（以下不明）

昭和十九年九月二十七日付

戦地にて父

太郎殿
洋子殿

二人ともその後元気で過ごしていることと思うが、学校の勉強は勤労作業などでなかなかうまく行かないことと思う。しかし日本が亡びるか亡びないかの大戦争中だからそれは止むを得まい。東京は今空襲を受けないが、父が今守っている島がもし敵に取られたなら必ず昼となく夜となく空襲を受けるようになる。（ちょうどサイパンが敵に取られてから、父のいるところが毎日空襲を受けるようになったと同様である。）

そして敵の反攻はこのごろますます烈しくなってきたから、今父のいるところへ攻め寄せてくるのも、もはや時間の問題であって、その場合もし守り通せなくなれば続いて東京空襲という順序に進むだろう。空襲の凄絶、惨害、混乱は言語に絶するものがあって、東京で安穏に暮している人の到底想像も許さないところである。そこでまず大事な事は、一家のものが離ればなれとなることなく避難するのも何をするのも一かたまりになってやることで、万一ばらばらになってしまえば皆死んでしまうことになるであろう。これは東京大震災の時そうであった。であるから御身達は何を措いても家に集まり、母を中心に必死の働きをすることが空襲に際しての肝要部であることをよく認識して、あらゆる手段をつくしてそのように実行しなくてはいけない。学校に何かの規定があっても、自分の家が全滅するか自分が死ぬるかということをよく考えてみて、その規定に馬鹿正直にこだわる必要は毫もない。仮に御身達が学校を守りに出かけ（恐らく実際は行く事も帰る事もできなくなる）た留守に母一人が家で何ができるであろうか。否、母一人無惨な事にならないと誰が保証できようぞ。だから生死は母子三人一緒にということを根本にして万事をさておき、家を守り母を助けて必死の働きをすることが何より大切である。次に東京大空襲の前提としては父のいる島が敵に取られるということで、いい換えれば父が玉砕したということである。

即ち御身達としては父は既にこの世になく母一人をたよりにして行かねばならぬ矢先き、東京空襲が起こるわけであるから一層母を中心に母を父とも思い、これにたより助けて生きぬかねばならない。父をなくした子供はかわいそうであるが、母のない子供はさらにみじめである。故に父に万一の場合あれば、それこそ母子四人一身同体となり、互いに助け合って行かねばならぬ。否、今日からそのつもりで行かねばならぬ。今は女中もおらず母の苦労は並大抵ではあるまい。御身達もそのことをよく考え、真に生まれ変わったつもりで、家のことも何くれとなく働かなくてはいけない。

ではさようなら。

昭和十九年十月十日付

前略　お手紙嬉しく拝見しました。学業のかたわら勤労作業に出て働いているとのこと未曾有の大戦争であるからやむを得ないことでしょうが、将来のことを考えると学業がもちろん大切なんであるから心身をはげまして実力をつけることが肝心である。しかし日本が亡びるか亡びないかの瀬戸際であるから国家の命ずる仕事にも精を出し、また家のことも本気になってやらないといけない。今までの学生のように家の仕事は何一つしないなんて態度は非常によくないことである。ことに家は父は出征し、女中はおらず、母は余り丈夫なたちでないのだから、母を助け家を守りぬくは実に男児たる御身の責任である。ことに戦局は日一日と悪化し、父の生命の如きも風前のともしびでサイパン、テニアン、大宮島同様の経過を辿ること必定で、もとより生還など九分九厘期し得らるべくもない次第であるから今からそのつもりで一家の柱となり、母を助けて生きぬかねばならない。

今まで元来が温室育ちのおぼっちゃん然たる生活で、強くたくましい戦時下の青年としての心の張りがなさ過ぎた感がある。父はこの点を大変心配してスパルタ式に鞭撻を加えてきたのだが、御身には恐らく父の大きな愛を了解することはできなかったらしいが、もう少ししたらきっと分かるだろうと思う。どうか将来父の薫陶を母の愛情とともによく嚙みしめ、強く正しく人から充分信用せらるる人間となって幸福に暮して貰いたい。

ヒマヒマに読む「読み物」は充分選択しないといけない。煙草は絶対に止めたがよい。戦地の兵隊は大部分煙草を吸うらしいが、まったく手に入らないので弱りぬいている。(藤田なども自分で月給をもらうようになって吸うようになったとのことだが、今はなかなか止められぬらしく、しかし入手ができないので困っている。)酒はもちろん飲むまいが、将来できるだけ飲まぬがよい。

家にいるときは母や妹達と愉快に話をし、時に冗談の一つも飛ばして家の中を明るくすることが大切である。

それではこれで終了。くれぐれも心身を強くするように。

戦地にて父

太　郎　殿

御身の手紙は表だけへ一行置きに書いているが、紙の節約上よくないことです。

昭和十九年十一月二十八日付

前略　私は相変わらず無事ですからご安心下さい。十月二十一日付、十一月二十日付二通十一月二十七日に落手しました。十月二十一日付はどうしたわけか大変遅れ、十月二十八日付（十一月二日着）、十一月六日付（同二十一日着）よりも後になって着いたわけです。十一月二十日付のものにはたか子の先生からの手紙同封してありました。いずれも皆達者らしく安心しました。

吉田さんの所へ行ったとかの話ですが、これからは外出は空襲を考えて余りしないがいいと思います。お互いに手紙で間に合わせる主義でないと外出中空襲に会ったら始末におえぬでしょう。

冬が迫って太郎の勉強間を六畳に移したのは至当です。勉強に際し気が散らないように注意してやるのが肝心です。それからまだ知らせを受けないが、お勝手の床板の隙間は塞げたであろうか？　床下から吹き上げる風で冷え込む話はいつも聞かされ何とかしてやるつもりでいて、とうとうそのまま出征してしまったので、今以て気がかりであるから太郎にでもさっそくやらせるがよい。それでできない間は悪い薄べりを二つ折りにして敷くか「ルーヒングペーパー」（防空壕に使った余りが物置に少しあるはず）を適当の大きさに切って敷くもよかろう。ただしルーヒングは余り長持ちはすまいと思う。太郎にやらせるとすれば上図のようにすればよかろうと思う。

洋子が需品廠に自由に勤められぬことはあるまいと思う。園田か岩撫を介すればわけはない。家政学院もよかろうが余り平時的の考えで、現在の戦局にふさわしくはないし、入学できたところが月謝を収めるだけで勤労奉仕が大部分であろう。

とよ子ネーヤは先便で女中にきて貰えというたが、十月二十日付手紙で見ると本人は工場に出るとの話だから、たぶん駄目だろうね。

訪問客で火薬の袋張りができないとの話だが、前述の通り訪問は空襲を考えてお互いに止めるようにしたがよいと思う。

こちらの空襲は相変わらず相当頻繁で一昨夜は三回もあり、昨日は二回あった。夜は一、二機で損害はほとんどないが、睡眠は必ず妨害される。昼も大概二、三十機でくるのであるが損害は割合に少ない。しかし小さい島の中であるから爆撃はいつも身近に感じている。

たか子の先生には別にこちらから手紙を出さなくてもよかろうと思うから、お前さんから時どき出すがよい。ネクタイを送ったことはよかったが、今は背広を着ないで国民服だから別のものの方がよかったのではあるまいか。今日は思いがけなく飛行便があるので、手紙を出して間もないがこの手紙を出すこととした。ではさようなら。くれぐれもお大切に。

当地はまだ蠅も蚊もワンワンしていて閉口だ。蟻なども「善光寺参り」のように行列を作ってからだに這い上がってくる始末である。

良人より

よ　し　ゐ　殿

昭和十九年十二月十一日付

十一日追伸

冬になって水が冷たくヒビ、赤ギレが切れるようになったとのこと、ほんとに痛わしく同情します。水を使った度に手をよくふき拭い、熱くなる程こすっておくとよいでしょう。また燃料節約で風呂が十日に一辺とは昨年の今ごろとくらべ、ほんとにかわいそうに思います。私は五日に一辺だが垢で困ります。

ついでながら私の一日の生活ですが、起床五時半（部隊は四時に起きるもの、五時におきるもの、また徹夜して仕事しているもの等色いろです）すぐ用便、洗面、運動のための木刀振りを終わって、六時半ころまでに朝食を済まし、七時から陣地の巡視とか演習の視察に出かけ、十一時ちょっと前に帰ってすぐ昼食、午後は書類を見るか二時ごろから四時半ごろまで再び陣地の巡視などに出かけ夕食は五時、その後詩吟や軍歌を少しやって六時にはもう蚊帳にはいり横になりますが間もなく寝ついてしまいます。しかし昼間一回夜間一、二回の空襲は必ずあるから、それによって大分日課が狂います。睡眠時間は十時間以上もあるように思われますが、空襲の度ごとに起きて防空壕に行くから実際は不足勝ちです。

食事は七分三分ぐらいの麦飯丼一杯、菜は主に乾燥野菜（カボチャと菜っ葉が主です）ですがよそから私に特別に送ってくれる新鮮な野菜も果物も時どきあるから困りません。（当番達に畑を開墾させ、このごろ南瓜を少し取りました。サツマ芋も間もなく取れます。）水は何というても不自由で雨水を取ってためておくのだが、その雨がほとんど降らないので閉口、毎日天を仰いで嘆息している次第でこの点雨多い内地と全然比較になりません。

平常の服装は外山少佐の撮した写真の通りですが、このごろは涼気立ったので半ズボンは長ズボンに改めました。腹巻と千人針の胴巻ははなさずやっています。夜寝るときは帽子と地下足袋を脱ぐだけで、そのまま布団一枚かけて寝ますが、余り寒からずちょうどいい位です。

以上は私の生活状況のあらましですが、健康状態は大変よろしくいつも元気です。部下のものからも少し肥られたとよくいわれるが、自分でもそう思います。当地はわけも分からない熱病があって、大分それにかかり参謀長始め大勢が四十日も五十日も寝込んだに拘らず私だけは丈夫です。

次に貞岡は最近便で内地に帰るそうです。せっかくきたが私の許までこれず、それに病気になって入院もしたりで帰る気になったのです。東京へ着けばむろん立ち寄るだろうから、その節は玄関だけにせず何でもあるものを振舞ってやって下さい。やがては田舎に帰るのだそうです。

時に常子のたよりはあるのですか。時どき夢に見ます。それではこれで終わり、くれぐれもお大切に。冷えないように腹巻腰巻等をしっかりやり、また肌襦袢代わりに私のラクダのシャツなど着たらよいでしょう。火も少ないだろうから着込むに限ります。それではさようなら。

良人より

よ し ゐ 殿

昭和十九年十二月十五日付

その後私は相変わらず丈夫でやっています。内地も最近は頻々空襲されるようになったことを承知し、非常に心配していますが、今のところ、軍事工場を目標としているどうしているらしいが、どこをどう盲爆するか分かったものでない。また爆撃後の火災は一層厄介だがそれもらしいが、どういうことになるか油断も隙もあったものでない。こういう中で女子供だけで過ごすお前さん達のどういう気持ちはいつもおっかなびっくりでいるのではないかと思い、非常に案じているわけである。どうか前線の将兵同様の気持ちとなって、しっかりした腹をきめ、万事抜け目なくやって貰いたい。

私の方も八日に終日空襲と艦砲射撃となって以来その後空襲は少しも衰えず、ことに夜間それまで一、二回だったのが、四、五回から七、八回に激増し、わが軍の睡眠を妨げようとしている。損害は別段ふえもしないが、空襲警報の連続で防空壕から出たり入ったり寝ついたかと思うと起こされたりで、なかなか安眠はできないので閉口である。

東京もまたこれと同じように夜中、朝方にも空襲があるようだが、常に身仕度を整えておくことと寒さに対して万事遺漏ないようにしておくことが肝心である。防空壕の中へ沢山のムシロや毛布を準備し、常にぬくぬくさせておくように、また厚板の戸を太郎に造らせて壕の口に被せることを忘れぬように。それから豪の土盛りは薄過ぎるから一尺位になるように四畳半の前に穴を掘り、その土をもって厚くするがよい。これらのことはこの前にもいうたが、大切のことだから繰り返して申します。

それから服装のことだがこの前結《ゆ》い付《つけ》草履がよかろうというたが、私の古いアミ上げ靴はどうだろうか？　とにかく身仕度については色いろ研究し工夫してみるがよい。次に焼夷弾を取り除けるためには手袋が必要と思う。この手袋はしめっていることが大切のように思う。火タタキ、梯子、砂などもいつでも使えるように用意しておくこと。

洋子の十一月二十五日付の手紙十五日に着きました。これには別に返事をかくことはありませんが字は余り上手ではないね。それに誤字が沢山ある。（お陰はお蔭、一整いは一揃い、致す舌は致す筈のそれぞれ誤りです。）

この手紙は八日に書いた手紙がなかなか出せずにあったので、その後のことを書きそえて出す次第ですが、くれぐれも皆して元気で過ごしなさい。空襲がどんなに烈しくなろうが誰も彼も同じなんだから。

ではほんとにくれぐれもお大切に。

十五日　　良人より　父より

よしゐ殿　ほか子供達へ

昭和十九年十二月二十二日付

私は相変わらず元気で働いていますからご安心下さい。十二月十一日付の手紙は二十一日に着きました。東京も毎日のように空襲があるようになってほんとに同情します。今は主目標が工場地帯であるから実害はないが、段々と住宅地帯を目標にするようになれば心配です。しかし今でも盲爆もあろうし、焼夷弾も落とすだろうし、また高射砲の破片も飛んでくるから、決して油断はなりません。

家の防空壕は爆風にはよいと思うが、高射砲の大きな破片には抗力が少ないから土盛りをせめて一尺ぐらいにする必要があります。日曜日などに子供らを動員してぜひそうしなさい。それから厚板の蓋が必要だが拵えたろうか？　なおまた防空壕の中に筵を充分に敷き、悪い毛布か少なくも薄べりを敷いておき、警報の際はドテラとか毛布とかを充分身につけ、特に下腹と腰とを冷やさないようにすることが絶対必要です。湯タンポなども持ち込むがいいでしょう。

ついでながら食事は早目々々に食べておくことが必要です。食事時に空襲をされると都合の悪いものです。睡眠が不足すると非常によくないから夜はなるべく早く寝てしまうことです。そして夜中に起きなければならなくなっても、すぐにある程度の睡眠時間を取っておればそんなに困るものではありません。当地では電燈も何もないことだから、夕食後はすぐ寝ることにしています。それで何辺も起きて退避するが今のところそう睡眠不足にもならずにいます。

食料と水との準備は大切ですが、中でも食料はイリ米一日分とアラネ一日分ぐらいは用意しておかないといけないでしょう。塩も少し罐にでも入れて用意しておきなさい。なお今持っている罐詰はできるだけ非常用に持っていることが肝心です。

次に家財を東京都で預ってくれるというなら子供らと力を合わせて荷造りして預けたがよいでしょう。それも焼けてしまっても我慢のできるものは後まわしにしたがよい。この前いった貴重品（恐らく証書類でしょうが）を庭の隅に埋める計画は当座ならとにかく、永久的なら感心しないことです。目録をつけるなり密封するなりして氷飽に預け、番号などは子供らにも全部知らせておくが至当でしょう。

一つい落としたが、この前も述べた通り履物については充分気をつけて、焼け出された場合三里や四里はそのまま退避ができることを基礎にしてあれこれ研究しておくことが必要です。この前は古い編上靴といったが、あれはずいぶん悪くなっているかも知れないので兵隊靴はどうだろうか？　と思う。あれなら足袋をはいたままはかれると思う。太郎や洋子は運動靴がよかろうか？　太郎は短靴はいけないと思う。短靴で巻脚絆をつけるとクルミの辺があいて大けがをした例がいくらもあります。だからやはり兵隊靴がよいと思います。兵隊靴は私が整理をした靴の箱（応接間の二階にある）の中に入れてある。いずれにしても靴は足ならしをしておくことが大切です。

貞岡が帰ったはずだが煙草でも送るかとの話だがそんな必要はないでしょう。せっかくきたのに私に会えずに帰還し、結局郷里に帰るのだと思う。戦争というものはみんなそうしたものだ。

十二月二十二日　　　　　　　　　　　　良人より

よしゐ　殿

昭和二十年一月十五日付　長男太郎宛て

この書面（お母ちゃん、洋子の分も同封）一月十二日落手嬉しく拝誦致しました。東京も最近は頻々たる空襲でみんなも落ちつかない気持ちで過ごしていることと思い、いつも案じ続けていましたが、この書面で見るとのどかな新年を迎えたようで安心致しました。ことに田舎からお祖母ちゃんがわざわざやってこられ、越年を少しでも賑かにさせようとされたお志は感謝に堪えません。何とぞおばあちゃんによろしく申し上げて下さい。

　疎開についてはそちらの現況に応じてよいようにしたがよいと思います。こちらから色いろ心配してかれこれ注意したところで現況に合うものではないから、それは一つの参考とするがよいと思います。

　甲府行きは私としては余り感心しなかったこと先便の通りですが、格好の家があり、荷物運搬が岩撫君の厚意で多少の便宜が得られるならそれもよいでしょう。なお空家は問題となるらしいからよい借手を見つけて留守番式に貸す必要があるでしょう。甲府でも爆撃がないとは限らない(現に先日ちょっとあったはず)から決して油断をしないことが肝心です。次に当地の爆撃はなかなか激しく、特に十二月初旬以来夜間爆撃が多くなり、最近は少なきも六、七回多きは十一、二回(七時ごろから二時ごろまでほとんどぶっ続け)あります。従って私も今は防空壕内で就眠することとしています。時候は朝晩ともかなり冷えるので壕内に寝るのはちょうどいい加減の暖かさです。

　池田中尉の親切に対しては私からも状を出します。お酒は近ごろ一升公定でも十五円もするそうではないですか。なお煙草「光」一個で米一升が通り相場との話ですね。

　太郎のこの手紙には誤字がずいぶんあります。誤字脱字はその人の素養教育はもちろん、人物性格までも窺われるものであるから絶対なくなすよう努めねばならないと思います。洋子の今夜の手紙には非常に少なかったがそれでも次のようにありました。よくいうてみんな気をつけるようにしなさい。「乍ら」乍ら、「新年を向え」は新年を迎え、「拘らず」は拘らず、「おきよつけ下さい」はおきをつけ下さい。

良人父より

皆々様へ

昭和二十年一月十八日付

前略　先日、太郎洋子両人の手紙の誤字を指摘してやったもののうち、一、二字は父が間違っていたようであるからまずそれをお知らせする。それは齒はあれでよいが歯でもよい。併しは併しの方がよいかと思うがこれも今はっきりしないから辞書でたしかめるがよい。（「然し」はいけない。これは「然れども」というときに使う）以上、いずれにしても誤字は人に馬鹿にされるものだから終始気をつけてなくすようにすることが肝心である。それから洋子は下手なしかもうそのつづけ文字を書かず正確に書くことを本旨とするがよい。誰も知っている通り楷書、行書、草書（いわゆるつづけ文字）のうち、草書は相当の年配に達し、しかも習字のけい古を余程したものでなければ書けないし、特に相手の人に読めるように書けるものでない。だから楷書できちんきちん書くのが一番無難である。ただし略字はよく覚えて活用するがよい。（略字の例―國を国、禮を礼、辭を辞、嶽を岳、擊を車、學を学など沢山ある）沢も澤の略字なり。

次にこの戦争は何年かかるか分からないのみならず段々激しくなる一方で、東京なども荒野原のようにならぬとは限らぬ。現にロンドンやベルリンは一部荒野原となりつつある。従ってお前達の先きの見通しもつかず、ほんとに気の毒に思うが日本中誰もそうなんだから元気を出して頑張ることが何より肝心である。そこで家も疎開することとなろうが、疎開することなると洋子は母に同行するがよいが、太郎は学校の関係上そうは行かず東京に独り残ることなり、いよいよ父母を離れて暮さねばならなくなり、容易のことではあるまいと思う。しかしそれも男としての修業の一つであるからよく自己を律し、間違いないように過ごさなくてはいけない。なおまた二年生になって工場に勤めるとなると、工場は敵の爆撃目標となるのだから、戦場にいると同様の心掛けで万が一にも不覚を取らぬよう、人の指図に従うはもちろん、自分でもよくよく注意するがよいでしょう。それではこれでさようなら。

一月十八日認む

太　郎　殿

洋　子　殿

昭和二十年一月二十一日付

私はその後相変わらず丈夫でいますからご安心下さい。どこかへ疎開したかとも思い東京宛てを止め、氷飽から転送して貰うことにしました。疎開先きで差し当たり一番困ることは食料品、薪炭等の入手難だろうと思います。（長野や松代なり、親族身寄りが近いから、そうはあるまいが。）甲府の連隊は元部下だったが今は知った男がおらないようだから、頼むわけにはいかない。もし岩撫の役所（東部軍留守部）が甲府に疎開するなら板津にでも岩撫にでも頼んで誰かに紹介して貰い、何かと世話になる途を開いておくのもよかろうと思います。もちろん民子とは近しくして何かと便宜を得るようにする。検閲などに行って見たときの経験では丸野菜は東京辺よりあったと思いますが、今は疎開者が沢山入り込んでいるだろうから、やはり窮屈だろうと思います。太郎は気の毒ながら東京に残すだろうが、洋子はもちろん連れて行くのだと思います。ただたか子はどうするか？　これは大なる疑問である。疎開先きが即ち定住地になるのであろうから、たか子を引き取るのがほんとうのように思いますが、よく考え、またよく相談してきめたがよい。（郷里の場合ならこの問題は容易なり）

次に戦争は長引くだろうし、またますますひどくなる一方だからすべてのことはそのつもりで運ぶがよいと思います。本土空襲の「B二九」はサイパン基地に今百四、五十機であるが、四月ごろには二百四、五十機となり、年末ころには五百機くらいになるらしいからそれだけ今より空襲が多くなるわけです。もしまた私のいる島が攻め取られたりしたら、その上何百という敵機がさらに増加することとなり、本土は今の何層倍かの激しい空襲を受けることになり、悪くすると敵は千葉や神奈川県の海岸から上陸して東京近辺へ侵入してくるかも知れない。だから戦争の成り行きは絶えず注意し、また新聞や雑誌に出ている空襲などの場合どうするかの記事はよく目を通し実行すべきは実行するがよい。

次に比島の作戦は漸次不利のようだし、われわれの方へももうすぐに攻め寄せてくるかも知れないから、われわれももうとっくに覚悟をきめている。留守宅としても生きて帰れるなどとはつゆ思わないでその覚悟をして貰いたい。その後の手紙で色いろ細かに書き送ってあるからイザとなっても驚いたりまごついたりせぬだろうと思うが、どうかほんとにしっかりして貰いたいものです。なお一度申したが新聞記者や何かには色いろ余計なことは話さないがよい。ことにお手紙でも見せてくれなどといわれてウッカリ見せたものならすぐ新聞に乗せられてしまうから気をつけることです。

墓地については豪徳寺は東京に定住ができる場合であったからで、今日としてはどこでもよい。骨帰らぬ霊魂があるとしたら御身はじめ子供達の身辺に宿るのだから。

それではどうかくれぐれも大切にして、できるだけ長生きをして下さい。この上とも子供達のことよくよく頼みます。

良人より

妻へ

昭和二十年一月二十八日付

前略　私は相変わらず達者です。

一月十日ごろ（日付がないから分からない）出した手紙一月二十一日に着きました。たか子の手紙と氷飽の子供達の手紙とが同封してありました。その日は清野の里子とその二人の子供（九歳と六歳）からも着き、妙に子供達の手紙ばかりきたものだなあと思いました。空襲でも氷飽のおばあちゃんは「大日如来様」と唱えて少しも怖がらずにいなさるとの話は信仰というものの力でしょう。ただし爆弾や焼夷弾は所嫌わず落ちるから信仰も実際の役に立つまい。従って信仰によって気強く過ごすことはよいとしても、空襲に対する心用意や色いろの準備を怠るととんだ不覚を取ることになるから、その点は充分気をつけたがよいと思います。段々慣れて横着になり、真面目に退避などしなかったものに限って死傷するのが当地の例でよく分かります。

次に氷飽へは絶対に行かないつもりだなんていうことは少し頑迷《かたくな》ではなかろうか。いつも申す通り戦争は長引き、東京の危険性は増大するばかりだから東京定住はまずあきらめねばならぬし、そこで疎開先きが定住地となることを考え、身寄り縁辺が近くにいるということが何より必要なんだから長野とか松代が一番よいわけで、そこへ行く第一段として氷飽にちょっとの期間行くことは自然のように思われる。甲府ではその点まことに心もとない。しかし荷物を運ぶ関係で甲府へ行くというのならそれもやむを得まいというような気がする。いずれにしても民ちゃん夫婦に近くし、その厄介になるがよいと思います。今は荷物だけの疎開だが、前便でもいう通りマリアナ基地のB二九が段々増勢されて本土空襲は激化する一方だから、結局身柄も疎開しなくてはならなくなると思います。（今は七、八十機程度だが間もなく二、三百機あるいは四、五百機でやるらしい）東京にいくらがんばっていたところで何の得もないでしょう。太郎の学校関係を除いては……次に私がどこかに転任するだろうなんて思うことは夢のような話で、この戦局上からして絶対にあり得ないことです。敵が攻めてくるかこないか分からない時期や場所なら転任することもあるいはあろうが、もう目の前に敵がきて上陸の機を窺っているような際どい所では誰一人転任はさせないもので、ましてその地の最高指揮官を換えることなど絶対にありません。どうかその覚悟でいて戦況の進むに従い、いつも申す通り生きては帰らぬことを観念していて下さい。満州、支那を除いた戦場はどこでも皆そうです。馬場さんも今度南方某地の軍事司令官に栄転されたが、晩《おそ》かれ早かれ同じ運命でしょう。牛島さん、貴島さん、佐藤さん、渡辺、北村みんなそうです。それから高橋も今度台湾辺の島の大隊長になったそうだが、これだってそうでしょう。何しろこの大戦争ですからやむを得ません。

次に貞岡から手紙がきて、荷物の疎開を手伝うため帰郷を見合わせているとのことだったが、ずいぶん親切なことだと思います。

では今日はこれだけにしますが、どうかくれぐれも丈夫で元気に過ごして下さい。くよくよしたところで何にもなるものではありませんから。

では さようなら　良人より

よ し ゐ 殿

昭和二十年二月三日付

ちょうど二十四、五日たよりがこないが、みんな変わりないだろうね。しかし今が一番寒い最中だから風邪でも引いているのではないかと心配している。なおまた疎開の方はどう進んでいるか？　やはり荷物だけ甲府にやって身柄は依然東京に頑張ろうというつもりなんだろうか？　いつもいう通り敵の空襲は春ごろからは今の何層倍になるか分からないから、足もとの分かるうちに早く安全地帯に行ったがよいように思う。爆弾でやられることはまあなかろうが、焼夷弾から起こる火事にやられる心配は相当あると考えねばならない。当地でもこのごろ焼夷弾を相当落とすようになり、もう燃えるものはないけれどやはり火災が起こる(普通の焼夷弾のほかにガソリンのドラム罐を投下し、火の海のようにすることとすらある―東京ではちょっとできまいが。)

烈しい空襲が相変わらず続いているにもかかわらず私は依然元気です。何とかして野菜を取ろうと思ってこのごろ少しずつ開墾などもやっています。そういうせいか身体の方はますます丈夫でかなり肥ったようで、たまに風呂などに入ってからだを見ると自分でもよくそれが分かります。この土地は健康上余りよくないので、病人は相当でき、ほとんど誰も彼も一度は病むのだが一人私は丈夫でおれて、ほんとに仕合わせです。

今日高級副官の小元《おもと》少佐が連絡のためちょっと上京することとなったのでこの手紙認《したた》めましたが、小元少佐帰島の際は、いつもいう通り何にも届けるものはいらないから頼まないようにして下さい。

ではくれぐれもからだをいたわり、風邪など引かないようにして丈夫に暮すように。またからだの疲れをなるたけなくすために按摩さんを十分利用するようになさい。

太郎は朝寝やコタツでうたたねなどせぬようしっかり気を引きしめて、いつも規律正しい生活をするよう。では飛行機が出るらしいからこれで止めます。さようなら。

二月三日　　　　　　　　　　良人より

妻へ

2　遺族の言葉

私の父の絵手紙——兵団長の長男・栗林太郎

父はきわめて子煩悩でした。一例を申し上げましょう。

昭和三年三月から昭和五年七月まで父は騎兵大尉から少佐で第一回の米国勤務をしましたが、当時小学生の私に「お父さんより太郎君へ」としてよく手紙をくれました。片仮名を主とし、それにわずかの漢字を入れ、子供にも読めるよう気を配り、必ずスケッチをつけて送ってきました。私はその当時の絵手紙を一冊の本にしています。

ベルリンオリンピックで競技中の西竹一騎兵大尉

スケッチには米軍の将校と乗馬で演習に行くところ、将校家族のダンスパーティに招待され美人たちにサアサアとダンスを求められて閉口しているところ、自動車を買いこれを運転して大高原を走っているところ、吹雪中自動車の故障で困っているところ、自分のアパートへ友人が訪れ栗林君には部屋がよ過ぎるとからかっているところ、六十名のお客を一流ホテルに招待しているところ、米国の子供たちと遊んでいるところ、古河内というお医者夫妻のところへ招待されたところ、その他何十というものがこの本の中に収めてあります。

在米当時メキシコに旅行し、メキシコ在勤の竹下海軍中佐夫妻を自動車で案内して歩き、その際「私は一週間か十日ごとに妻子に手紙を出しています」といっているとおり、実に頻繁に手紙をくれました。ボストンに行ったときはハーバード大学の庭で寝そべったり、博物館の時計台を見ているところをスケッチにして寄こしました。バッファロの散歩姿、体操をやっているところ、米国の子供に手なずかれて閉口しているところもなかなか面白く書いています。フォトライレーの様子、テキサスの風景も書いてきました。ニューヨークのブロードウェイでは建物の高いのに驚いたと書いています。

右の絵手紙の中から一貫していえることは、父が自ら運転して実によく米大陸を横断したり、縦断したこと、絶えず夜深更まで勉強したこと、日本人として外国人に笑われない立派な紳士となるように努力したことです。父は外国に多くの友人を持っていたこともよく分かります。

叔父、忠道将軍の思い出――栗林直

叔父の思い出は沢山あるが、ここにはその二、三を書こう。私は故人の生家の長男で、私の父芳馬が故人の兄という関係である。

私が昭和十八年十一月に中国戦場より帰国し、東京師団長の官舎に叔父をたずねたとき、私の顔を見るや間もなく「おれは南方へ行って死にたい」といったことがある。今になって考えると、叔父の頭の中には国難に殉ずる武人の死場所を求める気持ちがあったのではないか。というのは叔父が陸大当時帰省すると、祖母と芳馬と三人で古今東西すべて武将は立派な死場所を求め得た者こそ後世に名を遺す、ということで親子兄弟の話に花を咲かせていたのを、幼な心にもおぼえているからである。叔父は日ごろ運命論者でもあったので、最悪の場合でも勇気と沈着を保ち得たのではないか。

中年になって二度ほど米国に駐在してから、多少はでなところも見受けられたが、青年時代は同じ兄弟の軍人の中でも一番質素で勇壮であった。多少実力主義者でもあった。生前芳馬が語ったところによると、叔父の小学生時代、松代藩として藩士の子弟から武学生を養う制度があったが、藩では子供の成績よりも家格の順で推薦したようである。叔父は子供心にそれが不満であったようである。そして米国留学後ますます実力主義をとなえるようになったようである。

なお私の弟の武久が応召で昭和十九年十二月下旬、横浜を立ち硫黄島に向かったという手紙を芳馬が出したのに対し、次の返信を寄こしている。

拝復、武久君が再度応召、このたび硫黄島に向かわれし報に接し、誠にご苦労さまと存じます。内地発の日時から見て本島に到着のころと思い鶴首しています。昨日数十名の将兵が到着しましたがその中に武久君は見当たらず、二、三日前、後方の某島にそれらしい船が到着したとの報がありましたので、その中に武久君が含まれているものと思われます。

兄上のお手紙による西条村における軍事施設は陸軍懸案の施設であり、これが完成の暁には敵の爆撃にも相当な効果が期待できます。さて本島は目下男のみの常夏の島で、いたるところ硫黄の露出とその臭気のため陣地の構築もきわめて困難をきたし、加うるに水の不足のため将兵の辛苦は一方ならざるものがあります。私の現在起居している場所もちょうど生家の薪小舎程度の狭いものであって、毎日の洗面の水にも事欠く次第です。

着任次来、敵の爆撃も日に日に激しさを増し、ことに最近にいたって艦砲を加えつつ数十機をもってする連続爆撃があり、実に百雷を一度に落とすが如く、一瞬にして天地もくつがえる光景を呈します。

サイパン戦以来、敵の主攻が比島か本島か判断に苦しみましたが、最近の敵の爆撃から考えて本島に本格的に来島する日も案外近いものと思われます。大命を拝受して着任した以上、敵の来攻に際しては部下将兵とともに国難に殉ずる道は元より私の予期するところであり、特に祖先の名に恥じないよう努力致すべく、一家一門を犠牲にして戦場に屍を横たえること武人の本懐です。これは少年時代より日常茶飯の折お話のあったところ深く肝に銘じておりますれば、ご安心願い上げます。

東京の妻子にもかねて覚悟を申し聞かせておきましたが、わが国の将来を案ずれば、あるいは妻子の生計もご厄介に相なる如き場合も考えられますので、その節はよろしく願い上げます。

終わりに万一の場合における私の墓はどこにてもよく、石一本「陸軍中将栗林忠道の墓」で結構です。また取越し苦労の如きを申し上げますが、およそ世の名士の立身出世伝の中には事実無根の記事が多く新聞雑誌に書き立てられ勝ちのものです。例えば宇垣大将は少年時代大根を売り、あるいは新聞配達をし苦学勉励したるが如き説は事実と相違するも甚だしく、これらは記者がかってに曲げて大げさに書き揃えたのに過ぎません。

私は少年時代生家に育くまれ、続いて長野中学、陸士、陸大などしごく順調に、先輩および世間の人々の後援と相まって今日に進み得たものであり、私の屍を恥かしめることがないようくれぐれもお願い申し上げます。

兄上もお年の上に充分ご留意遊ばれたく願い上げます。　敬具

昭和二十年一月十二日　　　　　　　　　　　　忠　道

兄　上　様

侍　史

市丸の一端――第二十七航戦司令官夫人・市丸スヰ子

故人は詩、和歌、俳句を趣味として何よりの楽しみとしておりました。海軍予科練習生の設立委員長として、引き続き初代部長として一期生が卒業するまで五年間追浜におりました。

生還された予科練の方々に非常に大事にしていただいて、一昨年三月十七日には当地（佐賀県唐津市）に集会されて盛大な慰霊祭を挙行していただき、感激を新たに致したことでございます。生前お世話になりました皆様に厚くお礼申し上げます。生還された皆様にはどうぞ末長くご壮健で、真の日本再建にお尽して下されて、生還の意義を深くしていただきたいと心からお願い申し上げてやみません。

オリンピックと主人と硫黄島——戦車第二十六連隊長夫人・西武子

赤々と燃える聖火台の下の席から、私はオリンピック東京大会の最後を飾る馬術競技大賞障碍飛越の熱戦ぶりをじっと見つめていた。どこで聞いたか新聞記者の幾人かがインタビューに見えた。「どうぞ今の私をそっと静かにして置いていただきたい」と願った。その言葉をそのまま書いて下さった記者もあった。三十三年前のあの当時手に入れた生フィルムを家宝として戦時中も守りぬき、まるでこの眼で見てきたように焼きついている。あのロスアンゼルスの大競技場のあの場面……

広さにおいてはそれに及ばなくとも、馬連技術顧問の城戸さんの払われた細かい配慮が伺われる日本独特の障碍十七個。次に出場してくる各国選手。前もって馬事公苑で練習ぶりを見学したときを思い合わせ、素人の私でさえその馬の隔絶した馬格の素晴らしさに圧倒され、眩惑され続けた。

主人はロスアンゼルスから栄光を背負って帰国したとき「今度のドイツのときこそ、世界で相手にされていなかった日本馬を檜舞台に出して優秀さを認めさせてやりたい。また一般国民の乗馬に対する考え方の是正と愛情をお願いしたい」と抱負を語って、本人は優勝期待の重荷を背負い、私は果たして日本の皆さまにご理解願えるかどうかと心配していた。ドイツのときは賞こそ逸したが、過去の日本の馬（豚か牛かと酷評する外国委員もいた）は素晴らしく改善され、主人はそれを心から満足し、その後乗馬育成の努力を続けたのであった。その後幾変遷、私は戦後の馬について常に心を痛めてきた。

今ここに集まった多くの駿馬は本国においてもどれだけ大切にあつかわれ、輸送にも万全を期せられたのであろうか。メキシコの馬術監督は馬糧は全部持参し、日本の水質まで検査したと聞いた。もしメタル一個をのみ目標とするなら、馬術ほどむずかしいものはないと思う。うらやましいことは、生まれたときから家に立派な設備を持った厩に何頭かの馬がおり、朝食前でも一乗りできる家族の多い外国の人たちに較べ、戦前、軍隊のあったときでさえ余りにも懸隔のあるこの世界は、競馬の盛んな日本だけに乗馬の発展を阻む大きな原因となっているのではなかろうか。

硫黄島玉砕後の二十年は、われわれにとって決して夢の間ではなかった。一年々々私たちは後ろ向きであり、前向きである日々を送ってきた。硫黄島に出て行くとき「米国は思い出の多い国であり、よい友人を沢山持った。自分個人としては好きだ。しかし日本軍人として立派な戦いをやって責任を果たしてくる」といい、ロスアンゼルスで使った鞭と拍車をつけた長靴を持って行った。

硫黄島にあれほど愛した馬はなく、また満州で零下四十度の曠野を顔につららを下げながら戦車の訓練をやった効もなく、最後には決定的な何の武器もなく、わずかにピストルと敵から奪取した兵器を持って北海岸の絶壁の下まで応戦しながら降りて行き、そこを自決の場にしたという。東京の方を向き、足には前記長靴をつけていたそうである。副官殿はじめ将校一名、兵三名の方々が最後まで主人と行動をともにして下さったとか。お名前の分からない方々まで私にははっきり見えるような気がして心から有難く、皆さまの冥福を祈っている。

この絶壁の下はわずかに砂地一メートルほどで、満潮時には海中に没するところだとのこと。あれほど好きだった釣。「死ぬときはこの宇宙の中に消えて行くのだ」といい、遺髪も爪も置いて行かなかった主人らしい最期だったとわずかに自分を慰めてみる。

先日オリンピック開催中、米国サタデー・イブニング・ポストの記者で退役陸軍大佐のブレアー氏が来訪されたとき、米国でも三人の息子をこの戦争で亡くし、その一人は硫黄島で戦死したというある婦人の話をされたが、日米人を問わず肉親を失われた方々に慰めの言葉を送りたい気持ちになる。

オリンピック閉会式の最後の場面に接したとき（そこには世界は一つという一語の精神が満ち満ちていた）私は心から、ああ、これこそ主人とともに見たかったと胸一杯に叫びたい気持ちをじっと堪えていた。

夫と父――兵団参謀夫人・中根つや子

主人はただただ国難に赴くという気持ちで家を出て行きました。昭和十九年十一月六日に硫黄島に向かったのでした。何しろ長女が十二歳で次女が九ヵ月でしたから、長女は父を知っていますが、次女は何も知らなかったわけです。

主人は生前父を大切にし、子供を非常にかわいがってくれました。硫黄島の石をいただくとか、慰霊祭をして下さるとか故人の話が少しでも出ますと、親子で夢中になり、うれしくてうれしくて泣けてたまらないのです。

長女は近くに嫁いでおりますが、父の話が出ると実家に飛んで帰ってきて、夢中になって当時の話に耳を傾けるのです。

倅《せがれ》、保武について——山内保次

故陸軍中佐山内保武は、明治四十五年一月元旦、山内保次と妻近子との間に長男として東京市近郊渋谷町の偶居に生まれた。当時、父は騎兵学校教官（後に少将となる）で、習志野にこの騎兵学校が移転するや千葉県津田沼町久々田に移住した。保武は船橋幼稚園、津田沼小学校、後に東京市牛込区余丁町小学校へと進んだ。中学は牛込区の成城中学校であった。そこで級長を五ヵ年続けた。

そのころ親友の叔父が鎌倉の禅寺の住職をしていたので、ともに同禅師について座禅を修業したが、この友人が登山が好きなので在学中保武も登山に興味を持ち、特に冬季登山の愛好家であった。しばしば危険をおかして日本アルプス穂高岳、槍ヶ岳、越中の立山などに登山して家族をびくびくさせたこともあった。

一方、熱心な軍人志願者で昭和六年陸士入校、同十年六月陸士卒、盛岡騎兵第三旅団第二十四連隊付、同年九月二十七日騎兵少尉に任官した。その後満州の牡丹江、ハイラルなどに駐屯、各地に転戦して右肩に負傷した。昭和十二年十二月騎兵学校学生となり、馬術と戦車の操縦に従事。昭和十三年騎兵が廃止され戦車となるや、その小、中隊長となる。昭和十四年五月、騎兵第一旅団戦車隊長となる。昭和十五年十二月、陸軍自動車学校教官。昭和十八年十二月陸大入校、同十九年十二月二十四日陸大卒。第百九師団参謀を拝命した。

十二月二十九日、木更津基地を立ち硫黄島に向かい、飛行中敵B29に襲われ、危く撃墜されるところを父島に不時着して戦死を免れた。その際、父島派遣司令部の堀江参謀のところに一泊し、翌日硫黄島に赴任したとのことである。硫黄島にあっては栗林兵団長の配下にあり、例の激戦に参加した。三月十七日総攻撃後の保武の詳細については不明である。三月三十一日大本営の種村大佐がこられ、保武戦死のことを告げられ、厚い弔慰を受け感激した。

保武は昭和十七年二月杉生巌（陸軍少将）の三女鞠子と結婚し、同十八年一女（輝子）が生まれた。この妻鞠子は当時二十二歳、悲しみの中にもよく両親に仕え、愛児を養育し、洋裁師として有名な原信子先生について専心洋裁の道にはげみ、今でも再婚せず、ただ一人の娘を養育することに専念している。

保武は実に親思い、兄弟思いの厚い人間で、戦地から暇を割いてしばしば手紙を送ってきたが、いつも留守宅に心配かけないよう配慮していたのは感心であった。

あとがき

数年前のことであったが、竹岡ゆきさんという人から特務機関松永隊員の一人竹岡漢一氏（軍曹で当時三十三歳）は一人息子であるが消息を知らないかという手紙をもらった。昨年三月十七日、靖国神社で硫黄島戦歿者の慰霊祭が行なわれたとき、式後私が当時のことについて講演をしたところ、次のような質問者が出た。

「父は中尉でした。とても自分をかわいがってくれたが、八つのとき硫黄島へ行ってしまった。そのとき私の父はどんな顔をしていましたか」という若い洋装の婦人。

「兄は松野軍曹という埼玉県出身であるが、戦時中父島に上陸し、それから硫黄島に向かうという頼りがあったきりです。父島で私の兄に会ってくれましたか」という和服の中年の婦人。

「私はまだ乳飲み児であったため、写真で見るほか父の顔を知らないのです。私の父は父島や硫黄島でひげを生やしていましたか」という二十歳ぐらいの娘さん。

これらの人々の質問を聞き、私は泣けてたまらなかった。少しでも肉親の消息を知りたいと真剣そのものの姿は涙なしでは見られなかった。私は「知りません」と答えたのでは何か罪でも犯しているような感に襲われた。そうかといって嘘をいうわけにもいかず、辛い思いをした。

硫黄島の岩石を金槌で割って分けようとしたら、何百名という遺族がどっと押し寄せて岩片をつかんで泣く者、いつまでもぼうっと眺めている者、粉を紙に丁寧に包んで頬に当てる老婆、大事に風呂敷に収めている人など色いろあった。いずれも涙なくしては聞くことも見ることもできない。誰だってわが子は、夫は、親は、兄は、弟は、孫は別である。戦い敗れた今日にして見れば、ますます不憫《ふびん》になるのではないだろうか。これは戦争に勝った米国側にしても同じことである。オリンピック開催中、米国サタデー・イブニング・ポストの記者で退役陸軍大佐のブレアー氏は、西戦車隊長夫人を訪れ、米国でも息子を三人戦場で亡くし、その一人が硫黄島で戦死したある婦人を知っているが、どこの国でも悲しみは同じであるといったという。

またどういう最期をとげたかについても、できるだけ細かく具体的な情報がほしいというのが遺族の心理であると私は思う。遺族にして見れば当然である。国家の至上命令と日本独特の伝統のために、欧米諸国人の限界を越えて尊い生命を捧げたからである。私はこの小冊子でできる限り正しいもの、つまり真相を伝えようとした。そして遺族始め、生還者各位、引揚援護局、はては米国人から惜しみのない熱烈な協力を得た。しかし一万九千名の遺族全部に満足していただくような詳細にして正確なものができないことを残念に思っている。

最後に私には世に訴えたいことが二つある。その一つは硫黄島の悲劇（これは第二次大戦全部に敷衍《ふえん》して考えられる）を放っておいてよいかということであり、その二つはこの悲劇を再びくり返さないように日本民族のために生かしてほしいということである。

その一つの具体策としては、英霊の顕彰慰霊と遺族に対する感謝、処遇が考えられる。もちろん公私にわたり努力はしているが、同じく敗戦の立場に立ったドイツと比較して果たしてどうであろうか。

生命を捧げた、または捧げなければならなかった英霊に感謝し、その遺族を温かく遇するのは生きている私たちのなすべき当然の道ではないだろうか。ドイツでも米国でも無名戦士の墓は国民の尊敬感謝の的となり、聖地となり、訪れ先となっており、外国使臣もこれにまず花輪を捧げることが習わしになっているようであるが、これに相当するわが靖国神社はどんなものであろうか。

一方、私は久しく各国の戦歿遺族の援助料の研究をしてきたのでその数字をここにあげたいが、資料が完璧でないのと、金銭の数字を出すことは英霊の神聖を汚すおそれがあると考えてやめることにした。しかし日本のそれが話にならないほど甚だしく低いことは事実である。

その二の具体策として、日本の伝統と環境の分析と改善とが考えられる。分析の面からすると、第一に封建制度の悲劇をあげなければならない。公平に世界の歴史を見るとき、欧州列強は海外に雄飛していち早く既成事実を確立した。その時期はいつであったか。それは徳川幕府の鎖国時代である。この鎖国について世界の史家の多くは一門一家の温存と繁栄のため取った策であると見ている。これが日本の発展を阻み、私たちの世代に背伸びして戦わざるを得ない前提を作ったと考えられる。正に封建制度の悲劇と見て差し支えないであろう。

第二に統帥権独立の悲劇があげられる。近代列強は政治の下に軍事をおいて戦争指導をやった。日本には統帥権の独立なるものがあり、総力長期戦におよそ縁遠い態勢で戦わなければならなかった。開戦、主戦、非戦などの問題はその主体が政治の範囲にあるべきなのに統帥機関が乗り出した。これは、もちろん軍人が悪かったという面もあるが、何といっても制度の欠陥を第一とすべきである。

第三に教育の悲劇があげられる。外国を過小視し、祖国日本を過大視させる弊害はなかったか。敵を知り己れを知れば百戦危くないという原則に反していなかったか。各国の人口、地勢、資源、工場、文化、軍事、思想、宗教などを素直に知らせ、日本の水準がどの辺にあるかという認識を与える教育をしていたであろうか。

いわゆる主戦論者と目される人々がこれらの教育を充分に受けていたであろうか。受けていなければ個人を責めても無理である。八紘一宇とか竹槍千本とか今日の若人が思い上がりも甚だしいという言葉が現に流行したり、外国人をバカ崇拝したり侮ったり、開戦するや外国語の勉強を止めたり、外国捕虜を軽んじたりした点教育の悲劇でなくて何であろう。また精神要素を過大に、物質要素を過小に評価するとか、尚武に走るの余り、科学を軽視する弊はなかったろうか。

第四に国民性の悲劇をあげなければならない。例えば「貴様は生命がほしいのか」と大声叱咤する者を勇者や愛国者と見たり、「この状況では勝つ見込みがない」と発言する者があればこれを臆病者とか非国民とか断定するような、心理学の核心からすれば全然関係のないことで人を判断する国民性がなかったであろうか。攻撃を好み防御を嫌う傾向はなかったか。陸軍、海軍、産業界などが自己を過大に宣伝し、それを他が信用したという傾向はなかったか。いわば、余りにも純情であり皮相な判断に陥りやすくなかったか。第五に人道上の問題をあげなければならない。率直にいって個人を粗末にする伝統と環境はなかったか。

改善の面から見るとき、どうしたらよいであろうか。このような伝統と環境の欠陥を是正改善する道は他でもない。私は民主主義の徹底実践であると断じたい。勝者は敗者に民主主義を降伏の条件としたとか、敗けたから民主主義を押しつけられたなどといっていると、私は第二の硫黄島、第二の広島が起きますよと警告したい。

私も「ノーモア硫黄島」実現のためには私たちの前に苦難の道が横たわっていることを知っている。しかしその理由は日本人（私もその一員である）が旧来の悪習からなかなか脱却できないからであると思う。せっかくの民主主義を昂揚拡充し、一人々々が国政に参加し、万機公論によって決する新しい伝統と明るい環境を早く創設し、捨て石となった英霊に安んじて眠っていただきたいと思う。

現在の日本の姿は、第一次大戦後のドイツの姿にかなり似てきているから私は心配するのである。大戦に敗北したドイツは政治で敗けたので軍事で敗けたのでないという声を大にして、夢よもう一度を国民に呼びかけた。敗戦に伴うデカダンスと物価騰貴に悩んだ国民は民主社会主義に飽き足らず、祖国の復活を叫び英雄の出現を望んだ。この空気は少数勢力で出現したヒットラーを万歳で迎え、英雄の率いるドイツこそ今われわれの求めているところであると謳歌した。

英雄に率いられたドイツの悲劇はここに今さら述べる必要ない。今、日本は英雄を望んではいけないのである。独裁力が現われてはいけないのである。堪え難きに堪え、忍び難きを忍び、私たちの子供が、いや孫が民主主義を確立したとき、日本民族は麗朗燦《さん》たる曙《あけぼの》を迎えるに違いない。

単行本　昭和四十年三月　恒文社刊

光人社ＮＦ文庫

闘魂 硫黄島

二〇〇五年三月九日 印刷
二〇〇五年三月十三日 発行

著者 堀江芳孝
発行者 高城直一
発行所 株式会社光人社
〒102-0073 東京都千代田区九段北一-九-十一
振替／〇〇一七〇-六-五四六九三
電話／〇三-三二六五-一八六四㈹
印刷・製本 図書印刷株式会社
定価はカバーに表示してあります
乱丁・落丁のものはお取りかえ致します。本文は中性紙を使用
ISBN4-7698-2449-1 C0195
http://www.kojinsha.co.jp

光人社ＮＦ文庫

刊行のことば

第二次世界大戦の戦火が熄《や》んで五〇年——その間、小社は夥しい数の戦争の記録を渉猟し、発掘し、常に公正なる立場を貫いて書誌とし、大方の絶讃を博して今日に及ぶが、その源は、散華された世代への熱き思い入れであり、同時に、その記録を誌して平和の礎とし、後世に伝えんとするにある。

小社の出版物は、戦記、伝記、文学、エッセイ、写真集、その他、すでに一、〇〇〇点を越え、加えて戦後五〇年になんなんとするを契機として、「光人社ＮＦ（ノンフィクション）文庫」を創刊して、読者諸賢の熱烈要望におこたえする次第である。人生のバイブルとして、心弱きときの活性の糧《かて》として、散華の世代からの感動の肉声に、あなたもぜひ、耳を傾けて下さい。